# INSIDE PANDORA

## Jesper Nielsen

Aufgeschrieben vom Philosophen Carsten Graff

**Inside Pandora**


1. Ausgabe, 1. Auflage 2014
Deckblattgestaltung: Carsten Valentin
Herausgeber: StemningsHotellet, Tjornevej 22,
DK-2800 Lyngby, Dänemark
Druckerei CPI books GmbH
ISBN 978-87-996018-1-3

**Endless Jewelry**

www.endlessjewelry.eu
www.endlessjewelry.us
www.facebook.com/endlessjewelry

**Andere Publikationen von Carsten Graff**

***Conversations with an Oak Tree, 2012***
Ein ehemaliger Computer-Nerd erzählt, warum Computer weder Zeit noch Geld sparen.

**Dreamcatcher, 2012**
Eine persönliche Darstellung von Multilevel-Marketing – erzählt von einem der weltweit Besten auf seinem Gebiet.

Amazon.com

# INHALT

# Vorwort von Carsten Graff

Eigentlich gehört die Geschäftswelt nicht zu meinen großen Leidenschaften, doch die Geschichte von Jesper Nielsen hat mich sehr berührt. Fakt ist, dass wir in unserer Kultur lernen, unzählige Vorschriften einzuhalten, um persönlichen und geschäftlichen Erfolg zu haben. Wir lernen, dass wir telefonisch erreichbar sein müssen, dass wir uns vorschriftsmäßig kleiden, die richtige Ausbildung absolvieren, uns von einem Coach beraten lassen, an Schulungen zur persönlichen Entwicklung teilnehmen, „Freunde" auf Facebook finden müssen und so weiter. Als ich bei meinen ersten Gesprächen mit Jesper Nielsen feststellte, dass er in der Geschäftswelt die absolut höchsten Gipfel erreicht hatte, ohne sich an eine einzige dieser Vorschriften zu halten, wurde ich neugierig. Jesper Nielsen hat keine höhere Ausbildung abgeschlossen, er trägt weder Anzug noch Schlips, telefoniert nur, wenn er mit seiner Familie reden möchte, und käme nie auf die Idee, einen Coach zu konsultieren oder an einer Schulung zur persönlichen Entwicklung teilzunehmen. Er interessiert sich nicht für seine Konkurrenten, stellt Leute ein, ohne sich ihren Lebenslauf anzuschauen, und verwendet keine Zeit für die Erstellung ehrgeiziger Geschäftspläne. In vielerlei Hinsicht ist er der lebende Beweis dafür, dass all das, was in Schulen und Lehrbüchern gepredigt wird, eine enorme Beschränkung sein kann, wenn man erfolgreich sein möchte. Darum wollte ich mehr über sein Leben und Wirken erfahren und traf mich mit ihm einige Male für mehrere Stunden, um seiner Geschichte zuzuhören.

Alle Bücher, die ich geschrieben habe, handeln vom Glauben an das Einfache, davon, dass man sich traut, authentisch zu sein, von der Erforschung der Energie, die zwischen Menschen entsteht, die es wagen, ehrlich zu sein. Als Ausgangspunkt habe ich dabei primär immer meine eigenen Erfahrungen genutzt. Doch ich bin froh, dass ich dieses Mal von den Erfahrungen eines anderen Menschen schreiben kann. Jesper Nielsens Einstellung zu Karriere und Geschäft ist wie ein frischer Wind und mit großem Vergnügen lasse ich ihn in eine Kultur wehen, die in vielerlei Hinsicht festgefahren ist, wenn es darum geht, was machbar ist und was nicht. Die meisten Menschen haben die Angewohnheit, so viel über ihre Vorhaben nachzudenken, dass ihnen die einfachsten Dinge nicht gelingen. In vielen Bereichen ist Jesper Nielsens Philosophie erschreckend simpel. Doch wenn man seine Geschichte hört und erfährt, was geschehen ist, hat man kaum noch Argumente gegen solch eine einfache und direkte Herangehensweise.

Carsten Graff
carstengraff@gmail.com
www.carstengraff.dk

JESPER NIELSEN ERZÄHLT

# Einstimmung

2004 gründete ich ein Unternehmen und begann im Laufe des Jahres mit dem Verkauf von Schmuck der Firma Pandora in Deutschland. Zu Beginn hatte ich kein Geld, wusste nichts über Schmuck und konnte kein Deutsch. Nach sechs Jahren verkaufte ich das Unternehmen. Zu diesem Zeitpunkt hatte ich etwa 500 Angestellte, Büros in sechs Ländern und im letzten Jahr einen Umsatz von knapp 200 Mio. Euro. Natürlich liegt die Frage auf der Hand, wie man es schafft, eine Firma in solch einem Tempo aufzubauen. Oft wurde ich gefragt, ob es dafür eine Formel gibt, eine bestimmte Ausbildung oder Spezialwissen. Die Antwort lautet, dass Formeln, Bildung und Sachkenntnisse manchmal eher eine Blockade als ein Vorteil sein können, wenn man weit kommen möchte. Natürlich können Sachkenntnisse gut sein. Aber Wissen, das man aus Büchern erhält, die alle anderen auch lesen, ist nicht besonders nützlich. Will man etwas Einmaliges erschaffen, dann muss man einmalig denken und auch einmalig sein. Darum muss man sich über die bekannten Grenzen wagen und neue Wege gehen. Jeder ist in der Lage, Bücher zu lesen, einer Anleitung zu folgen oder eine Tabelle zu erstellen. Doch etwas zu tun, an das niemand gedacht hat und das nicht in den Büchern steht, erfordert Mut. Vielleicht ist das eine der größten Gaben, die ich mitbekommen habe und die es mir ermöglichte, Erfolge in dieser Größenordnung zu erreichen.

Die Aktionen, die ich beim Aufbau meines Unternehmens gestartet habe, um die rasante Entwicklung meiner Firma anzukurbeln, stehen jedenfalls in *keinem* Lehrbuch. Einem smarten Schlipsträger, der sich immer an Regeln hält und das tut, was man ihm sagt, wird es sicher schwerfallen, wie ich zu denken. In einer Kultur, in der jeder meint, dass er sich prinzipiell alles durch Lernen aneignen kann, vergisst man schnell, dass Erfolge nicht durch Theorien und kluge Worte, sondern durch Energie und Bauchgefühl erzielt werden. An dem Tag, an dem man gelernt hat, Energien zu nutzen und auf sein Bauchgefühl zu hören, kann man bei den Menschen Stimmungen erzeugen, die sie zu ungeahnten Leistungen führen. Mit dieser Einstellung ist man für das große Abenteuer Unternehmen gut gerüstet und hat auch die Chance, rasantes Umsatzwachstum zu erzielen. Kurz und bündig geht es darum, sich von Vorschriften zu lösen und die weißen Flecken auf der Weltkarte zu erobern – und etwas zu tun, das niemand vorher getan hat.

Um das Wachstum in meinem Unternehmen zu garantieren, habe ich mit Erfolg selbst Aktionen entwickelt, die ich als meine Stunts bezeichne. Was bedeutet es eigentlich, einen Stunt zu machen? Ein Stunt ist eine Bewegung oder eine Aktion, die andere für gefährlich oder außergewöhnlich halten. Bei einem Stunt geht es darum, Aufmerksamkeit zu erregen, denn er weckt die innere Sehnsucht nach Freiheit bei den Menschen, die in einem Leben verharren, in dem nicht viel passiert. Natürlich nützt es wenig, wenn man glaubt, dass man bei seiner ersten Fahrt mit dem Motorrad über 32 Autos springen kann und auf der anderen Seite perfekt landet. Um Stunts zu machen, muss man ein Gespür für sein Umfeld haben. Man muss Mut haben, etwas zu tun, das unmöglich erscheint – aber auch Vertrauen in sein Bauchgefühl.

Ich möchte den Leser in diesem Buch mit meiner Sicht auf die Dinge, meinen Erlebnissen, Motiven und Beweggründen vertraut machen, aber auch von einigen meiner wichtigsten Stunts erzählen – woraus sie entstanden sind und welche Konsequenzen sie hatten.

Jesper Nielsen

**STUNT NR. 1**

# Go-Giver

Ein „Go-Getter“ ist ein Opportunist, der massiv seine Ellenbogen einsetzt und dem jedes Mittel recht ist, um weiter zu kommen. Viele Menschen sind sicher der Meinung, dass dieser Begriff auf meine Person in jeder Hinsicht zutrifft — doch das entspricht absolut nicht der Wahrheit. Ich saß einmal in einem Flugzeug und las einen Artikel über ein Buch, in dem der Autor den Begriff „Go-Giver“ entwickelt hatte. Ein Go-Giver ist jemand, für den der Geschäftserfolg ein Nebenprodukt der guten Taten ist, die er in seinem Alltag vollbringt. Dieser Begriff traf bei mir genau ins Schwarze, denn es war mir immer ein großes Anliegen, etwas geben zu können, und die Freude der Menschen über das, was ich ihnen gebe, erleben zu dürfen.

Viele Jahre, bevor mein Abenteuer als Unternehmer Fahrt aufnahm, arbeitete ich an einer Tankstelle. Wenn ich dort an der Kasse stand, hatte ich jeden Tag eine kleine Mission. Sie bestand darin, dass alle Leute, die in den Laden hereinkamen, ihn mit einem Lächeln wieder verlassen sollten. Weil ich viel Humor hatte, gelang mir das gut - ganz gleich, was ich zu den Kunden sagte. Eigentlich gibt es doch nichts Schöneres, als in einen Laden zu kommen und auf einen Menschen zu treffen, der einem etwas gibt - einen aufmerksamen Menschen, der das, was er tut, bewusst macht, und gern guten Service bietet. An der Tankstelle lernte ich, dass jeder, dem man gegenübersteht, eigene Ansprüche hat, und dass guter Service darum niemals mechanisch oder methodisch sein kann. Wie jeder weiß, ist es keine Kunst, einem anderen Menschen zu sagen, dass er gut aussieht, und darauf die Antwort: „Ebenso." zu erhalten. Die Schwierigkeit dabei ist, eine Atmosphäre zu schaffen, in der beide Seiten tatsächlich *meinen,* was sie sagen. Wenn man möchte, dass andere frei von der Leber weg reden und sagen, was sie meinen, dann muss man auch selbst dazu bereit sein. Dabei geht es nicht um einen Handel, sondern darum, dass ein ehrlicher Mensch Raum für gegenseitige Ehrlichkeit schafft. Wenn man mit Erfolg ein Unternehmen mitgestalten möchte, das zufriedene und glückliche Kunden hat, muss man zu dem Punkt kommen, an dem man gibt, was man hat, und gleichzeitig alle Erwartungen, ein bestimmtes Ziel zu erreichen, loslassen. Immer wenn das gelingt, entsteht eine Energie und je stärker diese Energie, wird, umso länger sind die Kunden bereit, wieder in dieses Geschäft zurückzukommen. Für Erfolg mit seiner Firma muss man also ein gutes Werk ohne versteckte Erwartungen tun können. Wem das gelingt, der darf sich gern als Go-Giver bezeichnen.

Ob man als Go-Giver an einer Tankstelle steht, einer Gruppe von Kindern Englischunterricht gibt, eine Sportmannschaft zum Erfolg führt oder ob man als Go-Giver an der Spitze eines internationalen Milliardenunternehmens steht, ist dabei eigentlich unerheblich. Die Energie, die man erzeugen möchte, ist die gleiche. Nur die Form, in der man sie erzeugt, ist natürlich sehr unterschiedlich.

Als mein Unternehmen größer wurde, entschied ich mich, eine Plattform zu schaffen, von der aus ich Go-Giver-

Aktionen für Geschäftspartner, Kunden und Mitarbeiter realisieren konnte. Eine meiner Ideen war die Einrichtung eines Luxus-Resorts auf Mallorca. Mein Unternehmen trug den Namen Kasi Group und darum wurde mein Resort das Kasi-Haus genannt. Meine Absicht war es, Leute an einen Ort einladen zu können, an dem ich ihnen ein grandioses Erlebnis bieten konnte. Das Haus selbst lag auf einem Berg: 600 Quadratmeter der Top-Luxus-Klasse mit Zugang zu meinem so genannten „Boot". Das Boot war eine Astondoa 82-Superyacht mit Flybridge. Es hatte Whirlpool und Grill, 12 Betten und Platz für 40 bis 50 Leute, die hier feiern und kochen konnten. In der Garage standen ein Bentley, ein Lamborghini und ein McLaren. Wenn die Gäste anreisten, erwähnte ich wie nebenbei, wo die Schlüssel für die Autos und das Boot waren, und dann ließ ich sie machen. Ich besaß gleichzeitig noch ein weiteres Grundstück, wo ich mit meiner Familie wohnte. Doch wenn ich im Kasi-Haus Gäste empfing, hatten sie das Gefühl, bei mir zu Hause zu sein – auch wenn sie wussten, dass ich privat an einem anderen Ort wohnte.

Das Kasi-Haus war der Ort, an dem zukünftigen Geschäftspartnern die Augen geöffnet wurden, an dem Mitarbeiter einen unvergesslichen Urlaub mit ihrer Familie verbrachten oder wo sich Geschäftsfreunde entspannen oder zu Beratungen treffen konnten. Zwölf Wochen im Jahr vergab ich das Haus an diejenigen meiner Mitarbeiter, die die besten Leistungen brachten. Bei Belohnungen dieser Art hatte ich immer die grundlegende Einstellung, dass sie direkt in die Tat umgesetzt werden sollten. Wenn man einen Bonus erhält, dann soll man darauf nicht drei Monate oder bis nächstes Jahr warten müssen. Sobald der Mitarbeiter ausgewählt war, trat er seine Reise ins Kasi-Haus möglichst innerhalb von vierzehn Tagen an und nahm am besten Frau und Kinder mit. Ich sorgte dafür, dass sie bei ihrer Ankunft im Haus wie Könige behandelt wurden. Vor Ort erwartete sie eine Crew, die sie von vorn bis hinten bediente. Der Champagner stand kalt, für die Kinder war Spielzeug gekauft, der Tisch war bis ins kleinste Detail gedeckt – mit Tischkarten, auf denen die Namen der Gäste korrekt geschrieben standen. Hat ein Mitarbeiter einmal erlebt, dass er in *dieser* Weise umsorgt wird, ist er danach bereit, durch Feuer und Wasser zu gehen.

Bei der Arbeit zeigen die Mitarbeiter anschließend maximalen Einsatz, und wenn der Ehepartner oder der Freund/die Freundin mitgefahren ist, fällt es auch ihnen leicht, dem Partner ab und zu Freiraum für Überstunden einzuräumen. Neben regelmäßigen Verwöhnaufenthalten für die Menschen, die mich umgaben, nutzte ich das Kasi-Haus auch für die monatlichen Vorstandssitzungen. Hier konnten wir in faszinierender Umgebung die Geschäftspläne des Unternehmens durchgehen, später zum Hafen fahren und Koberind genießen, um schließlich auf dem Boot bis vier Uhr morgens Trance-Partys zu feiern. Am Tage wurden Beschlüsse gefasst und Ergebnisse erzielt. Nachts bei den Partys ging es darum, locker zu werden und Kontakte zu knüpfen, die auch wichtig sind, damit ein internationales Unternehmen wie geschmiert läuft.

Es stellt sich die Frage, ob man es lernen kann, etwas zu geben. Für mich war es immer ganz normal. Aber nicht jeder kann das mit gutem Gewissen, ohne sich ausgenutzt zu fühlen bzw. ohne das Gefühl zu haben, sein Gesicht zu verlieren. Wir haben es hier mit einer Eigenschaft zu tun, die von innen kommt. Eine Eigenschaft, die jeder Mensch in unterschiedlichem Maße in sich trägt. Es muss jedoch gesagt werden, dass es ein Go-Giver in einer Kultur wie unserer besonders schwer hat. Die dominierende Grundeinstellung unserer Gesellschaft ist, dass wir den Schwachen helfen, indem wir Steuern zahlen, und dass wir uns durch Spenden an Hilfsorganisationen ein gutes Gewissen erkaufen und uns dabei verantwortungsbewusst fühlen. Für mich ist ein Go-Giver kein Mensch, der Geld spendet, um sich ein gutes Gewissen zu erkaufen. Im Gegenteil. Es ist ein Mensch, dem es ein Bedürfnis ist, die Freude und Bereicherung anderer zu erleben, um einen Sinn zu sehen.

Das Kasi-Haus ist also ein Beispiel für einen Ort, der die Menschen, die mich umgaben, bereichern sollte. Aber er sollte bei ihnen auch eine innere Einstellung schaffen, mit der sie bereit waren, jeden Tag für mein und ihr Unternehmen etwas mehr als nötig zu leisten. Manchmal gab es jedoch Situationen, in denen das Kasi-Haus nicht groß genug war und ich in neue Richtungen denken musste. In einem Jahr, als unser Unternehmen extrem gewachsen war, gelangte ich an einen Punkt, an dem ich meinen Mitarbeitern kaum noch ohne schlechtes Gewissen in die Augen sehen konnte, weil sie so viel gearbeitet hatten. Jeden meiner Schritte habe ich immer in enger Zusammenarbeit mit meiner Mutter und meiner Schwester unternommen. Darum setzte ich mich mit ihnen zusammen, um die Sache zu besprechen.

Im Jahr zuvor hatten wir alle Mitarbeiter auf eine Reise nach Bangkok eingeladen, damit sie dort unsere

Produktion kennenlernten. Auch wenn es eine Geschäftsreise war, wurde es doch auch ein toller Urlaub mit viel Spaß und Partys. Mit Bangkok gab es jedoch ein Problem, denn die Stadt hatte bei manchen einen zweifelhaften Ruf – dorthin fuhr man nur, wenn einem Familienwerte nicht so wichtig waren. In den Familien meiner Mitarbeiter gab es deshalb einige Spannungen und darum war es Zeit, in neuen Bahnen zu denken. Dieses Mal entschied ich mich nach Beratung mit meiner Familie für etwas anderes. Ich mietete über ein verlängertes Wochenende ein großes Luxus-Resort in Südeuropa. Um dorthin zu kommen, mietete ich einen Airbus 330, und das Flugzeug füllte sich mit den Mitarbeitern und ihren Partnern, Ehepartnern und Kindern. Auf der Tour sorgte ich dafür, dass es alles gab, was sie sich je erträumt hatten. Der ganze Spaß kostete etwa eine halbe Million Euro. Aber da wir im Jahr nach der Flugreise einen Umsatz von 100 Millionen Euro mit sehr hohem Deckungsbeitrag erreichten, waren das nur noch Peanuts. Unterwegs traf man überall auf Kinder – und weil wir die Kinder mit dabei hatten, stellte sich eine fantastische Offenheit ein. Die daraus entstehende Energie führte dazu, dass Beachvolleyball und Handball gespielt wurde, dass die Leute feierten und spazieren gingen, dass Nähe und ganz neue, verschiedene Kontakte entstanden. Das war sowohl auf menschlicher als auch auf geschäftlicher Ebene Gold wert. Natürlich war es ein Zeichen dafür, dass alle zufrieden waren. Aber es bedeutete auch, dass sich die Leute, mit denen ich wieder zurück nach Hause flog, darauf freuten, noch mehr Einsatz zu zeigen, sobald sie wieder an ihrer Arbeit waren. Man sieht hier, dass man ein gutes Stück vorankommen kann, wenn man anderen Menschen einen guten Lohn für ihre Arbeit zahlt. Doch wenn man noch weiter kommen möchte, muss man auch bereit sein, sie mit unvergesslichen Erlebnissen zu bereichern.

Mehrere Jahre war mir wegen dieser Reise die Steuerbehörde auf den Fersen. Es ging darum, dass ich laut Steuergesetz nicht hätte zulassen dürfen, dass das Unternehmen für die Familien der Mitarbeiter zahlt. Darum fragte die Behörde bei mir an, ob sie sich an jeden einzelnen Mitarbeiter wenden sollte, um Steuern für die Reise zu erheben. Das habe ich abgelehnt und sie gebeten, die Rechnung an mich zu senden. In solche Situationen bin ich immer wieder geraten, weil ich etwas getan habe, was nach meiner Auffassung notwendig war. Wäre ich ein Paragrafenreiter gewesen, hätte ich von Anfang an besser Bescheid gewusst und eingesehen, dass solche Dinge nicht machbar sind. Vielleicht wäre das für meine Beziehung zur Steuerbehörde besser gewesen. Aber es wäre viel schwieriger gewesen, Erfolge in dem Format zu erreichen, wie es bei uns der Fall war.

## STUNT NR. 2

# Vertrauen

Jeder, der mich kennt, weiß, dass ich nicht still sitzen, längere Zeit fernsehen oder einfach faulenzen kann. Es gab beispielsweise eine Zeit, da war ich Hauptsponsor des zweitgrößten Handballvereins in Deutschland und gleichzeitig gründete ich in meinem Heimatland Dänemark einen neuen, großen Handballverein. In dem Jahr, als sich diese beiden Projekte zu voller Blüte entwickelten, wuchs auch mein Unternehmen Kasi Group um gut 100 Millionen Euro. Bei dem Leben, das ich führe, und dem Arbeitspensum, das mein Job mit sich bringt, musste ich ein paar Regeln dafür aufstellen, wie andere Menschen mit mir Kontakt aufnehmen konnten. Würde ich zum Beispiel zulassen, dass mich meine Mitarbeiter und Kunden anrufen können, würde ich nichts anderes mehr machen als telefonieren. Darum ist es heute so, dass ich mit niemandem außer meiner engsten Familie telefoniere. Meine Kinder, meine Schwester und meine Mutter können mich anrufen, doch darüber hinaus möchte ich nicht telefonieren. Wenn eine Zusammenarbeit mit mir funktionieren soll, muss man darum schnell begreifen, dass man mich nicht einfach anrufen kann, um Hilfe bei Problemen zu bekommen, sondern dass man diese selbst lösen muss. Ich kann nichts mit Menschen anfangen, die jedes Mal, wenn sie mit einem für sie schwierigen Thema konfrontiert werden, zum Telefon greifen oder SMS schreiben. Heutzutage ist es üblich, dass die Leute ständig anrufen, um sich zu verabreden, wenn sie verspätet sind, wenn sie sich verlaufen haben oder aus tausend anderen Gründen. Diese Entwicklung ist einfach ein Zeichen für die allgemein zunehmende Unselbstständigkeit und davon nehme ich Abstand. Manchmal fragen mich die Leute, wie sie sich denn verhalten sollen, wenn wir einen Termin haben und sie im Stau stehen oder das Auto kaputt geht. Ich habe entschieden, dass ich nicht angerufen werden möchte. Und darum habe ich natürlich auch kein Problem damit, wenn sich andere verspäten oder zu einem Meeting nicht erscheinen. In Bezug auf Termine bin ich normalerweise sehr phlegmatisch, und wenn ich keinen Druck habe, warte ich gern. Ich bin vom Typ her eher jemand, der sich auf das konzentriert, was hier und jetzt geschieht. Was dann folgt, interessiert mich nicht so sehr. Weil ich so bin, musste ich häufig Leute einstellen, die mich zu den Terminen brachten, die wichtig waren und die ich einhalten musste. Ich habe volles Vertrauen zu anderen Menschen, und wenn sie zu spät kommen, werde ich nie wütend und rege mich nicht auf. Ich bin der Überzeugung, dass es niemanden gibt, der absichtlich zu spät kommt, und ich weiß darum, dass sie alles in ihrer Macht Stehende getan haben, um pünktlich zu sein. Gelingt das nicht, dann ist es nicht ihre Schuld. Das, was für mich bei der Zusammenarbeit mit anderen Menschen wichtig ist, hat nichts damit zu tun, ob sie pünktlich sein können, sondern damit, ob sie kompetent sind und die Leistung liefern, die wir vereinbart haben.

Ich habe, wie schon gesagt, eine ganz eigene Auffassung dazu, wofür man ein Telefon nutzen kann. Und das gilt auch für E-Mails. Jeder, der mit mir zusammenarbeitet, lernt darum sehr schnell, dass ich auf wichtige E-Mails immer innerhalb von 24 Stunden antworte, aber dass ich nicht auf E-Mails antworte, die länger als 10 Zeilen sind. Im Gegenzug bin ich einhundert Prozent zur Stelle, wenn wir Beratungen haben und bleibe gern länger, um Dinge mehrmals zu erklären, wenn es nötig ist. In einer Kultur, in der sich alle Menschen angewöhnt haben, immer gleich beim kleinsten Problem miteinander zu telefonieren, erfordert diese Einstellung, dass ich meine mangelnde Präsenz am Telefon mit der entsprechenden Fähigkeit ausgleiche, auf andere Weise zur Verfügung zu stehen. Darum ist für mich physische Anwesenheit sehr wichtig, um die Kraft zu erzeugen, die für das Funktionieren einer Zusammenarbeit notwendig ist – eine Kraft, die wir auch Vertrauen nennen könnten.

Vertrauen ist ein Zustand, der zwischen Menschen entsteht, die sich trauen, offen zueinander zu sein. Herrscht Vertrauen zwischen den Menschen, muss schon viel geschehen, damit Raum für Konflikte, Klatsch und Tratsch oder Missverständnisse entsteht. Wenn ich Menschen für eine Aufgabe zusammenbringen will, ist es für mich am Wichtigsten, Vertrauen zu schaffen. Mein Wunsch, Vertrauen zu schaffen, ist meine größte Schwäche und gleichzeitig meine größte Stärke. Stärke und Schwäche vermischen sich und haben im Laufe der Zeit recht viel Aufregung in mein Leben gebracht. Fakt ist, dass ich immer an das Gute in allen Menschen geglaubt habe. Ich glaube einfach, dass es alle Menschen gut mit mir meinen, und ich glaube auch, dass sie es mit anderen ebenso gut wie ich meinen. Darum bin ich normalerweise wie vor den Kopf geschlagen, wenn ich auf jemanden treffe, der nicht mit offenen Karten spielt. Mit meinem Menschenbild, das ich hier darstelle, bin ich in neunundneunzig Prozent aller Fälle sehr zufrieden. Denn darin liegt der Grund, dass es mir gelungen ist, meine Erfolge zu erzielen. Indem ich von Beginn an einem anderen Menschen ohne Vorbehalte entgegentrete – was schon blindem Vertrauen gleicht – schaffe ich eine Kraft. Der Mensch, der mir gegenübersteht, muss in fast allen Fällen auf das, was ich ihm oder ihr zeige, ebenso reagieren. Wenn dir jemand völliges Vertrauen schenkt, ist es sehr schwer, denjenigen zu enttäuschen. Um jemanden enttäuschen zu wollen, muss man eine Seite in sich haben, die dicht machen kann, die gefühlskalt und zynisch ist. Viele sagen, Vertrauen ist gut, aber Kontrolle ist besser. Für mich ist das genau umgekehrt. Darum arbeite ich mit hundertprozentigem Vertrauen. Ich habe meine Mitarbeiter oder Geschäftspartner nie kontrolliert und werde es auch nie tun. Dies gilt natürlich nur bis zu einem bestimmten Punkt. Sobald ich merke, dass sie das Vertrauen, das ich ihnen schenke, nicht erwidern, kann ich innerhalb von einer Sekunde umschalten und steinhart und konsequent sein. Anschließend habe ich kein Problem damit, dicht zu machen, Abstand herzustellen und mich von ihnen zu trennen. Aber es ist kein grundlegendes Prinzip. Wenn ich mit einem anderen Menschen eine neue Beziehung eingehe, glaube ich daran, dass der Mensch, auf den ich treffe, für mich, für sich selbst und für alle anderen Menschen das Beste will. Die Eigenschaft, die ich hier beschreibe, kann fantastisch sein und eine Unmenge Türen öffnen. Doch das Gegenteil davon kann ernste Konsequenzen haben.

Will man Vertrauen schaffen, ist kein Wert so wichtig wie Ehrlichkeit. Natürlich ist ein Geschäft ein Spiel, in dem man nicht immer mit offenen Karten spielen und allen von seinen Plänen erzählen kann. Aber Hintergedanken zu haben, um andere hinters Licht zu führen, empfinde ich als eine andere Sache. Zu Beginn meiner Karriere habe ich ab und zu etwas gesagt, aber etwas anderes gemeint. Doch ich merkte schnell, dass ich damit nicht leben konnte. Heute sage ich, was ich denke, und habe darum fast keinen Filter, ganz gleich, wem ich gegenüberstehe. Wenn man keinen Filter hat, ist man auch ungeschützt vor Menschen, die zynisch und unehrlich sind. Leider muss ich zugeben, dass ich mich oft unwohl gefühlt habe, weil mir so ein Schutz fehlt. Solche Situationen schnüren mir immer wieder die Kehle zu und bedeuten für mich großen Schmerz und Enttäuschung. Wenn der Schmerz vorüber ist, lasse ich auch die Enttäuschung hinter mir. Darum konnte ich immer verzeihen – ganz gleich, was geschehen ist und welche Angriffe es gegen mich gab.

Ein Beispiel dafür ist ein Mitarbeiter, den ich 2007 in meinem Unternehmen hatte. Der Betreffende wollte gern in den Vorstand. Das Problem war nur, dass er nicht das passende Profil hatte – ein Profil, mit dem er in den Vorstand etwas Menschliches einbringen und um sich herum eine offene Atmosphäre schaffen konnte. Aus fachlicher Sicht ist es nicht schwer, Leute zu finden, die technisch viel drauf haben – eine Tabelle erstellen können oder die Übersicht in einem Lager haben. Solche Leute kommen jedes Jahr zu Tausenden von der Universität und anderen ähnlichen Einrichtungen. Das, was ich im Vorstand brauchte, waren keine fleißigen Techniker, sondern Menschen, die solche Eigenschaften haben, dass sie andere Menschen aktivieren können. Ich machte dem betreffenden Mitarbeiter mehrfach klar, dass er nicht in den Vorstand passte, doch er machte trotzdem Druck. Zuletzt setzte ich mich mit ihm zusammen und sagte, dass er den Traum aufgeben müsse und dass er niemals Zutritt zu den heiligen Gemächern erhalten werde. Ich erinnerte ihn daran, dass ich ihm einen tollen Job verschafft hatte, dass er einen Porsche fahren konnte und ein hohes Gehalt erhielt. Als er an diesem Tag ging, war er trotzdem sehr wütend. Einige Tage später kam er wieder und sagte, dass er kündigt, wenn er nicht in den Vorstand kommt. Mit solchen Dingen lasse ich mich natürlich nicht unter Druck setzen und teilte ihm mit, dass er dann eben kündigen müsse. Als wir uns trennten, zeigte sich aber, dass er in dieser Angelegenheit noch nicht das letzte Wort gesprochen hatte. Und wenn ich geahnt hätte, wozu er fähig war, hätte ich einige Verhaltensregeln aufgestellt, von denen ich in meiner damaligen Naivität nie gedacht hätte, dass sie erforderlich sein könnten.

Der betreffende Mitarbeiter hatte mir eine Zeit lang geholfen, eine Reihe von Präsentationen zu erstellen, die auf meinem Computer lagen. Darum hatte er Zugriff auf meinen Computer. Während er und ich unsere Geschäftsbeziehung abwickelten, begann er, meine Korrespondenz mit Geschäftspartnern, Mitarbeitern, Familie und Kunden zu lesen. Als er das Unternehmen verlassen hatte, las er weiter von zu Hause aus meine E-Mails. Die ersten Male machte er den Fehler, dies von seinem eigenen Computer aus zu tun. Dadurch konnte ihn die Polizei später aufspüren und uns wurde klar, was er getan hatte. Danach war er cleverer und ging über Server z. B. in Kanada oder an anderen Orten. Damit war nicht mehr erkennbar, dass er noch immer mitlas. Wenn man den Stil meiner Korrespondenz mit meinen Partnern unvorbereitet sieht, kann man über den

direkten Ton, der dabei herrscht, sicher erschrocken sein. Es geht ja um große Geschäfte, um viel Energie und danach richtet sich auch die Sprache. Darum gibt es schon mal E-Mails, in denen steht: „Bring das in Ordnung!", „Was zum Teufel passiert da? Die Preise werden nicht erhöht!" Oder es kann vorkommen, dass ich während einer Vertragsverhandlung schreibe: „Wenn ich es nicht so oder so bekomme, könnt ihr mich am Arsch lecken!"
Solche E-Mails sammelte er und verschaffte sich auch teilweise Zugang zu unserer Buchhaltung. Im Laufe der Zeit hatte er eine ansehnliche Menge Dokumente zusammen und ging damit zur Presse. Zu dieser Zeit war ich gleichzeitig Hauptsponsor eines internationalen Fußballvereins und darum war die Presse außerordentlich interessiert, als er ankam und sagte: „Hier sehen Sie, wie Jesper Nielsen mit seinen Lieferanten spricht. Hier sehen Sie, wie er Dinge in seinem Unternehmen regelt. Hier sehen Sie, wie er mit seiner Bank kommuniziert." Auf diese Weise war ich lange Zeit Aufmacher auf den Titelblättern zahlreicher großer Zeitungen. In der Öffentlichkeit entstand so ein Bild von mir, das ich gern vermieden hätte. Später kostete es mich viele Jahre, dieses Bild zu korrigieren.

Manche Menschen würden ein solches Erlebnis sicher als eine Art Beweis dafür nutzen, dass sich das Leben gegen sie gerichtet hat und sie Opfer der Angriffe anderer Menschen sind. Ausgehend davon denken sie vielleicht immer öfter, dass sie zu naiv gewesen sind und es nun an der Zeit ist, die Menschen um sie herum noch gründlicher zu prüfen. Aber selbst wenn es natürlich unangenehm ist, angegriffen zu werden, so ist es doch auch gefährlich, immer weiter bergab zu gehen und die eigenen Tiefpunkte als Einladung zu sehen, seine Ängste zu pflegen. Manche Menschen installieren ihr Leben lang Schließsysteme und Alarmanlagen um ihr Eigentum – geben ein Vermögen für Versicherungen, Rechtsberatung und Rechtsanwälte aus. Sobald man Kurs in diese Richtung nimmt, kann eine Spirale ohne Ende entstehen. Indem man die Kontrolle über andere Menschen erhöht – ihre Motive ausleuchtet und Energie darauf verwendet zu untersuchen, wie man vermeidet, dass man betrogen wird – verzichtet man gleichzeitig auf seine Freiheit, auf seine Fähigkeit, von oben auf das Gesamtbild schauen zu können. Obwohl ich im Laufe der Jahre mehrere schlechte Erfahrungen mit Menschen gemacht habe, die versucht haben, mich zu betrügen oder mich hinters Licht zu führen, hatte ich immer die Einstellung, dass es ihnen nicht gelingen sollte, mich paranoid oder ängstlich zu machen. Misstrauen der Welt oder anderen Menschen gegenüber kann zur schlechten Saat werden, an der ein Unternehmen verrottet. Darum entscheide ich mich immer – mit erhobenem Haupt – die Ohrfeigen anzunehmen, die ich erhalte, und dann dafür zu sorgen, dass ich sie vergesse und weiterkomme. Meine grundlegende Haltung im Geschäftsalltag lautet, ein Fundament zu schaffen, mit dem meine Mitarbeiter maximales Vertrauen und Freiheit haben und darum große Verantwortung für die Rolle übernehmen, die sie ausfüllen. Wenn ich nur wegen einiger unglücklicher Erlebnisse beginnen würde, den Weg der Kontrolle einzuschlagen, würde ich dieses Fundament meiner Philosophie schnell untergraben, und damit wäre meine Zeit als erfolgreicher Geschäftsmann schnell vorbei. Erst in dem Moment, in dem das Vertrauen vollständig enttäuscht wird, ist es Zeit für Kontrolle. Und wenn die Kontrolle abgeschlossen ist, geht es darum, so schnell wie möglich wieder zu Vertrauen zurückzukehren.

**Lebensgeschichte**

# Die Reise zu Pandora

Ursprünglich komme ich aus einem Vorort der dänischen Hauptstadt Kopenhagen. Mein Vater war Elektriker und meine Mutter war in den ersten Jahren zu Hause. Meine große Schwester und ich erlebten eine sehr harmonische Kindheit mit unseren Eltern, die auf jede erdenkliche Art für uns gesorgt haben. Während meiner Kindheit und Schulzeit spielten in der Familie besonders Handball und Fußball eine sehr große Rolle. Mein Vater spielte Handball auf höchstem Niveau, und als ich zählen lernte, schaute ich immer auf die Toranzeige, wenn ich mit ihm beim Training war. Ich selbst begann mit knapp fünf Jahren Fußball zu spielen, Handball mit etwa acht. In der Schule war ich ausgesprochen faul, doch ich kam trotzdem leicht mit und hatte darum in fast allen Fächern Bestnoten.

Neben dem Sport gab es in meiner Schulzeit nur eine Sache, bei der ich merkte, dass sie meine Leidenschaft weckte. Als ich Teenager war, entwickelte sich eine Jugendkultur, bei der ein Discjockey nicht mehr nur einfach dastand und Platten auflegte. Der DJ war oft Mittelpunkt der großen Partys und hatte gleichzeitig eine Art Lizenz, der Musik seinen ganz persönlichen, kreativen Stempel aufzudrücken. Als ich das zum ersten Mal erlebte, war ich auf der Stelle hin und weg. In der Rolle als DJ war man nicht nur Akteur, sondern auch der Party-Einpeitscher. Das war genau die richtige Rolle für mich. Nach der Konfirmation hatte ich das Geld für ein eigenes Mischpult zusammen, an das mein Vater und ich zwei Schallplattenspieler anschlossen. Dann stand ich manchmal den ganzen Tag mit Kopfhörern in meinem Kinderzimmer, spielte und mixte Musik, schloss dabei die Augen und stellte mir vor, wie die Tanzfläche bebte. Zu den Bands, die mich in dieser Zeit am meisten begeisterten, gehörten Duran Duran, Bob Marley und Adam and the Ants. Doch eines Tages stellte mir meine Schwester die Musik von Bruce Springsteen vor, und von da an spielte er die Hauptrolle. Für mich war Springsteens Musik einfach authentisch und sein Album „The River" wurde meine absolute Lieblingsplatte. Besonders der Titelsong gefiel mir sehr, denn er hatte einfach alles – die perfekte Musik und den perfekten Text. Mit großer Begeisterung ließ ich mich in den Jahren danach von Springsteens spezieller Fähigkeit mitreißen, das Einfache in den kleinen Dingen zu beschreiben, die universell und wichtig sind – ganz gleich, wer man ist, was man besitzt und was man kann. Auch meine Eltern begeisterten sich für Springsteens Musik und wir hatten immer tolle gemeinsame Erlebnisse, wenn er neue Alben herausgab oder wenn es uns gelang, zu seinen Konzerten zu kommen. Als positiver Kontrast zum Schulleben wurde die Musik, mit der ich mich beschäftigte, zu einem Universum, in dem ich Sinn und Tiefe fand. Darum investierte ich jede Krone, an die ich kommen konnte, in neue Platten oder die Erweiterung meines Mischpults. Zuletzt war mein Zimmer mit Platten und Elektronik fast vollständig zugebaut und an den Wochenenden verdiente ich manchmal bei kleinen Partys vor Ort etwas dazu, wenn ich dort den Party-Einpeitscher gab.

Meine Lehrer in der Schule machten sich Sorgen darüber, dass ich nicht besonders viel Energie für die Schule aufbrachte. Sie waren trotzdem der Meinung, dass ich das Zeug dazu hätte, nach der 9. Klasse ans Gymnasium zu wechseln – ich selbst fand das nicht. Doch in einem städtischen Gymnasium plante man eines Tages, einen Handballzweig aufzubauen. Hier konnte man auf höchstem Niveau Handball spielen und gleichzeitig zur Schule gehen. Also schrieb ich mich in der 9. Klasse für den Handballzweig an diesem Gymnasium ein. Der Kurs startete jedoch erst im darauf folgenden Jahr. Darum beschloss ich, noch ein Jahr auf der Volksschule zu bleiben. Das hätte ich nicht tun sollen. In meinem letzten Jahr an der Volksschule habe ich so gut wie gar nichts gemacht. Als ich dann endlich weiter kam, fing ich mit etwa vierundzwanzig Jungen und Mädchen am ersten Handballgymnasium des Landes an. Laut Stundenplan gingen wir vormittags normal zum Gymnasium und hatten den ganzen Nachmittag Handballtraining. Bevor ich begann, sollte ich mich für die sprachliche oder mathematische Richtung entscheiden. Ich wählte Sprachen. Zu dieser Zeit ging es mir immer darum, den kürzesten Weg zum Ziel zu finden, und weil mir Sprachen lagen, fiel die Wahl nicht schwer. Meinen Abschluss am Gymnasium machte ich mittelmäßig. Mehrmals bekam ich Stress, weil ich oft nicht anwesend war und meine Hausaufgaben nicht gemacht hatte. Während der Zeit am Gymnasium führten die Lehrer regelmäßig Gespräche mit mir, denn sie fragten sich immer wieder, warum ich mein Potenzial nicht ausschöpfte. Das Problem bestand darin, dass das Potenzial, das sie sahen, nicht das Potenzial war, das ich entwickeln wollte. Und das Potenzial, das ich entwickeln wollte, wurde am Gymnasium nicht gefördert.

Nach dem Gymnasium ging ich mehr oder weniger automatisch weiter zur Handelshochschule. Doch nach drei Monaten erkannte ich, dass es keinen Sinn hatte, hier weiterzumachen. Darum ging ich ab. An der Handelshochschule wurde mir ganz schnell klar, dass ich das, was ich hier lernte, niemals brauchen würde. Das meiste war viel zu theoretisch und hatte darum keinen hohen praktischen Wert. Während meiner Zeit am Gymnasium hatte ich begonnen, an der Tankstelle im Ort zu arbeiten. Und ich merkte, dass ich in diesem Job viel mehr Dinge lernte, die nützlich waren und die mir für den Rest meines Lebens zugutekommen könnten. Die Schule stellte für mich das Akademische, Gekünstelte dar, wogegen die Tankstelle Realität und Freiheit bedeutete. Bei meinem Freizeitjob lernte ich wichtige Dinge, beispielsweise über Einkaufspreise, Verkaufspreise, Einkauf, Disposition und Rechnungslegung. Für den Tankstellenleiter war ich ohne Frage der beste Mitarbeiter, den er je hatte. Denn ich hatte eine ganz kompromisslose Einstellung zum Job: Ich wollte einfach alles lernen und alles, was er vorschlug, war machbar. Er konnte mich also eine Viertelstunde vor Dienstbeginn anrufen, weil jemand krank geworden war, und noch bevor er ausgesprochen hatte, war ich unterwegs. Diese Einstellung zur Arbeit wurde wirklich geschätzt und mit der Zeit erhielt ich immer mehr Dienste. Nach einer Weile öffnete ich die Tankstelle morgens um sechs und ging zehn vor acht, damit ich pünktlich im Gymnasium war. Aber ich nahm mir etwas zu häufig vom Gymnasium frei, denn ich war lieber bei der Arbeit, anstatt zu lernen.

Natürlich hatte ich schon nach kurzer Zeit ein außergewöhnlich gutes Verhältnis zu meinem Chef, aber auch zu den Kunden war das Verhältnis fantastisch. Die Tankstelle wurde eine Art Treffpunkt für die ganze Gegend. Die Jungs kamen vorbei, wenn ich auf der Arbeit war, und wir quatschten ein wenig. Einmal erhielt ich ein verlockendes Jobangebot einer konkurrierenden Tankstellenkette und erzählte meinem Chef davon. Er meinte, dass es schon sehr schade wäre, wenn ich für einen Konkurrenten arbeiten würde. Darum fragte er, ob er mich nicht als stellvertretenden Leiter für eine neue 24-Stunden-Tankstelle vorschlagen dürfte, die dem Unternehmen gehörte, für das ich schon arbeitete. Die neue Tankstelle sollte die größte im Land sein und kurz vor Kopenhagen an einer Autobahn liegen. Ich war völlig begeistert von der Aussicht, dort zu arbeiten, und bald darauf hatte ich meinen absoluten Traumjob. Mein neuer Chef an der 24-Stunden-Tankstelle war nicht nur außergewöhnlich sympathisch, sondern auch überaus clever. Als ich bei ihm arbeitete, lernte ich jedes Detail kennen, das den Betrieb eines großen Einzelhandels ausmacht. Von Beginn an übertrug er mir gern die Verantwortung. Jedes zweite Wochenende leitete er die Tankstelle, an den anderen Wochenenden leitete ich das Ganze. Wenn wir für Abend- oder Nachtschichten niemanden finden konnten, bin ich immer eingesprungen. Als Mitarbeiter zeigte ich vollen Einsatz und bei meiner Einstellung zur Sache wusste mein Chef immer, dass das Geschäft in guten Händen war, wenn ich bei der Arbeit war.

Den Job an der 24-Stunden-Tankstelle machte ich mehr als zwei Jahre mit großem Elan, als mein Chef beschloss aufzuhören. Doch bevor er ging, fragte er, ob ich mir nicht vorstellen könnte, eine eigene Tankstelle zu bekommen. Der Traum von der Selbstständigkeit hatte mich schon immer fasziniert und darum fand ich das sehr interessant. So kam ich in Kontakt mit einer Mineralölgesellschaft, die Franchisenehmer für einige ihrer Tankstellen suchte. Als Franchisenehmer würde ich eine Tankstelle mit Personal und allem, was dazugehörte, übernehmen. Ich würde die Waren von der Gesellschaft einkaufen, sie an die Kunden weiterverkaufen und selbst den Gewinn erhalten. Um einsteigen zu können, nahm ich Kontakt zum Gebietsleiter der Mineralölgesellschaft auf. Er fand es zunächst merkwürdig, dass ein junger Kerl mit 24 Jahren Lust hatte, selbst eine Tankstelle zu betreiben. Nachdem ich ihm von meinen Erfahrungen erzählt hatte, war er jedoch überzeugt, dass ich es schaffen würde, und bald darauf legte ich los. Damit war ich im Alter von 24 Jahren der jüngste Franchisenehmer in der Geschichte dieses Unternehmens. Jetzt hatte ich meine eigene Tankstelle, die an einem stark befahrenen Zubringer in eine Großstadt lag. Jeden Morgen öffnete ich die Tankstelle um 6.30 Uhr und ackerte bis spät abends. Obwohl es oft wirklich harte Arbeit war, hatte ich das Gefühl, dass alles, was ich im Laufe des Tages machte, enorm lehrreich und spannend war. Nach einem Jahr an der Tankstelle war der Gebietsleiter nicht wenig beeindruckt, als er sah, dass es mir gelungen war, an einer bisher schon gut laufenden Tankstelle den Umsatz noch einmal um fast 30 % zu steigern. Darüber hinaus konnte er auch feststellen, dass die Tankstelle spiegelblank war. Eines Tages meinte er, dass ich allem Anschein nach trotz meiner vielen Arbeit noch Reserven hätte. Er fragte daraufhin, ob ich mir vorstellen könnte, zwei Tankstellen zu betreiben. Das konnte ich und bald darauf hatte ich noch eine zweite Tankstelle in der Gegend. Sechs Monate später wurde noch eine Tankstelle frei, worauf der Gebietsleiter meinte, dass es nicht nötig wäre, extern nach jemandem zu suchen, der sie übernehmen könnte. Anstatt dessen könnte ich doch einfach noch eine Tankstelle bekommen.

Ich war damit noch keine 26 Jahre und der Einzige, der in Dänemark jemals drei Tankstellen gleichzeitig als Franchisenehmer betrieb. Die Geschäfte liefen gut und für mich war es ganz selbstverständlich, ein Geschäft zu betreiben, das 365 Tage im Jahr von morgens 6.30 Uhr bis abends 24 Uhr geöffnet war, und 40 Angestellte zu haben, die einen Umsatz von knapp 10 Millionen Euro im Jahr erwirtschafteten. Die Führung eines Geschäfts in dieser Größenordnung war für mich eine Art Manager-Grundschule und hatte zweifellos Auswirkungen auf die Entwicklung meiner späteren Arbeitsweise. Nach knapp fünf Jahren lief es mit meinen Tankstellen noch immer gut. Und obwohl ich viel Geld verdiente, begann ich nachzudenken, ob ich damit wirklich den Rest meines Lebens verbringen wollte. Ich hatte das Gefühl, dass ich eigentlich noch viel zu viele Ideen hatte, als in diesem Stil weiterzumachen, bis ich fünfzig war. Und so begann ich, mich nach etwas anderem umzuschauen. Eines Tages sah ich in einer Zeitung eine Stellenanzeige, in der ein Gebietsleiter für eine landesweite Supermarktkette gesucht wurde. Mit diesem Job hätte ich nicht mehr nur für drei, sondern für zwanzig Läden die Verantwortung. Darum schickte ich eine Bewerbung los und bekam den Job.

Zuerst versuchten mein Vater und ich die Tankstellen gemeinsam weiterzuführen. Doch die Mineralölgesellschaft spielte nicht mit. Darum mussten die Tankstellen abgewickelt werden und dabei geschah etwas, das mein Leben auf den Kopf stellte. In meiner Buchhaltung sahen die Prüfer, dass ich ein paar geleaste Waschanlagen so abgeschrieben hatte, als wären sie gekauft worden. Das war natürlich ein Fehler. Er wurde berichtigt, doch danach wurde aus dem Gewinn, mit dem ich abgeschlossen hatte, ein Verlust. Um die Schulden zu bezahlen, musste ich alles verkaufen, was ich besaß – und dann trotzdem noch viel Prügel einstecken. Ich hatte zwar viel Geld verdient, doch der Verbrauch für mein Privatleben war auch sehr hoch – ich wohnte teuer und hatte ein paar teure Autos. Als der Jahresabschluss fertig war, musste ich noch gut 100.000 Euro bezahlen. Das war buchstäblich eine kalte Dusche, doch auf diese Weise erhielt ich meine letzte Lektion als Selbstständiger. In dieser Lektion lernte ich einerseits, dass die Spanne zwischen meinen Einnahmen und Ausgaben zukünftig viel größer sein musste. Aber ich lernte auch, wie unangenehm es sich anfühlt, wenn man plötzlich seine Kreditkarte abgeben und Privatinsolvenz anmelden muss. Hätte ich gewusst, dass die Dinge in diese Richtung gehen würden, hätte ich meine drei Tankstellen natürlich behalten und bis zur Abzahlung der Schulden weiter gearbeitet. Doch als der Fehler entdeckt wurde, war es zu spät, um zurückzukehren. Darum musste ich anschließend monatliche Raten abzahlen. Das bedeutete, dass ich mich in den kommenden Jahren trotz des hohen Gehalts in meinem neuen Job finanziell auf das Niveau eines Sozialhilfeempfängers einstellen musste. Man sagt, dass hinter jedem erfolgreichen Geschäftsmann ein oder zwei Konkurse liegen – und da ist wohl etwas Wahres dran. Der Konkurs zeigte mir unter anderem, wie wenig mir Geld eigentlich bedeutete. Mein Lebensstil war jetzt zwar ganz anders, aber ich lebte weiterhin gut. Bei dem, was ich getan hatte, war es mir niemals darum gegangen, Reichtum anzuhäufen. Darum hatte ich auch nicht das Gefühl, dass einer meiner großen Träume geplatzt war. Durch den Konkurs erkannte ich, dass mein Geschäftssinn nicht auf Gier beruhte oder der Lust, extremen Wohlstand zu erreichen. Das, was zählte, war mein Beitrag zum Wachsen eines Geschäfts und dass ich sah, wie sich die daran beteiligten Menschen entwickelten und zufrieden waren. Ob ich dafür Geld bekam, war nicht das Entscheidende. Geld und finanzieller Gewinn waren eigentlich nur ein Zeichen dafür, dass ich mich selbst richtig einsetzte und das tat, was für mich sinnvoll war.

In der Zeit danach wurde ich von meiner damaligen Frau geschieden. Wir hatten eine Vereinbarung, dass unsere beiden Kinder jede zweite Woche bei einem von uns waren. Gleichzeitig arbeitete ich für den Supermarkt und zahlte einen großen Teil meiner Schulden ab. Niemand außer mir selbst und meinen Angehörigen wusste von der Privatinsolvenz. Mein neuer Job war äußerst interessant. Ich lernte viel darüber, was nötig war, damit zwanzig verschiedene Filialleiter in zwanzig verschiedenen Filialen mit ebenso vielen verschiedenen Voraussetzungen gut funktionieren. Ein Grund für das gute Gelingen war, dass mir mein Chef sehr schnell erlaubte, Jesper Nielsen zu sein. Aus seiner Sicht brachte ich ungewöhnlich frischen Wind in die Welt, zu der ich nun gehörte. Ihm hatte ich es zu verdanken, dass ich die Dinge auf meine Weise tun konnte. Die Filialen, mit denen ich zu tun hatte, lagen in Stadtteilen von Kopenhagen, in denen einige der untersten sozialen Schichten wohnten. Auf diese Weise lernte ich, was es bedeutete, mit

Mitarbeitern zu arbeiten, die nicht die gleiche behütete Kindheit wie ich selbst erlebt hatten. Täglich war ich mit den Schattenseiten des Lebens konfrontiert und spürte, welche Probleme ein Alltag mit Alkoholmissbrauch, Enttäuschung, Gewalt, Vernachlässigung und vielen anderen schweren Situationen mit sich brachte. In den Filialen gab es darum häufig Schwierigkeiten mit den Angestellten oder Ärger wegen Diebstahl. Jeder hatte ein anderes Schicksal, auf das man bei der Leitung der verschiedenen Filialen Rücksicht nehmen musste. In mehreren Filialen, mit denen ich arbeitete, gab es viele Migranten aus Ländern der Dritten Welt. Um mit ihnen Erfolg zu haben, musste man die Dinge ganz anders angehen, als ich es von meinen Tankstellen her gewohnt war. Es war für mich einfach fantastisch zu lernen, mit dieser Vielfalt umzugehen, denn es zeigte mir, wie wichtig es ist, dass ein Chef die eigenen Erwartungen daran, wie man ihm entgegentreten soll, ablegen kann. Wenn ich so viele Menschen mit so verschiedenen Voraussetzungen, Glaubensrichtungen und Zielen motivieren und anspornen wollte, musste ich lernen, mich auf jeden Einzelnen einzustellen und mit jedem anders umzugehen. Zu einigen meiner damaligen Mitarbeiter baute ich ein so gutes Verhältnis auf, dass ich sie später mit in mein Schmuckunternehmen nahm, wo sie verantwortungsvolle Positionen erhielten.

Nachdem ich vier Jahre für die Supermarktkette gearbeitet hatte, mochte ich meinen Job noch immer sehr. Doch eines Tages bekam ich einen neuen Chef und merkte schnell, dass meine Tage in dieser Kette gezählt waren. Der neue Chef war einer der alten Garde mit einem Führungsstil, der in meinen Augen eher zum Militär passte. Dieser Mann war ständig damit beschäftigt zu beweisen, wie stark er war und wie gefährlich es werden konnte, wenn man sich nicht seinem Kommando unterwarf. Während der Begegnung mit ihm wurde mir klar, wie sehr ich Autoritäten hasste und es verabscheute, mit Menschen zusammenzuarbeiten, die andere Menschen kontrollierten, ohne rein fachlich etwas Besonderes bieten zu können. Und so begann ich, mich nach einer anderen Arbeit umzuschauen. Ich erinnere mich besonders an den Silvesterabend 2001, als meine Eltern meine beiden Kinder betreuten, während ich einkaufen war. Ich musste noch immer mehrere Jahre meine Schulden aus dem Konkurs abzahlen. In der Tasche hatte ich nur etwas Kleingeld und ohne Kreditkarte konnte keine Rede von einer üppigen Silvesterparty für die Kinder sein. An diesem Tag wurde mir klar, dass ich auf irgendeine Weise Geld verdienen musste – auf eine Weise, die mir und meinen Kindern mehr Freiheit gab. Es war zwar nicht das Geld, das mich antrieb, aber der Gedanke von finanzieller Unabhängigkeit wurde immer verlockender. Wenn ich ihn in vollem Umfang umsetzen wollte, würde das nur als Selbstständiger funktionieren.

Ich hatte in dieser Zeit einen Freund, der in Norwegen Schmuck verkaufte. Wenn er zu einer Messe dorthin musste, spielte ich ab und zu den Chauffeur. Und weil ich die Fahrt übernahm, spendierte er den Schnaps, und auf diese Weise hatten wir ein paar lustige Touren zusammen. Mein Freund war zwar nicht der große Geschäftsmann, aber ich sah auf unseren Reisen, dass er den Schmuck trotzdem ganz gut verkaufen konnte. Darum begann ich schließlich, mich mehr dafür zu interessieren, wie es funktionierte. Als ich die Zusammenhänge besser verstand, fragte ich, ob ich nicht versuchen dürfte, seinen Schmuck in Deutschland zu verkaufen. Er war einverstanden. Ich nahm mir also 14 Tage Urlaub von meinem Job im Supermarkt und fuhr mit ein paar Kästen voller Schmuck auf dem Rücksitz nach Süden über die Grenze. Dass es gerade Deutschland war, hing zum einen mit Fernweh zusammen und damit, dass Deutschland ein riesiger Markt ist, auf dem es viel Geld gibt. Gleichzeitig hatte ich schon früher das Gefühl, dass ich in Deutschland irgendetwas Spannendes erleben würde. Meine Energie basierte daher auf einer unerklärlichen Anziehungskraft und einem Gefühl, dass in Deutschland jede Menge Erlebnisse und ein fantastisches Abenteuer auf mich warteten.

Auf dem Weg nach Deutschland machte ich in Hamburg halt, um hier meine Verkaufstour zu starten. Bald schon wurde klar, dass meine vierzehn Tage in Deutschland eine echte Herausforderung werden würden. Die Aufgabe, die ich mir selbst gestellt hatte, lautete folgendermaßen: „Du fährst jetzt in ein fremdes Land, in dem du weder die Sprache sprichst noch die Kultur kennst. Hier sollst du ein Produkt verkaufen, über das du nichts weißt, an Kunden, die du nicht kennst, und du weißt auch nicht, wo du sie finden kannst.“ Trotzdem parkte ich in der erstbesten Straße in Hamburg, fand den erstbesten Juwelier und betrat fröhlich den Laden mit einem Kasten voller Schmuck unterm Arm. Als ich dort stand und mich in gebrochenem Deutsch versuchte, musste der Mann im Laden sicher gedacht haben, dass ich völlig den Verstand verloren hatte. Dass er nichts kaufte, machte mir nichts aus, weil ich schon während unseres Gesprächs ein paar Ideen hatte, wie ich es beim nächsten Mal besser machen konnte. Als ich nach vierzehn Tagen wieder nach Hause fuhr, war es mir gelungen, drei Pakete Schmuck zu verkaufen, und meine Schlussfolgerung war klar: Wenn ich drei Pakete verkaufen konnte, dann konnte ich auch dreihundert verkaufen. Und wenn ich dreihundert verkaufen konnte, konnte ich auch tausend verkaufen. Zu Hause angekommen holte ich meine große Deutschlandkarte hervor und begann zu zählen, an wie vielen Orten ich Schmuck verkaufen könnte. Und da hatte ich das Gefühl, dass es jetzt nur noch einen gab, der die neu gestartete Entwicklung bremsen konnte – und das war ich selbst. Mit diesem Gefühl im Bauch ging ich zur Arbeit und wollte kündigen.

Nun bin ich nie jemand gewesen, der sein Unternehmen einfach im Stich lässt. Es endete daher so, dass ich meinem Chef bei der Supermarktkette sagte, dass meine Kündigung nicht mit sofortiger Wirkung sein müsste. In der kommenden Zeit sollte er einen Ersatz für mich finden und wenn ein neuer Gebietsleiter gefunden war, wollte ich aufhören. Mein zuvor schon beschriebener, autoritärer Chef war über meine Entscheidung natürlich erschüttert. Er war sicher, dass bei mir eine Schraube locker war. Wenn ich glaubte, dass ich einfach auf gut Glück in Deutschland herumfahren und vom Verkauf von Schmuck leben könnte, würde ich bald eines Besseren belehrt werden. Nach zwei Monaten hatte er darum noch keinen Ersatz gefunden und ich fragte ihn, ob nicht bald etwas geschehen würde. Er war jedoch davon ausgegangen, dass ich meine Kündigung bereut hätte. In klaren Worten machte ich daraufhin deutlich, dass ich es nicht bereut hätte und dass er sich beeilen sollte, einen Ersatz zu finden, damit ich nach Deutschland kommen konnte, um mein Projekt fortzusetzen. Bis ich dann loskam, vergingen noch einmal fast zehn Monate. Zuletzt musste ich einen Termin festlegen, von dem an ich nicht mehr zur Arbeit kommen würde. Erst da begriff er, dass ich es ernst meinte.

Als ich den Supermarkt endlich verlassen hatte, wurde ich umgehend zum Sozialhilfeempfänger. Zunächst hatte das die günstige Folge, dass ich nicht mehr die Schulden aus meiner Privatinsolvenz abzahlen musste. Gleichzeitig erhielt mein Leben eine sehr gute Struktur. Alle zwei Wochen fuhr ich durch Deutschland und in der anderen Woche war ich bei meinen beiden Kindern zu Hause. Meine Kinder waren zu dieser Zeit in einem guten Alter dafür. Ich war zu Hause, wenn sie bei mir waren, und darum empfanden sie es so, als wäre ich immer zu Hause. Gleichzeitig konnte ich sie alle zwei Wochen meiner Exfrau überlassen und dann mit voller Kraft in Deutschland loslegen. Im Laufe der nächsten Monate fand ich durch hartnäckigen Einsatz sechzig Kunden in Deutschland. Jetzt war ich mir in Bezug auf das Potenzial so sicher, dass es Zeit wurde, es ernsthaft anzugehen. Die sechzig Kunden, die ich in Deutschland gefunden hatte, übergab ich danach meinem Freund, der Händler für diesen Schmuck war. Der Prozess war ungeheuer lehrreich, und für mich war es nicht wichtig, dass ich mit dieser Aufbauarbeit Geld verdient hatte. Mein Einsatz hatte mir so viel neues Wissen über das Potenzial im Schmuckverkauf in Deutschland gebracht, dass ich sicher war, dass die für meine Recherchen verwendete Zeit gut angelegt war. Jetzt war ich darum bereit, richtig durchzustarten. In der darauf folgenden Zeit schloss ich mit einer italienischen Schmuckfirma einen Vertrag über den Verkauf einer Schmuckkollektion mit dem Namen Vero Firenze in Deutschland ab. Vero Firenze war ein Stahlarmband, das auf einem Konzept aus den Fünfzigern aufbaute. Das Konzept lief darauf hinaus, dass man verschiedene Elemente kaufte und auf diese Weise ganz persönlichen Schmuck gestaltete und zusammenstellte. War man beispielsweise in Brasilien gewesen, konnte man eine brasilianische Flagge aus Gold oder Emaille kaufen. Erhielt man ein Herz von seinem Liebsten oder wollte man zeigen, dass man in einem bestimmten Sternzeichen geboren war, konnte man dies in das Armband einsetzen. Auf diese Weise erhielt das Armband einen ganz persönlichen Charakter, mit dem man viele Dinge über den Träger des Armbands erfuhr, wenn man es anschaute. Das Armband war also nicht nur ein Band mit Geschichte, sondern auch ein Band der Persönlichkeit, des Lebens und der Erfahrung des Trägers. Es war seit Mitte der Neunziger international ein großer Erfolg und damit ein Trend. Der Zugang zu den Kunden war somit viel einfacher als mit einem ganz neuen, unbekannten Konzept.

Nachdem ich den Vertrag mit Vero Firenze geschlossen hatte, traf ich mich mit meiner Schwester und meinen Eltern, um zu hören, ob sie mir helfen würden. Zum einen brauchte ich etwas Startkapital und zum anderen brauchte ich Hilfe. Das Interesse meiner Familie war sofort da. Es stand außer Frage, dass meine Familie spürte, dass ich eine Vision und jede Menge Energie hatte. Daraufhin nahmen meine Eltern eine Hypothek auf ihr Haus auf, damit wir starten konnten. Danach verteilten wir gemeinsam die Rollen. Mein Vater sollte den Schmuck jeden Tag verpacken und dafür sorgen, dass er mit der Post versandt wurde. Meine Mutter war für die Rechnungen zuständig, wenn sie von ihrer damaligen Arbeit bei der dänischen Lottogesellschaft Tipstjenesten kam. Und meine Schwester stand mir mit ihrer juristischen Erfahrung zur Seite, wenn sie gerade nicht in ihrem Job als Juristin im Außenministerium arbeitete. Ich selbst wurde zum Vertreter der Firma und jeweils für eine Woche mit dem billigsten verfügbaren Mietwagen oder dem alten Opel meines Vaters nach Deutschland geschickt. Wir gründeten auch eine Firma, und weil ich ja noch immer in Privatinsolvenz war, mussten wir sie zu Beginn im Namen meiner Mutter gründen. Als ich auf meiner ersten Verkaufstour das erste Schmuckpaket verkauft hatte, fiel mir plötzlich ein, dass unser Unternehmen gar keinen Namen hatte. Darum rief ich zu Hause bei meiner Mutter an und bat sie, nachzudenken und etwas zu finden. Sie grübelte mehrere Stunden, versuchte die Namen der Familienmitglieder auf kreative Weise zusammenzustellen, doch sie fand leider nichts, was absolut gut klang. Zuletzt fragte sie sich, was ich eigentlich bei meinen Reisen machte. Aus den Anfangsbuchstaben der dänischen Wörter, die ihrer Meinung nach unsere Geschäftstätigkeit beschrieben, setzte sie die Abkürzung ‚KASI' zusammen. Ich fand zuerst, dass es ein ziemlich merkwürdiger Firmenname war. Doch meine Mutter klang so, als hätte sie die Entscheidung schon getroffen – also machte ich nicht viel Wesens darum. Auf diese Weise wurde 2003 die Kasi Group offiziell als Unternehmen in Dänemark gegründet. Gleichzeitig eröffneten wir unser erstes Büro in einem Industriegebäude und richteten es mit einem Esstisch vom Flohmarkt sowie einem zweiten Esstisch meiner Eltern ein. Letzteres bedeutete, dass meine Eltern in den folgenden Monaten keinen Esstisch hatten.

Alle erfolgreichen Marken auf der Welt – ganz gleich, ob es sich um Gucci, Bestseller oder H&M handelt – wurden von jemandem gegründet, der ein ungewöhnlich guter Verkäufer war. Man kann das perfekte Produkt erfinden – wenn es niemanden gibt, der ein Vertriebsnetzwerk aufbauen kann und den Verkauf übernimmt, kommt man nirgendwo hin. Ich rede hier nicht davon, einfach einen Artikel über den Ladentisch zu bringen, sondern davon, in der Lage zu sein, ein großes Universum zu erschaffen, das den Kunden *wirklich* etwas bietet. Außerdem muss man Glück haben und die richtigen Leute treffen, mit dem richtigen Produkt zur richtigen Zeit auf den Markt kommen sowie frech und kreativ genug sein, alle Chancen, die man hat, genau in dem Moment zu nutzen, in dem sie sich bieten. Bei meiner Arbeit war ich immer vor Ort und ich arbeitete viele Stunden äußerst fleißig. Dadurch kannte ich mit der Zeit fast alle deutschen Städte und fühlte mich wie ein Fisch im Wasser, wenn ich mich durch Deutschland bewegte. Selbstverständlich musste ich in anderen Bereichen des Lebens viele Abstriche machen. Aber wenn man Erfolg haben will, muss man bereit sein, alles zu geben.

Später wurde ich oft gefragt, wie ich solch eine Durchschlagskraft in Deutschland erreichen konnte. Nun, zum einen war ich mutig genug, daran zu glauben, dass es machbar ist. Doch gleichzeitig war es auch von unschätzbarem Wert, dass ich wie ein Deutscher denken und wie ein Deutscher sein konnte – dass ich also die deutsche Kultur in mich aufnehmen konnte und ein Teil der Energie wurde, die in diesem Land liegt. Will man in einem Land erfolgreich sein, nützt es nichts, nur zu Besuch zu kommen. Man muss dort leben können und spüren, dass man ein Teil des

Ganzen ist. Es gibt ja enorm viele Unternehmen aus kleinen Ländern, die versuchen, in den großen Ländern durchzustarten – und dann überrascht sind, wie schwer es ist. Wenn ein Land zehnmal so groß ist, wird der Durchbruch nicht zehnmal leichter – im Gegenteil. In den großen Ländern sind alle großen Akteure vertreten und darum ist die Konkurrenz viel härter als in den kleinen Ländern. Ein Start mit einigen wenigen Verkäufern ist vielleicht in einem Land mit ein paar Millionen Einwohnern in Ordnung. In einem großen Land kann ein kleiner Start jedoch auch schnell versickern. Darum war mein kleiner Ein-Mann-Start in einem schäbigen Auto und Übernachtungen in primitiven Hotels am Rande der Stadt auch nicht das, was die Sache ins Rollen brachte. Vielmehr war das Ereignis, das die Aktivitäten der Kasi Group in Deutschland auf den Kopf stellte, eher ein Zufall. Bei meiner Arbeit mit dem Vero Firenze-Schmuck sorgte ich immer dafür, meine Broschüren überall, wo es nur ging, zu verteilen. Eines Tages erhielt ich einen Anruf von einem älteren Herrn, der eine meiner Broschüren gesehen hatte. Er wollte hören, ob er Vero Firenze für mich verkaufen dürfe. Zunächst verstand ich nicht, was er meinte, und fragte, ob er von mir Schmuck *kaufen* wollte.

„Nein", sagte er. „Ich möchte den Schmuck mitnehmen und präsentieren, wenn ich in den Geschäften unterwegs bin, und dann eine Provision für das erhalten, was ich verkaufe."

„Das dürfen Sie gern machen", sagte ich überrascht und dachte mir, dass es eigentlich gut wäre, wenn ich nicht der Einzige bin, der Vero Firenze auf dem deutschen Markt verkauft. „Wie viel Provision wollen Sie denn haben?"

„15 oder 20 Prozent", sagte er.

Da ich selbst eine Gewinnspanne von etwa 60 Prozent hatte, klang das recht vernünftig. Würde ich ihm 20 Prozent geben, blieben immer noch 40 Prozent für mich. Die Anfrage erreichte mich auf dem Rückweg von Süddeutschland, wo ich den ganzen Tag Kundengespräche geführt hatte. Ich schlug darum vor, dass wir uns auf einem Rastplatz etwas weiter Richtung Norden um 24.00 Uhr treffen könnten.

„Nachts um zwölf?" rief er. Und obwohl er offensichtlich fand, dass dies ein merkwürdiger Zeitpunkt für ein Meeting war, kam er trotzdem. Nach einem einstündigen Gespräch gab ich ihm ein Paket Schmuck, hundert Produktkataloge und ein Formular, das zeigte, wie er neue Kunden erfassen sollte. Eine Woche später hatte er fünf neue Kunden gebracht. Ich erkannte daraufhin sehr schnell, dass diese Form der Zusammenarbeit meinem Geschäft eine ganz neue Dimension gab. Als ich den Mann fragte, ob er nicht noch Freunde hätte, die sich vorstellen könnten, Vero Firenze zu verkaufen, zeigte es sich, dass er in ganz Deutschland Freunde hatte, die gern mitmachen wollten. Danach verbrachte ich immer mehr Zeit damit, in Deutschland Leute zu finden, die für mich neue Kunden finden konnten.

Schon im darauf folgenden Jahr, 2004, nahm die Kasi Group mit diesem Fundament richtig Fahrt auf. Um dem wachsenden Umsatz und der hohen Arbeitsbelastung gerecht zu werden, kündigte meine Mutter ihren Job bei der Lottogesellschaft und arbeitete Vollzeit für uns. Darüber hinaus hatten auch meine Schwester und mein Vater beide Hände voll zu tun. Vor Ablauf meines ersten Jahres mit Vero Firenze hatte ich so viel Rückenwind, dass ich mich mit gut zwanzig selbstständigen deutschen Verkäufern überall in Deutschland eingerichtet hatte, die Schmuck für die Kasi Group verkauften. Natürlich brachten nicht alle Verkäufer, die ich fand, gleich gute Leistungen. Einige verschwanden mit dem Schmuck, andere unternahmen gar nichts. Aber die meisten arbeiteten sehr effizient und unser Kundenfundament wuchs immer weiter bis auf ein Niveau, auf dem unsere Aktivitäten in Deutschland zu einem recht einträglichen Geschäft wurden. Eine Sache lernte ich in dieser Zeit: Ich durfte keine Zeit mit Rückblicken verschwenden. Wenn wir hundert Kunden bekommen hatten, gab es vielleicht vierzig, bei denen es nicht richtig anlief. Doch anstatt den Schwerpunkt auf diese zu setzen, ging es darum weiterzukommen, und immer wieder und wieder und wieder neue Kunden zu finden. Es wurde ständig Druck gemacht, und immer, wenn wir einen Fehler machten oder einen Vertrag mit jemandem schlossen, der nicht das tat, was wir erwarteten, nahmen wir die Erfahrungen daraus im Vorbeigehen mit und machten in atemberaubendem Tempo weiter, um mit dem nächsten Kunden zu starten. In dieser Zeit gab es darum nur eine einzige Sache, die für mich jeden Tag im Mittelpunkt stand – Vertrieb, Vertrieb und nochmals Vertrieb.

**Das Abenteuer beginnt**

# Die Begegnung mit Pandora

Zum ersten Mal sah ich den Schmuck von Pandora 2004 auf einer Schmuckmesse in Dänemark. Seit meinem Start mit Vero Firenze 2003 war es mir gelungen, ein Netzwerk mit etwa 1.500 Kunden sowie eine sehr effiziente Vertriebsstruktur in Deutschland aufzubauen, mit der wir im ersten Jahr Schmuck für knapp 8 Millionen Euro absetzten. Meine Familie und ich lebten von der Zusammenarbeit mit Vero Firenze wirklich gut. Dennoch war ich auf der Suche. Ich wollte andere Bereiche entwickeln oder etwas finden, das meine Kollektion ergänzen konnte.

Auf der Messe in Dänemark schaute ich mir verschiedene Kollektionen an und war nicht sicher, was ich wählen sollte. Ich wusste nur, dass ich meine Kollektion mit einem weiteren Typ Sammelschmuck ergänzen wollte – auch wenn mir mehrere Leute sagten, dass die Sammelleidenschaft sicher bald ein Ende haben würde. Ich war mir dessen jedoch nicht so sicher. Diejenigen, die damals dem Sammelschmuck skeptisch gegenüberstanden, waren überzeugt, dass diese Sammelleidenschaft ein neues Phänomen sei und dass sie darum, wie so viele andere Trends, sehr schnell wieder verschwinden würde. Fakt ist aber, dass Sammelschmuck keine neue Erfindung ist. Diese Art von Schmuck gibt es in verschiedenen Variationen schon seit der Wikingerzeit und man sieht, dass die Frauen ihr Interesse am Sammeln im Laufe der Zeit nicht verloren haben – eher das

Gegenteil ist der Fall. Für uns Männer ist das völlig unverständlich. Doch das Konzept, auf dem man mit Sammelschmuck aufbaut, spricht etwas ganz Grundlegendes in dem an, was man die DNA der Frau nennen kann. Man darf nicht vergessen, dass die beiden stärksten Triebe bei Frauen Shoppen bzw. Sammeln sind. Mit Sammelschmuck trifft man daher direkt den Kern dieser beiden Bereiche. Dadurch kann solch ein Schmuck als unglaublich effizientes Geschäftskonzept funktionieren.

Eine der Kollektionen, die ich mir auf der Messe anschaute, kam vom Hersteller einer Marke mit dem Namen Lovelinks. Ich schaute mir auch Troldbeads sowie Unodomani und dann natürlich Pandora an. Ich ging in der Halle mit den vier verschiedenen Kollektionen auf und ab – jede sah auf ihre Weise vielversprechend aus. Ich sprach mit den Vertretern der verschiedenen Großhändler und es wurde für mich immer schwieriger zu entscheiden, welche Richtung ich einschlagen sollte. Zu dieser Zeit war ich in der Branche noch verhältnismäßig neu und es fiel mir schwer, zwischen den verschiedenen Produkten besondere Unterschiede zu erkennen. Fragte man die Hersteller, dann erhielt man immer die gleiche, vorhersehbare Geschichte, dass gerade *ihr* Produkt am besten war. Doch wenn ich nach den Gründen fragte, konnte mich niemand von ihnen überzeugen, dass ich sie und nicht die anderen wählen sollte. Wenn ein Trend ins Rollen kommt, tauchen schnell viele verschiedene Marken auf, die sich sehr ähnlich sind. Jeder Trend hat eine sich selbst verstärkende Wirkung und je mehr Geld in dem entsprechenden Trend steckt, umso schwieriger kann es werden, die einzelnen Marken voneinander zu unterscheiden. Aus diesem Grund kann man leicht viel Zeit mit Gesprächen über Rohstoffe, Steine, Design, Oberflächenbehandlung verbringen oder darüber reden, wie man die Kunden auf verschiedene Art und Weise anspricht. Doch eigentlich ist keines dieser Kriterien entscheidend, um eine Kollektion stark zu machen. Am wichtigsten ist, wie die Sache vermarktet wird, wie sie vertrieben wird und inwieweit es gelingt, die Produktmarke richtig zu entwickeln. Bei der schwierigen Auswahl auf der Messe war es dann doch ein Zufall, der mich zu meiner endgültigen Entscheidung brachte. Während ich herumging und mir verschiedenen Schmuck anschaute, traf ich zufällig Kenneth Ramstrup, einen der Gründer von Pandora. Die Chemie zwischen uns stimmte sofort und wir stellten fest, dass wir beide Fans des Fußballclubs Brøndby IF waren. Damit fiel die Wahl ganz selbstverständlich auf Pandora.

So wie Pandora heute aufgestellt ist, dominiert das Unternehmen den Weltmarkt bei Sammelschmuck ganz allein. Und das, obwohl es rund hundert registrierte, sogenannte Look-Alikes gibt, die etwa nach dem gleichen Konzept arbeiten. Für normale Menschen ist es sicherlich schwer zu begreifen, wie Pandora so groß werden konnte. Denn eigentlich ist es ein sehr simples Konzept bestehend aus einem Schlangenarmband. Für dieses Armband kann man ein paar Kugeln kaufen und ebenso wie bei Vero Firenze damit eigenen Schmuck sammeln oder gestalten.

Zu dem Zeitpunkt, als ich Pandoras Produkte auf der Messe sah, kannte sie niemand außerhalb Dänemarks. Die Firma war von Per Enevoldsen gegründet worden, der seit 1982 einen kleinen Goldschmiede-Laden in Kopenhagen hatte. Irgendwann begann er damit, nach Thailand zu fahren und dort Schmuck herstellen zu lassen. Den Schmuck verkaufte er zu Hause in seinem Laden . Im Laufe der Zeit baute er auf diese Weise ein kleines Vertriebsunternehmen auf und arbeitete mit dem sehr engagierten und talentierten Verkäufer Kenneth Ramstrup zusammen. Kenneth Ramstrup verkaufte den Schmuck für die Firma, die damals den Namen Populær A/S trug, doch der Beginn ihrer Zusammenarbeit war für ihn recht frustrierend. Um es geradeheraus zu sagen: Es war todlangweiliger Schmuck aus recht schönem Silber. Um das Geschäft ins Rollen zu bringen, versuchte Populær, seine Konkurrenten zu unterbieten, und kaufte die Ware in Asien ein, um sie so billig wie möglich weiterverkaufen zu können. Doch der Schmuck von Populær erzählte keine Geschichte – keine Marke oder irgendetwas anderes machte es für die Kunden interessant. Bei seinen Besuchen zeigten die Goldschmiede oder Juweliere Kenneth Ramstrup oft den Schmuck von Vero Firenze und erzählten, wie toll das Konzept war. Er fand jedoch, dass Vero Firenze nicht gut gemacht war. Darum ärgerte er sich immer mehr darüber, dass die Kunden darauf hereinfielen und so etwas kauften. Schließlich nahm er Kontakt zu Per Enevoldsen auf und fragte, ob sie nicht selbst Schmuck nach dieser Idee, aber in ordentlicher, professioneller Goldschmiedekunst herstellen konnten. Kenneth Ramstrup wollte am Konzept festhalten, aber das Produkt ändern. Auf dieser Grundlage begannen die beiden mit der Entwicklungsarbeit, die das Fundament für den ersten Pandora-Schmuck bildete. Diese Pionierarbeit erfolgte 1998/1999 und im Jahr 2000 waren sie zum ersten Mal bereit, Pandora auf den Markt zu bringen. Damals war jedoch noch nicht die Rede von dem Pandora-Schmuck, der sich später über die ganze Welt verbreitete. Zuerst verwendeten sie beispielsweise oxidiertes Silber, das nach meinem Geschmack etwas zu dunkel war. Erst viel später entwickelte es sich zu dem farbenfrohen und abwechslungsreichen Pandora-Schmuck, den wir heute kennen. Doch Anfang 2000 gelang es Kenneth Ramstrup zum ersten Mal, ein Startpaket mit Schmuck an einen Juwelier zu verkaufen. Und weil er ein guter und hartnäckiger Verkäufer war, gelang es ihm auch, Pandora nach und nach in Dänemark auf den Weg zu bringen. Als ich ihn 2004 auf der Schmuckmesse kennenlernte, war Pandora in Dänemark schon ein Trend. In anderen Ländern hatte man jedoch noch nichts davon gehört. Es gab einige Händler in Belgien und Norwegen, die es sich anschauten, aber das war noch nichts Ernstes.

Viele haben sich im Laufe der Zeit über den Namen Pandora für die Schmuckkollektion gewundert. Pandora ist ja eine griechische Göttin und die meisten haben von der Büchse der Pandora gehört, die alle Übel der Welt enthält. Aus Perspektive des Marketings wäre es demnach keine gute Geschichte. Dass sich Per Enevoldsen und Kenneth Ramstrup für den Namen Pandora entschieden, lag an einer kleinen Werbefirma, die sie für ihre Entwicklungsarbeit engagiert hatten und die verschiedene Vorschläge für die Präsentation und den Namen des neuen Schmucks machen sollte. Bei Populær gab es zu dieser Zeit eine Aushilfe für Reinigungs- und Büroarbeiten. Sie hörte, dass für die neue Schmuckkollektion ein Name gesucht wurde, und erzählte, dass ihre Mutter den Namen Pandora für eine Schmuckkollektion ideal fand. Das erfuhren auch die Werbeleute und meinten, dass es genau richtig klang. Sie schlugen nach und sprachen darüber, wie der Name in verschiedenen Sprachen klingt.

Schließlich waren sie überzeugt, dass Pandora genau der Name war, den die neue Kollektion haben sollte.

Die meisten haben von der Büchse der Pandora aus der griechischen Mythologie gehört. Von dieser Geschichte gibt es viele Versionen. Die bekannteste handelt davon, dass ein griechischer Gott eine Schwäche für die Menschen hatte. Darum schenkte er uns das Feuer, damit wir uns wärmen, im Dunkeln etwas sehen und Essen zubereiten konnten. Die anderen Götter fürchteten, dass der Mensch das Feuer für böse Zwecke nutzen würde. Zeus befahl, aus Wasser und Lehm Pandora zu erschaffen, die die Menschen bestrafen sollte. Alle griechischen Götter machten Pandora Geschenke – unter anderem Schönheit, Charme, Intelligenz und Neugier. Zuletzt übergab Zeus ihr eine Büchse und sagte, dass sie diese nie öffnen dürfe. Aber Pandora hatte ja das Geschenk „Neugier" erhalten und darum dachte sie ständig daran, was sich wohl in dieser Büchse befinden könnte. Schließlich wurde es für Pandora zu viel und sie konnte der Versuchung nicht länger widerstehen. Sie hob den Deckel an, um kurz einen Blick in die darin befindlichen Geheimnisse zu werfen. Doch als der Deckel geöffnet wurde, flog alles Unglück der Menschen aus der Büchse heraus: Von Gier über Eitelkeit und Tratsch bis Neid und viele andere schlechte Charakterzüge. Entsetzt warf Pandora den Deckel wieder auf die Büchse. Auf diese Weise bewahrte sie das, was in der Büchse zurückgeblieben war – all die schönen Dinge wie Liebe, Hoffnung, Leidenschaft und andere Eigenschaften, die wir auf diese Weise behalten durften.

Bei der Schmuckfirma Pandora geht es in Bezug auf die Büchse der Pandora darum, dass der Kunde die Büchse öffnet und etwas herauslässt - zurück bleiben die schönen Dinge, für die Pandora bekannt ist. In den Jahren, in denen ich mit Pandora arbeitete, haben wir die Geschichte sehr oft besprochen - auch wenn uns alle, die etwas Ahnung von Marketing hatten, immer wieder zu verstehen gaben, dass Pandora ein wirklich schlechter Name war, wenn man eine Ware verkaufen wollte. Interessant ist, dass heute viel mehr Leute den Schmuck von Pandora kennen, als die Mythologie, die zur Geschichte über die Büchse der Pandora gehört.

Kenneth Ramstrup freute sich auf der Messe natürlich sehr, dass ich mich für den Vertrieb von Pandora in Deutschland interessierte. Dänemark ist ein kleines Land und der deutsche Markt ist gut und gerne 15-mal größer als der dänische. Kenneth Ramstrup wollte sehr gern nach Deutschland und begann sofort über einen Kooperationsvertrag zu sprechen. Doch mir war eine etwas entspanntere Herangehensweise lieber. Darum schlug ich vor, dass wir - bevor wir einen formellen Vertrag schlossen - lieber spontan eine kleine Tour nach Deutschland machen sollten. Zum einen konnten wir uns so besser kennenlernen und gleichzeitig erhielt er eine Vorstellung davon, was ich auf meinem neu erworbenen deutschen Markt leisten konnte. Ich kaufte also 10 Startpakete von Pandora und machte mit Kenneth Ramstrup einen Treffpunkt auf einem der großen Autobahn-Rastplätze in Deutschland aus. Von dort aus sollte es zu ein paar deutschen Juwelieren weitergehen, denen wir den Schmuck zeigen wollten. Wir wollten ihre Einschätzung hören, ob es in Deutschland dafür Interesse gäbe. Kenneth Ramstrup würde auf diese Weise selbst verschiedene Juweliere kennenlernen und entscheiden, wen er sich als Kunden von Pandora in Deutschland vorstellen könnte. Nach gut drei Wochen erhielt ich den Schmuck und zeigte ihn ein paar deutschen Schmuckleuten. Die zuckten mit den Schultern und fanden den Schmuck nicht besonders interessant. Sie meinten, er wäre viel zu indisch und hippiemäßig. Doch jeder, der etwas Neues zum ersten Mal sieht, ist erst einmal skeptisch. Ich fand, dass ich gute Rückmeldungen vom dänischen Markt sowie ein gutes Bauchgefühl hatte, und glücklicherweise entschied ich mich, darauf zu vertrauen.

Jeder, der mich kennt weiß, dass ich ein aufrichtiger Geschäftsmann bin. Ich sage, was ich denke, und stehe zu dem, was ich sage. Doch ich soll auch gesagt haben, dass ein guter Verkäufer Erfolg durch seine Lügen hat und für seine Ehrlichkeit in Erinnerung bleibt. Wenn man es als Verkäufer weit bringen möchte, muss man selbstverständlich fest und tief an seine Produkte glauben. Und wenn man es nicht ab und zu mal wagt, etwas frech zu sein oder eine Chance zu ergreifen, wird man kaum jemals Erfolge erzielen. Darum plante ich bei Kenneth Ramstrup, der ja selbst Verkäufer war, eine freche Strategie. Ich musste ihn überzeugen, dass ich der beste Verkäufer war, den er jemals getroffen hatte. Damit sollte es für mich leichter werden, einen Vertrag mit Pandora zu schließen, der meinen Prämissen entsprach. Wir trafen uns also auf dem Rastplatz und fuhren in Richtung Hannover, der nächsten großen Stadt an der Autobahn. Kenneth Ramstrup wunderte sich, dass ich kein Navigationsgerät brauchte. Ich erklärte ihm, dass Deutschland mein zweites Zuhause war und ich hier im Land so gut wie alle Straßen kannte. Das beeindruckte ihn natürlich sehr. Bald fuhren wir von der Autobahn in die Großstadt Hannover ab und parkten hier vor einem der ganz großen Juweliergeschäfte Deutschlands.

Ich musste gar kein Hellseher sein, um zu wissen, dass dies hier eines der Geschäfte war, die Kenneth Ramstrup natürlich liebend gern als Kunden für Pandora in Deutschland hätte. Doch ihm war nicht bewusst, dass ich meine Strategie schon vorausgeplant hatte. Ich wusste, dass Kenneth Ramstrup nicht besonders viel Deutsch sprach. Er würde nichts von dem verstehen, was ich sage, wenn ich nur schnell genug sprach. Den Inhaber des Geschäfts hatte ich vor unserem Besuch angerufen und ihm erzählt, dass ich am selben Tag mit einem Dänen kommen würde, der nicht viel Deutsch verstand. Ich sagte, dass ich ihm mit dem Dänen ein neues Produkt vorstellen wollte und dass der Juwelier einfach nur begeistert zustimmen sollte. Der Juwelier versprach mir, meinem dänischen Begleiter zu sagen, dass dies genau das Produkt war, auf das er schon lange gewartet hatte. Bevor ich auflegte, versprach ich dem Juwelier, dass er für den Schmuck bei Lieferung nichts zahlen müsste. Er könne ihn selbstverständlich jederzeit kostenfrei zurücksenden. Damit hatte der Juwelier kein Problem und als Kenneth Ramstrup und ich das Geschäft betraten, wurden wir mit offenen Armen empfangen. Wie immer kam ich ohne Schlips und Anzug und ich redete eine Stunde lang (in meinem schnellen, grammatikfreien Deutsch) mit dem Geschäftsinhaber über Fußball. Kenneth Ramstrup versuchte natürlich, dem Gespräch zu folgen, kam aber nicht mit. Trotzdem war er beeindruckt, dass ich ein so ungezwungenes Verhältnis mit meinen Kunden hatte. Als wir genug über Fußball gesprochen hatten, kam das Gespräch auf die Ware, die Kenneth Ramstrup und ich präsentieren wollten. Und so lag zum ersten Mal Pandora-Schmuck auf einem Ladentisch vor den Augen eines deutschen Juweliers. Als der Schmuck vor ihm lag, erhob sich der Juwelier und zeigte das Interesse, das wir vereinbart hatten. Dann holte er noch die anderen Angestellten und alle standen lange Zeit da und bewunderten den Schmuck von Kenneth Ramstrup. Ich schaute zu ihm und fragte, ob es dieser Kundentyp war, den er gern hätte. Seine Augen leuchteten wie zu Weihnachten. Nachdem er dem begeisterten Juwelier ein Paket verkauft hatte, gingen wir zum Auto und fuhren weiter zum nächsten Juweliergeschäft in der nächsten Großstadt.

In der nächsten Stadt war eine Frau Inhaberin des größten Juweliergeschäfts. Auch sie war natürlich vorgewarnt worden und hatte auch Ja zum Pandora-Schmuck gesagt, ohne ihn gesehen zu haben. Mit ihr wollte ich nicht über Fußball, sondern über Mode reden. Darum hatte ich mir auf diesem Gebiet Wissen angeeignet und konnte eine ganz ungezwungene Atmosphäre schaffen, die wir brauchten, bevor ich den Trumpf ausspielte und ihr den Schmuck zeigte. Mit großer Begeisterung bestellte auch sie ein Paket vor den Augen des verblüfften Kenneth Ramstrup. Und so ging es auch in der nächsten Stadt weiter, wo wir ebenfalls ein Paket verkauften. Als der Tag zu Ende ging, fragte ein beeindruckter Kenneth Ramstrup, wie viele Kunden ich denn in Deutschland finden könnte.

In meinem Netzwerk gab es ja schon 1.500 potenzielle Kunden und wir hatten gerade an drei von ihnen verkauft. Ich sagte darum, dass ich keinen Grund sah, warum die anderen 1.497 nicht auch kaufen sollten. Lieferungen in dieser Größenordnung waren mehr, als Kenneth Ramstrup bewältigen konnte. Denn er musste ja auch an den Produktionsapparat denken. Darum schlug er vor, dass ich mich im ersten Jahr zunächst nur auf fünfunddreißig ausgewählte Kunden konzentrieren sollte. Darauf ließ ich mich ein. Mit dem Vertrag in der Hand verspürte ich in meinem Innern ein extremes Verlangen danach, Pandora-Schmuck zu verkaufen – auch wenn ich noch immer keinen handfesten Beweis dafür hatte, dass sich der Schmuck verkaufen ließ.

Eine der größten Herausforderungen war, dass Pandora nicht genau die gleichen Geschäfte wie Vero Firenze ansprach. Vero Firenze hatte nicht die gleiche Qualität wie Pandora und darum musste Pandora höher einsteigen und von Top-Juwelieren in den einzelnen Städten verkauft werden. Aus diesem Grund standen beim ersten Schritt in diesem Prozess, den ich jetzt starten wollte, nicht die Juweliere im Mittelpunkt. Beim ersten Schritt ging es darum, meine deutschen Verkäufer davon zu überzeugen, dass sie auch Pandora verkaufen. Gleichzeitig war es nicht ausreichend, dass sie die Ware nur einfach verkauften. Sie sollten bis in die Knochen spüren können, dass es sich hier um das absolut richtige Produkt zum absolut richtigen Zeitpunkt handelte. Wenn ich sie nicht mit ins Boot bekam, würde die Glut, die in mir entfacht war, schnell wieder erkalten. Natürlich mussten Mappen, Displays und all das andere Material erstellt werden. Doch alle diese praktischen Dinge bekam ich schnell hin und dann waren die Verkäufer dran.

Die Reaktion auf den Schmuck von Pandora war bei meinen deutschen Verkäufern wie erwartet recht unterschiedlich. Etwa die Hälfte war sicher, dass sie ihn in den Geschäften, die sie regelmäßig besuchten, niemals absetzen könnten. Wenn ich eine Vision habe, kann es leicht geschehen, dass ich schon fast am Ziel angelangt bin, lange bevor andere merken, dass es möglich ist, diesen Weg zu gehen. Bei meinen Gesprächen mit den Verkäufern achtete ich darum darauf, mich zurückzuhalten und mit der Vision nicht zu weit voraus zu sein. Wenn ich mich zu weit vorwagte, würden die Skeptiker schnell der Meinung sein, dass ich die Bodenhaftung verloren hätte. Darum hörte ich mir die Argumente und Vorbehalte der Skeptiker genau an. Beim Aufbau von Vero Firenze war ich selbst in vielen Geschäften unterwegs und hatte dort erlebt, wie schwer ein Durchbruch sein kann. Darum fiel es mir nicht schwer, den Verkäufern zu zeigen, dass ich verstand, wie sie sich dabei fühlten, wenn sie etwas ganz Neues präsentieren sollten. Wenn man etwas sieht, das man nie zuvor gesehen hat, dringt man bis zu seinem eigenen ursprünglichen Kern vor. Einige reißen sofort die Arme hoch und stürzen sich auf das Neue. Das sind aber nicht unbedingt diejenigen, die die besten Ergebnisse bringen können. Für mich ist es daher auch eine positive Situation, wenn sich Menschen kritisch zu etwas Neuem äußern. Beim Aufbau von Vero Firenze ging es um etwas, das die meisten kannten. Pandora war jedoch völlig unbekannt und darum war es ganz normal, dass die Kollektion mit einer gewissen Skepsis aufgenommen wurde – sowohl bei Verkäufern als auch bei Kunden. Wir mussten den Verkauf in den Geschäften also in aller Ruhe entwickeln, bis sie Vertrauen zu unserem Produkt fassten. Darum entschieden wir uns zunächst für sehr kleine Pandora-Startpakete. Schon bald meldeten mehrere Verkäufer positive Reaktionen der Juweliere und dann schlossen sich immer mehr Verkäufer an.

So hatte ich schon wenige Wochen nach meiner Tour mit Kenneth Ramstrup etwa 200 Kunden, die Pandoras Produkte kaufen wollten. Gleichzeitig gab es viele, die schon in den Startlöchern standen. Alle Aufträge gingen im Eiltempo weiter zu Pandora, wo man kämpfen musste, um mitzuhalten. Bald wandte sich Kenneth Ramstrup etwas außer Atem an mich und konnte nicht verstehen, dass fünfunddreißig Kunden in einem so atemberaubenden Tempo immer wieder orderten. Auf die Frage, ob ich sicher sei, dass es nur fünfunddreißig Kunden waren, teilte ich ihm mit, dass es möglicherweise auch *sechs*unddreißig sein könnten. Er wusste natürlich, dass ich ebenso frech wie effizient war. Doch wir hatten ein richtig gutes Verhältnis zueinander und darum nahm er die Herausforderung positiv an. Durch hartnäckigen Einsatz gelang es ihm, die Produktion anzukurbeln, und im Verlauf des folgenden Jahres hatten wir achthundert Kunden, die fleißig den Schmuck von Pandora abnahmen.

Mein Kontakt zu Pandora lief primär über Kenneth Ramstrup. Trotzdem hatte ich ab und zu auch Kontakt zu Per Enevoldsen, dem zweiten Gründer von Pandora. Er hatte die Produktion von Pandora in Thailand aufgebaut und obwohl sich unsere Wege nicht so häufig kreuzten, spürte ich schon bald den Geist, den er im Unternehmen mitgestaltet hatte. In sehr vielen Belangen waren Kenneth Ramstrup und Per Enevoldsen ganz außergewöhnliche Geschäftsleute – ihr Herangehen an Geschäftsbeziehungen war alles andere als profitorientiert. Manchmal hatte ich

Lust, sie damit aufzuziehen, dass ihre Geschäftsphilosophie manchmal wie Kommunismus in Reinform wirkte. Sie wollten nicht einfach nur Erfolg erzielen, sondern es war ihnen auch wichtig, *wie* diese Ergebnisse erzielt wurden. Per Enevoldsen hatte unter anderem den beachtlichen Produktionsapparat im thailändischen Bangkok aufgebaut, von dem der Schmuck an uns, die Distributoren, geliefert wurde. Ich merkte sehr schnell, dass die Fabrik in Bangkok das Herz des Unternehmens war, von dem eine aktive Energie ausging, die mit der Zeit immer wichtiger für unsere Kunden und unsere Mitarbeiter wurde. Wir nahmen unsere Leute dorthin mit, damit sie dieses Universum erleben konnten, das Per Enevoldsen für die Produktion des Schmucks in Thailand geschaffen hatte. Und das gab uns, die mit dem Vertrieb von Pandora arbeiteten, sehr viel unglaublich positive Energie, die auf uns abfärbte. Viele unserer Kunden glaubten, dass in unserer Fabrik in Thailand der Schmuck in unterbezahlter Kinderarbeit hergestellt würde. Darum war es einfach fantastisch, dass wir sie dorthin mitnehmen und ihnen zeigen konnten, auf welch sympathische Weise die Fabrik geführt wurde. Mit der Fabrik hatte Per Enevoldsen einen Raum für die dort Beschäftigten geschaffen, in dem alles von hoher Achtung vor den menschlichen Werten geprägt war – niemand war unterbezahlt oder wurde ausgenutzt. Bei einer Führung durch die Fabrik konnten wir also zeigen, dass unser Schmuck von ein paar tausend hoch motivierten thailändischen Mitarbeitern hergestellt wurde, denen es rundum gut ging.

Als ich mit Per Enevoldsen zusammenarbeitete, lud er mich einmal zu dem jährlichen Personalfest in die Fabrik nach Bangkok ein. Ich hatte schon an vielen Partys teilgenommen, aber ich habe nie etwas Lebendigeres und Fröhlicheres als dieses Fest erlebt. Etwa 3.000 Gäste waren eingeladen und abends traten einige der berühmtesten thailändischen Musiker und Künstler auf. Per Enevoldsen stand im Mittelpunkt des ganzen Geschehens und strahlte eine außergewöhnliche Gastfreundschaft aus. Wenn man ihn zusammen mit seinen thailändischen Angestellten sah, spürte man deutlich die Liebe und die Achtung, die zwischen ihnen herrschte. Jeder wusste, dass Per Enevoldsen nicht nur ein Geschäftsmann war, der Erfolge erzielte, sondern dass er seinen Mitarbeitern alles gab, was er geben konnte. Für einen Thailänder ist es beispielsweise nicht so einfach, Geld bei einer Bank zu leihen, wie es in unserem Teil der Welt üblich ist. Darum hatte er in seinem Unternehmen ein System entwickelt, mit dem die Mitarbeiter Geld leihen konnten, damit sie sich ein Auto oder eine Wohnung kaufen konnten.

Mit seinem Engagement in Thailand hatte Per Enevoldsen etwas geschaffen, das für mich immer der ursprüngliche, echte Geist von Pandora war. Bei ihm konnte man erleben, wie sich mitmenschliche Wärme und Liebe in höchste Produktivität umwandeln lassen. Damit so viele Menschen wie möglich erleben konnten, wie unser Schmuck hergestellt wird, nutzte ich darum jede Chance, die Leute mit dorthin zu nehmen, um Per Enevoldsen und die Mitarbeiter in unserer Fabrik kennenzulernen. Wenn man einmal gesehen hatte, wie unser Schmuck entstand, konnte man gar nicht anders – man musste Pandora mögen. Dass ich mit Pandora erfolgreich war, lag nicht nur daran, dass das Produkt gut war – sondern auch ich wurde von der Freude und dem positiven Geist angesteckt, der von unserer Fabrik in Thailand ausging. Nachdem ich die Fabrik in Thailand gut zehnmal besucht hatte, durchschaute ich jedoch noch immer nicht, wie man 2.000 zufriedene, lächelnde Menschen dazu bringen konnte, mehr als eine Million Schmuckstücke pro Woche zu liefern. Wenn ich in das Büro von Per Enevoldsen kam, saß er einen großen Teil der Zeit vor vier Bildschirmen und überwachte die Produktion. Nur er wusste, wie alles zusammenhing und wie es organisiert war. Das war eine außergewöhnlich riskante Art und Weise der Unternehmensführung. Wenn ihm etwas zustoßen sollte, würde der gesamte Betrieb zusammenbrechen. Darum wurden später einige Leute ausgebildet, die die höchste Verantwortung in der Fabrik übernehmen konnten, sodass ihr Betrieb heute in viel sichereren Händen liegt.

In den darauf folgenden Jahren wuchs Pandora in einem enormen Tempo und mit diesem Zuwachs übernahm Pandora nicht nur den Platz von Vero Firenze, sondern verdrängte sie mehr oder weniger vom Markt. Ich stand an der Spitze der Entwicklung, die wir in diesen Jahren durchliefen. Und wenn ich heute zurückblicke, war das eine der spannendsten Zeiten in meinem Leben. Ich war mehr als jemals zuvor genau in meinem Element. In meiner Arbeit konnte ich alles, was ich gelernt hatte, zusammenführen und in einem konstruktiven Prozess verwenden, bei dem ich eine fantastische Organisation aufbaute. Mit dem neuen Geist von Pandora im Rücken wurde alles, was ich berührte, zu Gold und immer, wenn ich mich an jemanden wandte, strömten die Aufträge ein. Plötzlich erkannte ich, dass es für dieses Unternehmen, das ich gerade aufbaute, keine Begrenzung nach oben gab. Im Auge dieses Orkans zu stehen und am Aufbau einer solchen Größenordnung mitzuwirken, war ein euphorisches Erlebnis. Ich kam jeden Tag in die Firma und war bereit, eine Unmenge von Entscheidungen zu treffen – und es waren immer nur positive Entscheidungen. Damit sich alles immer weiter entwickelte, nutzte ich meine gesamte Zeit, um so viele Menschen wie überhaupt möglich zu bewegen. Darum begann ich, zahlreiche Events und Veranstaltungen zu organisieren, auf denen ich mit Kunden reden oder Mitarbeiter treffen konnte. Bald kamen weitere Länder dazu und meine Märkte wurde immer mehr zu einem großen Büfett, von dem sich meine Mitarbeiter und ich einfach in dem Tempo bedienen konnten, das wir schafften.

Während Pandora expandierte, erfuhren wir von den Juwelieren, dass die Kunden zunehmend speziell nach dem Schmuck von Pandora fragten. Das klingt vielleicht nach einem ganz selbstverständlichen Ergebnis unseres Erfolgs, doch im Grunde handelte es sich um eine Art Revolution in der Schmuckbranche. Viele Jahre gab es all die sogenannten High-End-Brands als Schmuck für die Reichen, die mindestens zehnmal soviel wie ihre eigentliche Produktion kosteten. Bei Schmuck für den Normalverbraucher sprach man zuvor nicht von Markenartikeln – seit dem Auftreten von Pandora auf dem Markt war diese Zeit jedoch vorbei. Dass es gelungen war, Pandora eine Markendimension zu verleihen, bedeutete also nicht nur, dass die Kunden speziell danach fragten, sondern dass es gleichzeitig auch wichtig war, dass das Produkt echt und keine Kopie war. Pandora wurde auf diese Weise zu mehr als einem Produkt. Es war eine Geschichte geworden, die davon handelte, woher der Schmuck kam, wie er gehandelt und hergestellt wird, wer ihn gemacht hat und warum. Jetzt war Pandora eine Marke und damit war es für uns leichter, Kopien vom Markt zu verdrängen. Pandora war Pandora und selbst wenn irgendetwas Pandora zum Verwechseln ähnlich war und gleichzeitig nur die Hälfte kostete, fand es bei den Kunden nur sehr wenig Anklang.

Mit Pandora als Marke spürte ich 2006, dass es jetzt an der Zeit war, einen Pandora Store zu eröffnen – also ein Geschäft, in dem *nur* Produkte von Pandora verkauft wurden. Die Idee war, unsere Produkte nicht nur als Kollektion in verschiedenen Geschäften anzubieten, sondern für Pandora eigene Marken-Stores zu entwickeln, in denen es keine anderen Produkte gab. Als ich diese Gedanken vorstellte, glaubte niemand daran, dass die Zeit dafür reif war. Ich stand mit dieser Vision also allein da und hatte in meinem eigenen Unternehmen keinen Rückhalt dafür. Darum musste ich selbst ran und das erste Geschäft entwickeln, es einrichten und die Strategie dafür planen. Als ich anfing, war der Vorstand von Pandora sehr zurückhaltend und hatte Angst, dass ich mit einer solchen Maßnahme unsere Juweliere verärgern würde. Das hatte auf meine Vision jedoch keinen Einfluss, denn sie basierte nicht auf Vernunft, sondern auf einem Gefühl. Bei Pandora gab es einen Vertriebsleiter, der nicht an meinen Einfall mit den Pandora Stores glaubte und dennoch ein offener und positiver Mensch war, der einer originellen Idee Platz einräumen konnte. Er spürte, dass ich die Vision hatte, und darum sagte er, dass ich es gern versuchen könne. Weltweit liegt die Anzahl der Pandora Stores zurzeit bei knapp 1.000. Man muss bedenken, dass ich beim Start unseres ersten Stores in Hamburg alles selbst in Gang setzte. Am Tag vor der Eröffnung des Ladens fuhren mein Vater und ich noch mit einem Werkzeugkasten hin, um Möbel zusammenzuzimmern.

Wenn ein Artikel zur Markenware wird, entstehen zahlreiche dynamische Prozesse und ganz andere psychologische und absatztechnische Mechanismen, als wenn es sich nur einfach um ein Produkt handelt. Doch ist man als Unternehmen nicht auch Distributor der Marke, kann man natürlich kein Spezialgeschäft mit Produkten des Unternehmens eröffnen. Bei Taschen, Schuhen oder Parfüm wurde der Markt jahrelang von den großen Marken dominiert. In der westlichen Welt war es lange Zeit schwierig, ein Kleidungsstück ohne irgendeine Art von Marke zu verkaufen. In der Modebranche hat man die großen High-End-Brands wie Dior, Gucci, Dolce & Gabbana, Varsity. Und es gibt auch zahlreiche Mainstream-Brands, die sich normale Leute leisten können, wie z. B. Boss oder Hilfiger. Dieses Mainstream-Segment war in der Schmuckbranche neu, und weil es von Pandora erschaffen wurde, waren wir natürlich der große Alleinherrscher in diesem Segment.

Viele haben mich seitdem gefragt, wie man eine Marke erschafft. Eine von vielen Möglichkeiten ist natürlich, Werbung zu machen, die sich an die Kunden wendet. Doch das kostet viel Geld und wenn man nur diesen Weg nutzt, kann man sich schnell kaputt werben. Natürlich kommt man um Werbung nicht herum, doch bei meinem Weg nutzte ich etwas, das ich zunehmend als meine vier Kanäle bezeichnete. Kanal 1 befand sich direkt bei uns selbst – also bei Pandora. Hier ging es darum, den nötigen Stolz zu erzeugen – auf die Dinge, die wir herstellten, und das, wofür unser Unternehmen stand. Alle Mitarbeiter sollten sich darüber einig sein, dass die Produkte, das Unternehmen und die Gemeinschaft, die wir zusammen gestalteten, etwas waren, worauf wir stolz sein konnten. Bei Pandora wurde dieser Stolz mit der Zeit immer spürbarer – sowohl für uns selbst als auch für unsere Kunden. Häufig erzählten mir meine Mitarbeiter, wie stolz sie waren, wenn sie ein Hotelzimmer buchten und sagen konnten, dass sie von Pandora kamen. Als diese Energie erzeugt war, konnte ich den Blick auf Kanal 2 richten. Hier hatte ich es mit den Verkäufern zu tun, die natürlich einen ultimativen Werkzeugkasten brauchten. Er enthielt Produkte in höchster Qualität, Marketingmaterial, Serviceleistungen, Buchhaltung und jede Form von Unterstützung durch das Unternehmen, die sie sich denken konnten. Wenn ein Verkäufer diese Art Unterstützung spürt, hat er auch das Gefühl, eine fantastische Arbeit zu haben. Auf diese Weise konnte die gute Energie von Kanal 1 auf Kanal 2 übertragen werden. Hatte man dann sowohl Kanal 1 als auch Kanal 2 entzündet, würde der Verkäufer die Energie weiter auf Kanal 3, die Geschäfte, übertragen. Der Verkäufer sollte beim Juwelier stehen und über die Produkte mit ansteckendem Stolz, mit Energie und Arbeitsfreude erzählen können. Auf diese Weise konnten wir die Energie weiter auf Kanal 3 übertragen, der sie natürlich weiter an Kanal 4, die Endverbraucher, vermittelt.

Natürlich konnten wir unseren Verkauf an die Verbraucher nicht nur darauf basieren lassen, dass die Juweliere gut über Pandora redeten. Will man eine Marke erschaffen, muss man wie gesagt auch Werbung für seine Ware machen. Bei meiner Arbeit mit Pandora machte ich darum zahlreiche Stunts mit den Medien, die uns in das Licht rückten, das wir brauchten. Ich wandte mich beispielsweise einmal an eine der großen deutschen Modezeitschriften und sagte, dass ich in ihrer Zeitschrift eine Beilage gestalten wollte, in der es auf 50 Seiten *nur* um Pandora ging. Die Geschäftsführung der Zeitschrift war ziemlich erschrocken und meinte, dass sich so etwas nicht machen ließe. „Warum nicht?" fragte ich. „Ich schalte 25 Anzeigen zu unseren verschiedenen Produkten und Sie liefern den redaktionellen Stoff zu Pandora." Es gelang mir schließlich, die Geschäftsführung der Zeitschrift von der Idee zu überzeugen. Als wir die Aktion starteten, erhielt ich eine Rechnung über etwa 200.000 Euro plus Kosten für den Druck. Die Zeitschrift erschien in einer Auflage von 570.000 Stück und die Aktion sorgte natürlich überall dort, wo wir es brauchten, für kolossalen Gesprächsstoff über Pandora. Im Jahr darauf versuchte ich es mit einer anderen Methode. Gut alle Vierteljahre führte eine Agentur für uns eine Untersuchung über den Bekanntheitsgrad von Pandora in der Bevölkerung durch. Die Agentur rief bei zufällig ausgewählten Personen an und stellte zwei Arten von Fragen. Bei einer baten sie den Interviewpartner, die Schmuckmarken zu nennen, die er oder sie kannte. Anschließend drehten sie die Frage um und fragten die Person, ob sie Troldekugler, Fossil, Vero Firenze, Pandora oder andere Marken kannte. Als ich die Ergebnisse dieser Untersuchungen sah, hatte ich das Gefühl, dass die Entwicklung zu langsam ging. Von April bis August war die Bekanntheit von Pandora nur von 36 auf 38 Prozent gestiegen. Die Ursache dafür war, dass die von mir genutzten Kanäle für die Kommunikation mit dem Endverbraucher nicht mehr Potenzial hatten. Ich hatte Kontakt zu allen, die ihr Wissen in Modezeitschriften oder den anderen von der Schmuckbranche genutzten Kanälen suchten. Doch alle anderen wussten nichts über Pandora. Darum beschloss ich, dass wir über das Fernsehen gehen mussten. Ich dachte mir, dass es eine große Gruppe von Menschen geben müsste, die ziemlich viel Fernsehen schauten, denen es aber nie einfallen würde, in einer Modezeitschrift zu blättern. Als ich mit dieser Idee zu meinem Marketingdirektor kam, fiel er fast vom Stuhl. In deutlichen Worten erklärte er mir, dass es noch *niemals* eine Schmuckmarke gegeben hatte, die ihre Produkte im nationalen Fernsehen beworben hat. „Aber dann ist das doch genau das, was *wir* machen müssen", sagte ich. Danach begannen wir zu untersuchen, wie es funktionierte. Bald darauf hatten wir drei der größten Medienagenturen Deutschlands zu Besuch und sie präsentierten uns, wie sie es angehen würden. Die Agentur, für die wir uns entscheiden, sorgte dafür, dass in einem Zeitraum von 6 Wochen 600 Spots á 32 Sekunden gesendet wurden, die immer so endeten: „Holen Sie sich Ihr Startarmband bei Ihrem nächsten Juwelier!" Auf dem Bildschirm erschien danach der Preis und blinkte in den letzten Sekunden. Die Kampagne kostete um die 2 Millionen Euro und hatte eine viel größere Wirkung, als ich erwartet hatte. Im Laufe der sechs Wochen, in denen die Kampagne lief, steigerte sich die Bekanntheit von Pandora von 38 auf 52 Prozent und danach lief der Verkauf wie wahnsinnig.

Eine zweite Aktion, die eine unglaubliche Resonanz hatte, waren die zahlreichen Roadshows, bei denen wir durch alle deutschen Großstädte fuhren. Diese Shows wandten sich nicht an die Verbraucher. Es ging hier darum, die Energie an die Juweliere weiterzugeben, die sie auf die Verbraucher übertragen sollten oder anders formuliert: Die Energie sollte direkt von Kanal 1 auf Kanal 3 übertragen werden. Bei diesen Roadshows stellten sich meine Crew und ich jeden Morgen vor ein Fünf-Sterne-Hotel, bevor wir abends mit unserer Show loslegten. An jedem Ort wurden alle Juweliere der Region zu einem guten Essen eingeladen. Anschließend hielt ich ein paar Stunden einen Vortrag über unsere Kollektion. Mein Deutsch war jetzt auf solch einem Niveau, dass ich beim Reden nicht mehr nach Worten suchen musste und darum ohne Powerpoint und Manuskript auftreten konnte – den Vortrag praktisch aus der Hüfte feuerte. Überall gab ich mir wirklich Mühe, immer daran zu denken, dass ich gerade in diesem Publikum vielleicht meinen nächsten großen Kunden finden könnte. Jeder der Anwesenden sollte darum mindestens ein genauso tolles Erlebnis haben, wie diejenigen, die am Tag zuvor bei der Roadshow waren. Mit der Zeit entwickelten sich diese Auftritte zu einer cleveren Mischung aus Stand-up-Comedy, Vermittlung von Fachinfos aus der Schmuckbranche, über die ich mittlerweile alles in mich aufgesogen hatte, und Geschichten über den Schmuck von Pandora. Sie handelten davon, wie der Schmuck entstanden ist, wie sich der Markt entwickelt hatte und davon, wie Frauen mit einer Art Abhängigkeit infiziert werden, die eine direkte Folge ist, wenn man dem Pandora-Virus ausgesetzt ist. In den Jahren, als ich diese Shows durchführte, entwickelte ich mit der Zeit viele hunderte Geschichten und Pointen, die mir häufig direkt einfielen, wenn ich vor dem Publikum stand. Es geschah schon mal, dass ich erklärte, dass ich weder von Modezeitschriften noch von Frauen Ahnung hatte. Vielleicht hatte ich einfach nur Pech, doch alle Frauen in meinem Leben hatten immer *ein* großes, gemeinsames Interesse. Das Interesse war Shopping – jeden Tag und immer, wenn es möglich war. Daraufhin fragte ich mein Publikum manchmal, ob nicht jemand der Anwesenden eine Tochter oder eine Schwester hätte, die sich nicht für Shopping interessierte. In dem Fall könnte ich mir gut ein Date mir ihr vorstellen.

Jedes Thema oder Problem, das ich besprach, beruhte natürlich auf meinen persönlichen Erfahrungen mit Schmuck, mit Geschäften oder den Frauen, die in meinem Leben eine Rolle gespielt hatten. Die Idee war, meinem Publikum Gelegenheit zu geben, sich zu amüsieren, während sich die Zuschauer in den Dingen, die ich erzählte, spiegeln konnten. Sie sollten aber auch ernste Worte hören, die ihnen vermittelten, warum es gerade jetzt an der Zeit war, zusätzliches Engagement zu zeigen, um noch viel mehr Schmuck von Pandora zu verkaufen. Wenn ein Abend zu Ende ging, war ich nie sicher, wie gut ich gewesen war. Darum gab es mir große Sicherheit, dass die Crew, die mich auf der Tour begleitete, immer im Publikum saß und mir anschließend erzählte, dass sie niemals müde wurden, meinem Vortrag zuzuhören. Nach dem Vortrag landete ich normalerweise bis morgens um 4 in der Bar. Dann war es am nächsten Tag Zeit zu packen und weiter in die nächste Stadt zu ziehen.

Bei allem, was ich in dieser Zeit tat, zog ich mir das Gelbe Trikot des Führenden an und stellte mich überall nach vorn. Ich nahm an allen Beratungen mit Filialketten und allen Beratungen mit größeren Kunden teil. Auf diese Weise war ich als Symbol und Frontmann für Pandora unglaublich markant. Bei den Roadshows war ich der Gastgeber und nahm das ganze Bild ein. Und wenn man vierzig Tage hintereinander jeden Tag eine solche Show vor großen Menschengruppen durchführt, dann können sich die

Kunden nach und nach daran erinnern, wer man ist. Gleichzeitig sandte ich auch ein Signal an meine Mitarbeiter im Unternehmen, denn sie spürten, dass ich nicht auf der faulen Haut lag. Darum wollten sie mir gern zeigen, dass sie auch etwas für das Unternehmen leisten konnten. Ob man sich als Geschäftsführer wie ich entscheidet, ein markantes Symbol zu sein, hängt natürlich auch sehr davon ab, wer man ist und was für ein Temperament man mitbringt. Andere empfinden es vielleicht als angenehmer, als Direktor eines Unternehmens in den repräsentativen Büros in der obersten Etage zu sitzen. Von hier aus kann man dann alle Schlüsselzahlen überwachen sowie Rationalisierungsberichte und alles Mögliche erörtern. Als ich bei Pandora aufhörte, gab es in unserem Hauptsitz einen Abschiedsempfang und die Mitarbeiter erzählten mir, dass ich in all den Jahren, in denen der Hauptsitz existiert hatte, keine zehn Mal dort gewesen bin. In dem Gebäude gab es für mich ein schickes Büro mit Designermöbeln und anderem Luxus. Aus Spaß hatten ein paar Mitarbeiter einmal meinen Bürostuhl in Papier mit Datumsangaben eingepackt. Sie wollten sehen, wie lange es dauerte, bis ich wieder im Büro war und darum das Papier vom Stuhl nehmen musste. Als ich schließlich das Papier von meinem Stuhl abnahm, um mich zu setzen, sah ich, dass drei Monate vergangen waren, seit ich das letzte Mal darauf gesessen hatte.

Während ich meine Expansion in Europa fortsetzte, erkannte Kenneth Ramstrup sehr schnell, welche Chancen darin lagen. Die Werkzeuge, die Methoden und die Organisation, die ich geschaffen hatte, wurden zur Inspiration für den Rest des Unternehmens. Ausgehend davon gelang es Kenneth Ramstrup schließlich, Kontakt zu ein paar guten

Leuten zu knüpfen, die Pandoras Erfolg auf andere Märkte übertragen konnten – darunter nach Asien und in die USA. Wir zeigten der Welt, wie gut es in Deutschland lief, und schufen damit großes Vertrauen in Pandora. So entstand ein Dominoeffekt, bei dem die Märkte nacheinander fielen. Nach kurzer Zeit war Pandora nicht nur in Europa groß, sondern jetzt eine globale Marke, die man wegen ihrer dominierenden Position im Mainstream-Segment nur schwer vom Thron stoßen konnte.

Bei meiner Einstellung zum Unternehmen hatte ich immer volles Vertrauen, dass die gesamte Maschinerie wie geschmiert lief und dass die Menschen, die in der Produktion oder an anderen Stellen standen, das, was sie taten, im Griff hatten. Natürlich war das eine Gefühlssache, und wenn man ein solches Gefühl hat, ist es gut, es zu nutzen. Auch wenn mir seit meiner Schulzeit alle akademischen Disziplinen leicht gefallen waren, hatte ich mich mit der Zeit zu einem Generalisten entwickelt, der eigentlich eher an der Oberfläche agierte. Es ging nicht mehr darum, ob ich Dinge logisch aufstellen konnte, ob ich etwas auf bestimmte Weise formulieren konnte oder ob ich etwas berechnen konnte. Man sagt, dass ein guter Kapitän sofort merkt, ob irgendwo im Schiff ein winziges Detail nicht in Ordnung ist, wenn er auf der Brücke steht und die Vibrationen des Schiffs in seinen Füßen spürt. Das wurde mein Ziel: Ich wollte die Vibrationen der Organisation spüren und so jederzeit merken, ob sie gesund war und ob wir auf dem Weg in die richtige Richtung waren. Bis 2009 – also in der Zeit, in der ich die Dinge selbst steuerte – gelang mir das mit großem Erfolg. Als wir 2010 einen Umsatz von knapp 200 Millionen Euro erreichten, nahm mein Schiff einen neuen Kurs und gleichzeitig geschahen Dinge, die fatale Konsequenzen haben sollten; sowohl für mich persönlich als auch für meine gut 500 Mitarbeiter.

CARSTEN GRAFF ERZÄHLT

# Von allem etwas

An einem Vormittag fahre ich zu Jesper Nielsen in sein Haus am Meer etwas außerhalb von Kopenhagen. In einer Liste habe ich viele Fragen notiert, über die ich gern mit ihm reden möchte. Als ich aus dem Auto steige, entdecke ich eine Münze auf dem Bürgersteig neben dem Auto. Instinktiv bücke ich mich und hebe sie auf. Auf dem Weg in Jesper Nielsens Haus frage ich mich, ob er das auch getan hätte. Opfert man ein paar Sekunden seines Lebens, um Geld aufzuheben, wenn man ein Unternehmen wie er hat? Als wir kurz darauf an seinem großen Tisch im Wohnzimmer sitzen, beginne ich mit diesem Thema.

„Genau diesen Gedanken hatte ich vor einigen Tagen auch“, antwortet Jesper Nielsen. „Am Flughafen stieg ich aus dem Auto und verlor etwas Kleingeld. Und ich nahm mir die Zeit, das Geld aufzuheben. Ich gebe viel Geld für Dinge aus, die völlig irrational sind. Doch Geld auf der Straße lasse ich nicht einfach liegen. Ich habe wohl viel zu viel Respekt vor Geld, um es herumliegen zu lassen. Es kann sein, dass ich danach an meine Schmerzen im Rücken erinnert werde und überlege, ob es das wert ist. Vielleicht nutzt so etwas meinen Rücken so sehr ab, dass ich später operiert werden muss? Dann kostet es wegen des verlorenen Arbeitseinkommens viel mehr!“

„Gut“, sage ich und hole meine Liste mit den Fragen hervor, „dann stelle ich jetzt ein paar der anderen Fragen, die ich mitgebracht habe. Bei der ersten geht es um Ihre

Einstellung zur Finanzkrise: In der Zeit, als Pandoras Wachstum geradezu explodierte, redeten viele von der Finanzkrise. Wenn die Leute kein Geld haben, sollte man doch glauben, dass sie gerade bei solchen Dingen wie Schmuck sparen. Wie kam es, dass Sie gerade in *dieser* Zeit so viel Geld verdienen konnten?"

„Das hängt damit zusammen, dass mich die Finanzkrise nicht interessiert", antwortet Jesper Nielsen. „Konjunktur und Makroökonomie verfolge ich gar nicht. Solche Dinge haben keinen Einfluss auf meine Arbeitsmethoden. Ob es einen Abwärts- oder Aufwärtstrend, Hochkonjunktur oder Rezession gibt, ist mir egal. Man wird mich niemals sagen hören, dass die Finanzkrise als Erklärung dafür herhalten muss, dass mir etwas nicht gelungen ist. Die Finanzkrise ist im Grunde nichts anderes als eine Ausrede, die schlechte Geschäftsleute zur Hand haben, damit sie erklären können, warum sie keinen Erfolg hatten."

„Haben Sie während der Finanzkrise gar kein Geld verloren?" frage ich.

„Doch", sagt Jesper Nielsen. „Ich habe *richtig* viel Geld bei meinen gekauften Immobilien verloren. Aber wenn ich eine Immobilie kaufe, dann möchte ich sie nutzen – ich kaufe nicht, weil ich investieren will. Darum mache ich mir darüber keine Gedanken. Die Preise steigen und fallen andauern und das finde ich in Ordnung."

„Haben Sie keine Aktien oder Obligationen?"

„Nein", antwortet Jesper Nielsen. „Ich käme nicht im Traum auf den Gedanken, in irgendetwas zu investieren. Das Geld, das ich verdiene, setze ich dafür ein, dass mein Unternehmen läuft."

„Ist es nicht recht ungewöhnlich, dass ein Mann wie Sie nicht investiert?" frage ich.

„Doch“, sagt Jesper Nielsen. „Darum sind ja auch ständig alle möglichen smarten Banker hinter mir her, die mir erzählen wollen, wie ich mein Geld irgendwo anlegen sollte. Doch Fakt ist, dass ich keine Achtung vor jemandem habe, der ankommt und mir erzählt, dass er durch Spekulationen an der Börse Milliardär geworden ist. Auf diese Weise ist er ja genauso wenig Geschäftsmann wie ein Lottomillionär. Solch ein Mensch hat bei niemandem etwas bewirkt, hat keine Arbeitsplätze geschaffen und darum hat er meine Achtung nicht verdient. Für mich klingt es viel interessanter, wenn jemand einen kleinen Gemüseladen eröffnet hat, der gut läuft, der sich gut entwickelt, vor Ort Leben schafft und denjenigen Arbeit gibt, die sie brauchen.“

„Interessant …“, sage ich und denke ein wenig darüber nach, während ich auf meine Liste mit den Fragen schaue. „Jetzt möchte ich gern wissen, ob Sie Mitglied in irgendwelchen Wirtschaftsnetzwerken sind.“

„Abgesehen von den Partys, Events und Veranstaltungen, die ich selbst organisiere, bin ich nirgendwo vertreten“, sagt Jesper Nielsen. „Für mich müssen die Dinge aus sich heraus entstehen. Bei irgendeiner Netzwerkgruppe angemeldet zu sein, die nur unter der Überschrift ‚Wir sind Netzwerker‘ existiert, ist mir zu künstlich.“

„Aber Sie haben mir einmal erzählt, dass Sie Mitglied eines Netzwerks von Leuten sind, die einen eigenen Jet haben.“

„Das stimmt“, sagt Jesper Nielsen, „aber das ist eigentlich nur eine Kontaktliste von Leuten und wir treffen uns ab und zu, um abends zusammen auszugehen.“

„Aber zurzeit haben Sie keinen Jet“, sage ich. „Dürfen Sie trotzdem auf der Liste bleiben?“

„Natürlich“, sagt Jesper Nielsen. „Wenn man einmal ein eigenes Flugzeug hatte, bleibt man immer Mitglied im Netzwerk. Man darf aber nicht vergessen, dass ich in der Startphase meines neuen Unternehmens Endless Jewelry bin. Bei der Arbeit, die ich in diesen Monaten mache, brauche ich kein Flugzeug und komme gut mit den Angeboten der Fluggesellschaften zurecht. Doch sobald es nötig ist, werde ich mir natürlich wieder einen Privatjet zulegen.“

„Treffen sich alle, die ein eigenes Flugzeug haben, zu festen Terminen?“ frage ich.

„Es gibt keine festen Termine“, sagt Jesper Nielsen, „aber wir gehen wie gesagt zusammen aus und treffen uns auf Flugplätzen, um Geschichten auszutauschen. Jeder weiß doch, dass hinter jeder Person, die in einem Privatjet sitzt, eine spannende und einzigartige Unternehmensgeschichte steht, und diese Geschichten verschwinden nicht einfach, nur weil man eine Zeit lang mit Fluggesellschaften zurechtkommt.“

„Nach dem Check-in für eine gewöhnliche Maschine“, fahre ich fort, „riskiert man ja, dass eine Leibesvisitation durchgeführt wird. Normalerweise wird man dabei wie ein Selbstmordterrorist behandelt, der versucht, Sprengstoff in seiner Shampooflasche zu schmuggeln. Ich habe oft überlegt, wie es wohl ist, wenn man die Welt mit seinem Privatflugzeug bereist …“

„Es macht einiges leichter“, sagt Jesper Nielsen und lächelt.

„Ein Grund, warum ich nicht gern fliege“, setzte ich fort, „ist der große Zirkus, in den man auf einem Flughafen zwangsläufig gerät. Können Sie uns erzählen, wie es mit einem eigenen Flugzeug abläuft?“

„Mittlerweile kenne ich die meisten Privatflughäfen in Europa", sagt Jesper Nielsen. „Auf einigen ist es einfacher als auf anderen. Der beste Flughafen in Dänemark ist Roskilde und darum nutze ich ihn. Wenn ich mit dem Flugzeug los möchte, gebe ich meinem Piloten Bescheid, wenn ich zu Hause losfahre. Dann weiß er, dass ich zwanzig Minuten später ankomme, wenn der Verkehr einigermaßen läuft. Ob man den Flug kurzfristig um eine Stunde verschieben möchte, bestimmt man selbst. Bei meinem letzten Privatjet gab es sechs festangestellte Piloten. Damit waren immer zwei zum Abheben bereit. Wenn ich ankomme, fahre ich auf unseren eigenen Parkplatz. Dort parkt nie ein Golf oder Audi. Normalerweise fahre ich einen Porsche mit Spezialdesign. Wenn ich ihn abgestellt habe, werfe ich dem Personal den Schlüssel zu, bevor mich der Pilot empfängt. Er nimmt meine Tasche und wir gehen zusammen zum Terminal."

„Muss man nicht durch den Sicherheitsbereich?" frage ich.

„Doch", sagt Jesper Nielsen. „Sie durchleuchten das Gepäck und schicken dich auch durch einen Metalldetektor. Aber wenn man auf diese Weise reist, herrscht überall eine angenehme Atmosphäre. Schließlich geht man direkt zum Flugzeug und es geht los. Man entscheidet selbst, wo man auf der Welt gern landen möchte. Vom Parken des Autos bis ich in der Luft bin, vergehen weniger als fünf Minuten und zwanzig Minuten später kann ich in Hamburg landen oder wo ich nun gerade hin möchte. In dem Jahr, in dem Pandora das höchste Wachstum hatte, bin ich innerhalb von zwölf Monaten 405 Mal in meinem Flugzeug geflogen. Mein Rekord war, als ich an einem einzigen Tag sieben Mal abhob und vier Länder besuchte."

„Wie kommt man zu einem eigenen Jet?“ frage ich. „Kauft man ihn und besitzt ihn dann selbst?“

„Das ist nicht wie mit einem Auto, bei dem man sich selbst um Durchsichten, Tanken und Service kümmern muss“, antwortet Jesper Nielsen. „Wenn man sich einen Privatjet anschafft, wendet man sich an eine Firma, die all diese Dinge übernimmt. Diese Firma muss nur wissen, wie groß das Flugzeug sein soll, das man haben möchte, und wie oft man mit ihm fliegen möchte. Ich wollte es 24 Stunden am Tag und 364 Tage im Jahr zur Verfügung haben. Der einzige Tag, an dem ich es nicht gebrauchen konnte, war Weihnachten. An dem Tag haben alle Piloten frei.“

„Was für einen Typ Jet hatten Sie?“

„Mein erster war nicht besonders groß“, sagt Jesper Nielsen, „aber das ist genauso wie mit Autos und Booten. Mit der Zeit werden sie immer größer. Zuletzt hatte ich einen mit großen Club-Sitzen und einer eigenen Küche. Aber ich fand auch, dass es Grenzen für die Größe eines eigenen Jets gibt. Ich selbst wollte nur innerhalb von Europa fliegen und das hatte großen Einfluss auf die Wahl des Modells. Einer meiner Freunde, der sehr häufig zwischen Europa und den USA flog, zog mich immer mit meinem Discount-Jet auf, in dem ich mir die Toilette mit den Piloten teilen musste, wenn wir in der Luft waren.“

„Ok“, sage ich und schaue auf meine Liste, „sprechen wir über ein anderes Thema. Fast alle Unternehmen mit Selbstachtung sind sehr bemüht, ihre Werte und ihre Mission zu definieren. Haben Sie sich damit auch beschäftigt?"

„Ich habe nie einen Grund darin gesehen, meine Zeit und die meiner Mitarbeiter mit der Definition von Mission und Werten zu verschwenden“, sagt Jesper Nielsen. „Es stellt sich die Frage, warum man Werte festlegen soll, wenn man sich sowieso niemals danach richten wird. In vielen Unternehmen sitzt man tagelang, um Worte wie beispielsweise ‚Vertrauen', ‚Stolz' oder ‚Qualität' zu erfinden. Danach kehrt man zurück und macht weiter wie vorher. Unsere Werte in der Kasi Group wurden nicht definiert. Sie sind einfach da und darum nichts, womit wir werben müssten. Ich habe mir selbst nie Gedanken über Werte gemacht. Wenn ich gezwungen wäre, etwas festzulegen, würde ich sagen: ‚Party', ‚Party' und ‚Party' oder anders ausgedrückt: Arbeiten soll Spaß machen!"

„Wenn Partys für Sie so wichtig sind", sage ich, „wäre es interessant zu hören, ob Sie jemals Drogen genommen haben?"

„Jeder weiß, dass ich der wildeste Partylöwe bin", sagt Jesper Nielsen. „Doch in Bezug auf Drogen bin ich der langweiligste Mensch, den man sich vorstellen kann. In meinem ganzen Leben habe ich noch nicht ein einziges Mal an einer Zigarette gezogen. Und weil es mir nicht schmeckt, kann ich mir auch im Traum nicht vorstellen, Bier oder Wein zu trinken. Mitarbeiter und Kunden lachen oft über mich, weil ich so altmodisch bin, denn ich mag Cola mit Rum, aber selten in dem Maße, dass ich davon betrunken werde. Wenn ich mein Verhältnis zu Drogen beschreiben sollte, dann könnte man mich als ‚high on life' bezeichnen – das heißt, ich lebe und arrangiere mich für das, worin ich gut bin. Das ist die einzige Droge, nach der ich süchtig bin."

„Das kenne ich gut", sage ich lächelnd, während ich einen Blick auf meine Liste werfe, um die nächste Frage zu stellen. „Ich weiß, dass Sie manchmal in Konflikt mit Ihren Banken geraten sind", sage ich. „Können Sie generell etwas zu Ihrer Einstellung zu Banken sagen?"

„In den letzten Jahren haben wir viele Banken erlebt, die Pleite gegangen sind", sagt Jesper Nielsen. „Ein Grund dafür ist, dass es in den obersten Etagen der Finanzwelt einige Menschen gibt, die ungeahnte Möglichkeiten haben, sich Geld zu leihen. Das heißt, die Banken machen sich da keine Gedanken. Gleichzeitig haben normale Bürger oder kleine Existenzgründer zu leiden, die nur schwer einen Kredit bekommen. Ich kann mir gut vorstellen, in zehn Jahren eine Bank für Existenzgründer mit einem tollen Projekt zu gründen."

„Woran erkennen Sie, dass ein Projekt gut ist?" frage ich.

„Bei der Qualität eines Projekts geht es in der Regel nicht so sehr darum, welch ein Produkt man herausbringen möchte", sagt Jesper Nielsen. „Entscheidend für den Erfolg eines Projekts oder eines Unternehmens ist viel häufiger, inwiefern derjenige, der es auf den Weg bringen will, bereit ist, etwas für die Sache zu opfern. Fragt man Existenzgründer, ob sie bereit sind, ihr Haus bis zum Schornstein zu beleihen, sechs Monate von der Familie weg zu sein oder vierundzwanzig Stunden am Tag zu arbeiten, melden sich bei den meisten schnell erste Zweifel. Ein gutes Projekt basiert immer auf einhundert Prozent Hingabe."

„Haben Sie nie daran gedacht, dass Ihre Mentalität auf die Menschen in Ihrem Umfeld befremdlich wirken könnte?" frage ich. „Manche Menschen sind in der falschen Zeit geboren oder an einem Ort auf der Welt, an dem sie nicht in die Kultur passen. Meine Frage ist: Wohin gehören Sie kulturell?"

„Interessant, dass Sie das sagen", sagt Jesper Nielsen. „Einer meiner amerikanischen Freunde sagt oft zu mir, dass ich amerikanischer bin als die meisten Amerikaner selbst.

Wenn es nach ihm ginge, müsste ich sofort in die USA ziehen. Für ihn steht außer Frage, dass ich mich in den USA wie ein Fisch im Wasser fühlen würde und darum dort Riesenerfolg hätte. Viele Europäer halten die Amerikaner für oberflächlich. Aber die meisten von ihnen sind auf der anderen Seite auch sehr ehrlich und geradeheraus. Dieser Stil passt gut zu mir."

„Fühlen Sie sich blockiert, weil Sie in einer Kultur agieren, in die Sie nach der Auffassung vieler nicht hineinpassen?" frage ich.

„Am Anfang war es so", sagt Jesper Nielsen. „Aber irgendwann habe ich eingesehen, dass es mich nur hemmte, wenn ich nicht vollständig zu mir stand. Man kann nicht halbherzig auf sein Bauchgefühl hören oder nur teilweise zu sich selbst stehen. Ich denke, dass man sich entscheiden muss, eine Fassade zu haben oder nicht. In der etablierten Geschäftswelt herrscht eine bestimmte Kultur, in der man sich auf bestimmte Weise kleidet, auf bestimmte Weise spricht und so weiter. Anstatt die Wege zu gehen, die andere ausgetreten haben, sorge ich dafür, meine eigenen abzustecken. Wenn wir auf ihnen gehen, ist es nicht schwer, mögliche Gegner rückwärts aus der Bahn zu werfen."

„Können Sie ein paar der Probleme nennen, die Sie erlebt haben, weil Sie nicht in die Kultur passen?" frage ich.

„In der Regel spüre ich es daran, dass sich die Menschen um mich herum immer mehr auf mich als Person konzentrieren anstatt auf das, was wir gemeinsam bewerkstelligen wollen", sagt Jesper Nielsen. „Manchmal habe ich es bei einem Mitarbeiter gespürt, der sich auf einmal von meiner Art zu leben provoziert fühlte. So etwas lässt sich kaum beheben. Darum bedeutet es meistens, dass ich es abschließen und mich von dem Betreffenden schnellstmöglich trennen muss."

Ich nicke und schaue auf meine Liste, bevor ich die nächste Frage stelle: „Was meinen Sie, ist das Wichtigste, um ein erfolgreiches Unternehmen zu erschaffen?"

„Dass man schnelle Entscheidungen treffen kann", sagt Jesper Nielsen. „Oft komme ich in ein Unternehmen und sehe, dass dort zwanzig Menschen mit sehr komplizierten Jobbezeichnungen sitzen und alles Mögliche machen, das völlig belanglos ist. Alles, was sie machen, kann man weglassen, indem man einfach ein paar schnelle Entscheidungen darüber trifft, ob das Unternehmen in die eine oder die andere Richtung gehen soll. Trifft man viele schnelle Entscheidungen, macht man natürlich auch Fehler. Aber die Fehler werden immer durch die höhere Effizienz aufgewogen, die eine Folge davon ist, dass man sich Entscheidungen zutraut. Wer mich etwas fragt, erhält darum immer eine schnelle und ganz konkrete Antwort. Eine effizientere Führungskraft gibt es nicht und daraus entsteht natürlich Erfolg."

„Haben Sie eine Unternehmensphilosophie?" frage ich.

„Ja", sagt Jesper Nielsen. „Ich habe die Philosophie, dass ich grundsätzlich zu allem ‚Ja' sage. ‚Ja' ist eine positive Antwort und zeigt die Einstellung, die wir zu den Dingen haben möchten. Darum bringe ich meinen Mitarbeitern immer bei, dass sie zu allem ‚Ja' sagen sollen, wenn sie einem Kunden gegenüberstehen. Einige Kunden haben schon von vornherein jede Menge merkwürdiger Erwartungen und Ansprüche. Als Unternehmen versucht man dann, ihre Ansprüche und Erwartungen zu einem Teil dessen zu machen, was man anbieten kann. Bei mir war es schon immer so, dass die Kunden immer ein ‚Ja' erhalten – ganz gleich, mit welcher Frage sie kommen. Ließ sich das, was sie wollten, trotzdem nicht machen, war das Problem kein fehlender Wille unsererseits, sondern das, was sie wollten, ließ sich eben einfach nicht machen. Bei meiner Arbeit mit Pandora erlebte ich das unglaublich oft. Da kam ein Kunde und wollte die Geschenkboxen in einer anderen Größe und Farbe haben, weil seine Stadt 50. Geburtstag feierte. Natürlich sage ich zu solchen Dingen immer ‚Ja'. Kurz darauf hatte ich einen Brand-Manager am Apparat, der unzufrieden war, weil wir damit die Vorgaben aus unserem Brand-Book nicht einhielten. Ich antworte in solchen Fällen immer, dass mir das Brand-Book völlig egal ist. Am wichtigsten ist, dass wir einen zufriedenen Kunden haben, der niemals vergisst, wie er von uns behandelt wurde. Am *wenigsten* wichtig ist, ob einer, der sein Brand-Book zusammenkritzelt, zufrieden ist, weil wir anderen uns von seinen aufgestellten Richtlinien einschränken lassen. Ich brauche nur das Brand-Book, das ich zwischen meinen beiden Ohren habe. Hier steht, dass der Kunde das bekommt, was er haben möchte. Die leichteste Antwort, die man einem Kunden oder einem Partner geben kann, ist ‚Nein'. Denn das bedeutet gleichzeitig, dass man sich nicht weiter damit beschäftigen muss. Sagt man stattdessen ‚Ja', muss man loslegen und etwas tun – aber das ist doch wohl das, wofür wir da sind."

„Wenn man niemals ‚Nein' sagt", frage ich, „besteht dann nicht die Gefahr, dass man keine Grenzen mehr setzt?"

„Doch", sagt Jesper Nielsen, „und natürlich sagen wir nicht ‚Ja', wenn der Kunde fragt, ob er die Ware zum halben Preis haben kann. Aber solche grundlegenden Dinge muss man mit so eindeutiger Überzeugung festlegen, dass es dem Kunden nicht im Traum einfällt, danach zu fragen. Wenn man ein enges Verhältnis zu seinen Kunden hat und wenn man weiß, was man tut und was man will, gibt es natürlich viele Fragen, die gar nicht erst gestellt werden. Eine dieser Fragen ist, welchen Rabatt die Kunden bekommen können. Fast überall sprechen die Leute unablässig über den Preis der Dinge, die sie machen. Ich nicht. Wenn ich den Preis einer Ware festlege, kalkuliere ich ihn nie so, dass ich Rabatt geben kann, sondern so, dass ich guten Service bieten kann. Als ich Schmuck verkaufte, konnte es passieren, dass ich drei der größten deutschen Branchenkonkurrenten zu ein und derselben Beratung einlud. So etwas ist normalerweise nicht machbar, doch bei mir war es möglich. Die Ursache dafür war, dass alle drei *genau* die gleichen finanziellen Verträge mit mir geschlossen hatten."

„Dadurch entsteht natürlich Sicherheit", sage ich. „Also liegt vielleicht hier die Erklärung dafür, dass so viele Kunden die Zusammenarbeit mit Ihnen als einfach empfinden."

„Ich denke, ein Grund dafür, dass ich bei meinen Kunden immer sehr beliebt war und bin, ist, dass sie leicht durchschauen können, wer ich bin", sagt Jesper Nielsen.

„Dann erklären Sie mir doch einmal etwas näher, wer Sie sind", sage ich.

„Ich bin im Grunde einfach nur ein normaler Mensch, der normalen Schmuck an normale Leute zu normalen Preisen verkauft", sagt Jesper Nielsen und überlegt eine Weile, bevor er weiterspricht. „Viele, die zum ersten Mal mit mir zu tun haben, glauben, dass sie auf irgendeinen arroganten Schmuckschnösel treffen werden. Doch wenn wir uns dann gegenübersitzen, sagen sie oft, dass ich der verständnisvollste und flexibelste Mensch bin, dem sie je begegnet sind. Ich habe noch immer die gleiche Einstellung wie damals als junger Mensch an der Tankstelle – nämlich, dass sich *alles* machen lässt! Es erzeugt enormen Respekt, wenn man Geschäfte miteinander gemacht hat und der Kunde spüren kann, dass man immer zuhört und verständnisvoll ist, weil man immer versucht, eine Lösung zu finden, mit der der Kunde zufrieden ist."

STUNT NR. 3

# Vergiss den Lebenslauf

Jeder, der mich kennt weiß, dass ich nicht hochgebildet bin und meine Sprache nicht akademisch ist. Ich habe einen Gymnasialabschluss und wenn es um Geschäftliches geht, habe ich Grundwissen über Geschäftsabläufe und weiß, wie die Buchhaltung zu führen ist. Aber im Kopfrechnen bin ich messerscharf und blitzschnell. Natürlich gab es Zeiten, in denen ich darüber nachdachte, ob ich nicht eine Weiterbildung machen sollte. Doch ich habe die Idee jedes Mal fallen gelassen, weil ich nicht sehen konnte, wozu ich sie brauchen würde. In der Schule wurde ich oft dafür gelobt, dass ich ein helles Köpfchen war. Und trotzdem hat mich die Schule nie besonders interessiert. Stattdessen arbeitete ich viel lieber an einer Tankstelle. Ich fand es toll, all die Menschen zu erleben, die jeden Tag in solch ein Geschäft strömten. In mancherlei Hinsicht habe ich fast autistische Züge. Darum konnte ich mich normalerweise an ihre Namen erinnern, selbst wenn ich ihr Gesicht und ihre Kreditkarte nur ein einziges Mal gesehen hatte. Diese Herangehensweise ist von Grund auf praktisch und alles andere als theoretisch. Das hat auch Einfluss darauf, wie ich bei Bewerbungsgesprächen agiere. Wenn ich jemanden einstelle, verschwende ich beispielsweise keine Zeit damit, mir seinen Lebenslauf anzuschauen. Hält man einen Lebenslauf in der Hand, sieht man eigentlich nur, wie viele Stunden der Urheber gebraucht hat, um seine Geschichte in ein schickes System zu verpacken und es so aussehen zu lassen, als würde der Verfasser jede Menge können. Das Problem ist nur, dass es mich nicht die Bohne interessiert zu erfahren, wie ein Mensch gern gesehen werden möchte, denn ich habe keine Lust von Schönmalerei an der Nase herumgeführt zu werden. Sitzt man einem Menschen gegenüber, der sich an der Durchführung eines Projekts beteiligen soll, der sich in eine Gruppe integrieren und große Dinge bewirken soll, braucht man nur cinc Antwort auf die eine, aber sehr entscheidende Frage: „Wer sind Sie *wirk*lich?“

Würde es die Gesetzgebung erlauben, würde ich darum alle wichtigen Einstellungsgespräche bei den Leuten zu Hause durchführen. Auf diese Weise könnte ich sehen, wie sie wohnen, wie sie sich einrichten, ihre Kinder und Liebsten kennenlernen, um ein Gefühl dafür zu bekommen, was für einen Menschen ich gerade in mein Unternehmen einlade. Dass sich das wahre Bild im Privaten zeigt, weiß ich von mir selbst. Bei einem Treffen im Kasi-Haus würde man bei mir ein sehr klares, stilvoll schickes Ambiente erleben. Doch wenn man mich heute in meinem *richtigen* Zuhause besucht, sieht man, dass vieles herumliegt und überall Spielzeug und Kinderschuhe verteilt sind. In meinem privaten Zuhause zeigt sich also eine Seite von mir, die findet, dass es OK ist, von Chaos umgeben zu sein – eine Seite, die viel ausmacht, und die man erst sieht, wenn man mich näher kennt. Ein Zuhause erzählt die Geschichte darüber, was man braucht, um zu entspannen und loszulassen. Die Schönmalerei in einem Lebenslauf zeigt dagegen, wie man selbst gern von anderen gesehen werden möchte. Darum habe ich ganz und gar aufgehört, mir Lebensläufe anzuschauen. Ich stelle die Leute ausgehend von zwei Qualitäten ein. Die eine ist Persönlichkeit, die andere sind Einstellungen. Was sie bisher gemacht haben, interessiert mich einen feuchten Kehricht, und es gab oft Situationen, in denen ich einen neuen Schlüsselmitarbeiter eingestellt habe, ohne eine einzige Frage danach zu stellen, was derjenige bisher gemacht hat. Wir haben vielleicht vier Gespräche geführt und danach hatte ich das Gefühl, dass alles in bester Ordnung war. Ob etwas nicht in bester Ordnung ist und ob ich Leute eingestellt habe, die Dreck am Stecken haben, merke ich meist in den ersten drei Monaten. Auch wenn es sich um einen guten Schauspieler handelt. Die ersten drei Monate sind entscheidend, und wenn ich in dieser Zeit nicht hinter die Fassade gekommen bin, dann gibt es keine Fassade und alles ist in bester Ordnung.

Ob die Leute, die zu mir zum Gespräch kommen, als bester Schüler oder in einem früheren Unternehmen als bester Mitarbeiter ausgezeichnet wurden, ist mir also gelinde gesagt völlig egal. Und weil ich mich traue, bei Menschen nach anderen Qualitäten zu suchen, finde ich auch ein paar Diamanten, die andere niemals finden würden. Darum kann es bei den Fragen und Themen, die wir während eines Einstellungsgesprächs berühren, auch um alles andere als das gehen, worauf sich die meisten einstellen. Normalerweise rede ich gern darüber, ob die Bewerber gern und gut Sport treiben, was sie gern werden möchten, wenn sie groß sind, ob sie gern Party machen und gern mal beschwipst sind oder andere Themen etwa aus der gleichen Schublade. Will man Mitarbeiter haben, die etwas bewirken können, ist es von entscheidender Bedeutung, dass sie etwas aushalten können. Wenn es etwas gibt, das ich gar nicht leiden kann, dann solche Chefs, die bei einer guten Party um halb elf nach Hause ins Bett müssen. Bei einer solchen Party muss man mit Mitarbeitern oder Kunden bis vier Uhr morgens an der Bar stehen und am nächsten Tag um acht Uhr wieder frisch sein können. Leute, die früh ins Bett müssen, damit sie halb sieben aufstehen und joggen können, und die dann viel Zeit brauchen, um sich zurechtzumachen, passen nicht in meine Firma. Solche Leute haben oft nicht begriffen, dass man abends oder nachts an der Bar die guten Beziehungen herstellt oder die großen Geschäfte macht. Diese Leute sind dann am nächsten Morgen vielleicht als Erster da und frisch, wogegen wir anderen etwas mehr Zeit brauchen, weil es uns nicht so blendend geht. Der Unterschied ist aber, dass solch eine Nacht an der Bar Beziehungen geschaffen hat. Hat man mit einigen Leuten erst einmal gemeinsam ein Promille intus gehabt, kann man auf etwas aufbauen. Denn jeder hat sich getraut, Seiten von sich zu zeigen, die direkter sind. Und um die zu zeigen, ist ein gewisses Maß an Vertrauen nötig. Ist man in einer Beziehung erst einmal dahin gelangt, hat man etwas geschaffen, das ehrlicher ist als alles, was man in einem Beratungsraum erreichen kann. Erst wenn ein solides, ehrliches Fundament errichtet wurde, ist es Zeit, große Dinge miteinander zu bauen.

Natürlich ist mir bewusst, dass Alkohol auch überhandnehmen kann und dass er nicht nur das Beste der Leute hervorbringt. Gleichzeitig sehe ich aber auch, dass gemeinsames Trinken und Feiern die unterschiedlichsten Leute dazu bringen kann, sich füreinander zu öffnen. Dies hat wohl auch dazu beigetragen, dass meine Firma wahrscheinlich den Weltrekord darin hält, Liebespaare zusammenzubringen. Wenn viele Leute in einem Hotel zusammenkommen, zusammen einen über den Durst trinken und bis morgens um vier feiern, lädt dies zu jeder Form von Offenheit ein, aber auch zu allen möglichen Problemen. Ob die Leute mit solchen Dingen umgehen können und daraus etwas Gutes machen, erkennt man nicht an ihrer Ausbildung, ihrem Lebenslauf, ihrer Auszeichnung als Mitarbeiter des Monats oder was sie sonst noch bei einem Einstellungsgespräch vorweisen und erzählen können. Je höher die Ausbildung der Leute war, die ich eingestellt habe, umso größere Probleme hatte ich normalerweise mit ihnen. Das, was ich brauche, ist die Fähigkeit, mit Offenheit umzugehen in Kombination mit der Fähigkeit, von morgens bis abends etwas auf die Beine zu stellen.

**STUNT NR. 4**

# Sei dein eigener Coach

Wenn ich Menschen einstelle, zählt dabei normalerweise, was ich spüre, während ich mit ihnen rede. Aus meiner Sicht sind Menschen verhältnismäßig statische Größen, die sich nicht wesentlich ändern können. Bei Mitarbeitern, die nicht zu einem Arbeitsplatz passen, halte ich es darum für besser, sich von ihnen zu trennen, als zu versuchen, sie mit Schulungen, Gesprächen oder Ähnlichem zu anderem Verhalten zu bewegen. Natürlich kommt es vor, dass ein Mitarbeiter etwas aus einer Schulung mitnimmt oder sein Verhalten nach zahlreichen Entwicklungsgesprächen etwas ändern kann. Doch große Veränderungen, die bedeuten, dass man entscheidende Schritte in eine neue Richtung unternimmt, ergeben sich nicht bei einer Schulung. Veränderung erlebt man, wenn einem das Leben ein Bein stellt oder wenn man loszieht und neue Menschen kennenlernt – nicht, indem man an einer genau durchgeplanten Schulung teilnimmt.

Will man Teil der sogenannten Corporate World sein, ist es gefährlich zu sagen, Führungskräfteentwicklung, persönliche Entwicklung und Coaching wären reine Zeitverschwendung, das weiß ich. Aber inzwischen hat sicher jeder begriffen, dass ich die Dinge gern beim Namen nenne. Schaut man sich die Teilnehmer der Kurse für Führungskräfteentwicklung oder ähnliches näher an, sieht man, dass es sie oft am meisten interessiert, in welchem Hotel sie wohnen werden, was sie zu essen bekommen und ob es abends Partys, Saufgelage und Seitensprünge gibt. Natürlich kann man Kurse zur Führungskräfteentwicklung damit verteidigen, dass kein Mensch eine Schulung absolvieren wird, ohne davon etwas mitzunehmen. Gleichzeitig darf man aber nicht vergessen, dass man auch von einer feuchtfröhlichen Party mit seinen Freunden etwas mitnimmt. Bei meinem früheren Job als Gebietsleiter bei der Supermarktkette wurde ich wie alle Führungskräfte gezwungen, an einer exklusiven Führungskräfteausbildung teilzunehmen. Es war nicht nur unglaublich teuer, sondern gleichzeitig absolut grenzüberschreitend. Während der Schulung gab es zahlreiche Gruppenübungen, bei denen uns ein paar Elitesoldaten nötigten, Aktionen wie Abseilen, Bauen von Brücken über Bäche und ähnliches durchzuführen. Bei einer solchen Übung stürzte eine wirklich gute Chefin und verletzte sich so schlimm, dass sie nie wieder arbeiten konnte. Ich stellte danach immer wieder die Frage, ob es irgendeinen Sinn hatte, Schulungen durchzuführen, die so sehr an die äußersten Grenzen gingen, und ob dabei überhaupt etwas Gutes herauskam.

Während des sogenannten Führungskräfteprogramms sollten wir auch mit der Natur kommunizieren. Wir sollten unter anderem mit einem alten Indianer reden, sechs Stunden sitzen und auf einen Baum starren und Urschreie ausstoßen. Wenn man nicht mitmachte, wurde man beschuldigt, dass man sich nicht öffnete. Aber es ging nie darum, inwiefern man es *brauchen* würde, offen zu sein oder an den Aktionen dieser Schulung teilzunehmen. Während der Schulung lernten wir etwas darüber, wie wichtig es ist, sich verändern zu können und freier zu werden. Meiner Meinung nach kann Freiheit jedoch nie Selbstzweck sein. Freiheit ist ein Zustand, der für den zum Gefängnis werden kann, der seine Freiheit nicht organisieren kann. Wenn eine Gruppe Elitesoldaten ohne Empathie und psychologische Kenntnisse Menschen mit einem Programm überrumpelt, werden ganz leicht Dinge aufgerissen, die nicht hätten berührt werden sollen, und es entstehen Reaktionen, die mehr schaden als nützen. Während der besagten Schulung gab es darum viele Teilnehmer, die ganz oder teilweise zusammenbrachen und beschlossen, dass sie sich nach diesem Kurs scheiden lassen oder einen neuen Job suchen würden. Hier darf man die Frage stellen, ob es überhaupt interessant oder rentabel sein kann, das Geld seines Unternehmens dafür zu verwenden, dass Mitarbeiter zu der Schlussfolgerung kommen, sich zu trennen oder einen neuen Job zu suchen.

Als die Schulung beendet war, benahmen sich einige Teilnehmer, als gehörten sie nun einer Religion an, für die sie einen Traumfänger, ein rotes Sakko, ihren persönlichen Stein, mit dem sie redeten, und alle möglichen anderen merkwürdigen Merchandise-Dinge mit sich tragen müssten. So etwas ist an sich ganz OK und ich meine auch nicht, dass es keine gute Idee ist, offen zu sein. Aber ich bevorzuge es, wenn die Dinge authentischer sind, und halte es für völlig absurd, wenn eine Firma etwa das Doppelte eines Monatslohns dafür bezahlt, ihre Mitarbeiter zu solchen Touren zu schicken. In meinen Augen gibt es keinen Grund, Menschen so auseinanderzunehmen oder sie so auszuhebeln, dass sie keine Bodenhaftung mehr finden – nur damit sie sich dann anschließend gegenseitig in ihren Darstellungen übertrumpfen, wie viele Veränderungen um der Veränderung willen sie mit nach Hause genommen haben.

Ich habe zu Beginn dieses Kapitels gesagt, man könne nicht an einem Kurs teilnehmen, ohne etwas davon mitzunehmen. Das stimmt natürlich. Und ich habe von dieser Schulung das Wissen mitgenommen, dass ich in meinem weiteren Berufsleben kein einziges Führungskräfte-Entwicklungsprogramm durchführen werde. Ich habe nur eins gemacht – jede Menge Erlebnisse, Partys und Farben geschaffen. Und ich habe erlebt, dass sich Mitarbeiter durch solche Aktionen entwickelt haben. Sie waren glücklich und hatten Lust, das zu geben, was sie konnten, damit sich das Unternehmen entwickeln konnte. Wenn heute vier meiner Mitarbeiter Selbstentwicklung und Teambuilding bräuchten, würde mir nicht im Traum einfallen, sie zu einer Schulung zu schicken. Ich würde sie stattdessen vier Tage lang auf eine feucht-fröhliche Tour in ein Skisportzentrum schicken. Das ist billiger, viel effektiver und gibt jedem Einzelnen Gelegenheit, eigene Grenzen zu setzen und selbst zu entscheiden, wozu er oder sie Lust hat und wozu nicht. Für mich geht es bei menschlicher Entwicklung darum, Zeit zum Nachdenken und Zeit für ehrliche Gespräche miteinander zu erhalten. Ausgehend davon finde ich, dass es kein besseres Teambuilding gibt, als sechs Leute in einem Lieferwagen voll mit Bierkästen in ein Ferienhaus zu schicken. Nach einer solchen Reise hat man tiefe Beziehungen geschaffen und dabei gutes Essen gekocht, Wanderungen gemacht und über Dinge reden können, über die man gern reden wollte. Um echte Beziehungen zu schaffen, braucht man eigentlich gar keinen großen Hokuspokus. Es ist nicht notwendig, auf eine Art Therapie- oder Gruppendynamik-

Level zu kommen, um Menschen dazu zu bringen, ihr Bestes zu geben – eher im Gegenteil.
Ein weiterer Aspekt der sogenannten Unternehmensentwicklung ist das Coaching. In meinem ganzen Berufsleben habe ich nie einen Coach gebraucht und werde es auch niemals tun. Manchmal werde ich gefragt: „Aber haben Sie denn gar keine Probleme?" Selbstverständlich habe ich Probleme. Wenn die auftauchen, rede ich mit meinen Freunden. Oder ich sorge dafür, dass ich zur Ruhe komme, damit ich mich hinsetzen und darüber nachdenken kann, wie ich die Probleme lösen kann. Man darf nicht vergessen, dass es immer nur *einen* Menschen gibt, der weiß, wie deine Probleme zu lösen sind – das bist du selbst. Steht man vor einem Problem, sieht man das Gesamtbild selbst. Wenn man nun immer Hilfe und Rat von anderen erhält, die nicht das Gesamtbild sehen, wird man fehlgeleitet. Je mehr man sich bei der Lösung eigener Probleme von anderen Menschen abhängig macht, umso schwieriger wird es, die eigenen Probleme selbst zu lösen. Selbstverständlich kann ein Coach andere Blickwinkel auf ein Problem bieten, aber weil man letztlich das Problem immer selbst lösen muss, kann man die Dinge genauso gut auch selbst klären. Darum brauche ich keinen Coach, und es würde mich sehr wundern, wenn einer meiner Mitarbeiter eines Tages sagen würde, dass er oder sie einen Coach bräuchte.
Vor ein paar Jahren hatte ich jemanden eingestellt, der durch und durch politisch korrekt war und mir regelmäßig erzählte, wie er sich durch Gespräche mit seinem Coach entwickelte. Als wir etwas an der Oberfläche gekratzt hatten, war er aber nichts weiter als ein ganz normaler Kerl, der zuletzt zugab, dass die Sache mit dem Coach nur erfunden war. Seit er in meinem Unternehmen war, wollte er

gern signalisieren, dass er an persönlicher Entwicklung interessiert war und darum hatte er *diese* Geschichte erzählt.

Persönliche Entwicklung ist also nichts, was man auf einer Schulung findet oder erschafft. Dafür setzt man sich nicht in einen Raum und führt stundenlang Sitzungen oder Übungen durch. Persönliche Entwicklung geschieht ganz natürlich, wenn man sein Leben lebt – wenn man mit seiner Familie zusammen ist oder wenn man mit seinen Mitarbeitern bei der Arbeit zusammen ist. Wenn ich selbst persönliche Entwicklung in meinem Job brauche, fahre ich los und besuche meine Kunden. Hier bekomme ich all die persönliche Entwicklung, die nötig ist. Hier spüre ich, was ich lernen muss und wo ich mich bewegen muss. Es gibt nirgendwo eine bessere Entwicklung, als die, die man hier findet.

Als Abrundung dieser Gedanken über menschliche Entwicklung möchte ich noch erwähnen, dass es im Geschäftsleben eine Unmenge von Wörtern gibt, die oft in etwa das Gleiche bedeuten. Es ist die Rede von Führungskräfteentwicklung, Teambuilding, persönlicher Entwicklung, Selbstentwicklung und so weiter. Ich halte solche Art von Aktionen, wie gesagt, für mehr oder weniger überflüssig. Doch das bedeutet nicht, dass ich es nicht verstehen kann, wenn Menschen zu einer Therapie gehen. Es ist nur so, dass eine Therapie eine ganz persönliche Sache ist und nichts, was man als Geschäftsführung seinen Mitarbeitern über den Kopf stülpen darf. Wenn ein Mensch gewaltsamen Erlebnissen ausgesetzt war, kann es zweifellos gut tun, sich zu öffnen, darüber zu reden oder verschiedene Aspekte zu sehen. Hat man in seinem Unterbewusstsein solche dunklen

Zustände, kann man diese nicht ganz allein bewältigen. Denn sie können dazu beitragen, dass auch die Menschen, mit denen man sich verbunden fühlt, viele Probleme bekommen. Dass ich selbst keine Therapie brauche, liegt vermutlich daran, dass ich eine außergewöhnlich behütete Kindheit hatte, in der es keine besonderen Probleme gab, zu denen ich Stellung beziehen musste.

STUNT NR. 5

# Ohne Schlips und Kragen

In Sachen Bekleidung gibt es in der Geschäftswelt eine Kultur. Sie schreibt vor, dass es gern gesehen ist, wenn man Schlips und Hemd, Anzug und blank polierte, schwarze Schuhe trägt. Trotzdem habe ich meinen Mitarbeitern und allen anderen in meinem Umfeld immer gesagt, dass wir die Dinge so machen sollten, wie wir wollen, und dass wir nie versuchen sollten, etwas darzustellen, was wir nicht sind. Ich selbst bin im Grunde nichts weiter als ein großer, fröhlicher Junge, der gern Spaß hat und für den seine Arbeit eine spannende Möglichkeit ist, jede Menge unterschiedlicher Menschen kennenzulernen. Alles, was ich bin, darf sich gern in der Art meiner Bekleidung widerspiegeln. Auf diese Weise bin ich authentisch und mache es anderen leichter, sich auf mich als Person einzustellen. Das war nicht immer so. Bei meinen früheren Jobs konnte es geschehen, dass ich mich nach den Vorschriften kleidete, um dazuzugehören. Diese Einstellung legte ich jedoch sofort ab, als ich 2004 meine jetzige Freundin kennenlernte. Als sie sich eines Tages meinen Kleiderschrank anschaute, fragte sie, woher in aller Welt ich meine Kleidung hätte. Sie hatte festgestellt, dass es in meiner Garderobe fast nichts gab, das mich als Person widerspiegelte. Daraufhin begann sie, mich mit schönen Jeans, Sportschuhen und einem Sweatshirt auszustatten. Als ich die Sachen anzog, merkte ich plötzlich, dass ich immer entspannter wurde. Darum hörte ich auf, nach der Kleidung anderer zu schauen, um herauszufinden, wie ich mich kleiden sollte. Seitdem kleide ich mich so, wie es mir passt, ganz gleich, was ich vorhabe oder wen ich treffen soll.

Wenn man es nötig hat, ein frisch gestärktes Hemd zu tragen, um zu signalisieren, dass es hier nichts auszusetzen gibt, trägt man eine Fassade. Perfekte Menschen gibt es nicht. Darum arbeite ich immer daran, aus den Menschen das Ehrliche, Authentische und Lustbetonte hervorzuholen – auch bei der Bekleidung. Ausgehend davon lasse ich meinen Mitarbeitern freie Hand, sich zu kleiden, wie sie möchten. Trotzdem wollten doch viele am traditionellen Dresscode des Geschäftslebens festhalten. Auf Geschäftsreisen durch Deutschland war ich darum häufig von Mitarbeitern umgeben, die traditionelle Business-Outfits trugen. Besonders zwei junge Männer, die ich von einer sehr konservativen Supermarktkette übernommen hatte, waren mit dieser Kultur sehr verwachsen, denn sie waren in ihrer gesamten Karriere Teil dieser Kultur gewesen. Nachdem sie eine Weile bei mir beschäftigt waren, gelang es mir jedoch mit der Zeit, dass sie den Schlips wegließen – den obersten Knopf des Hemds hatten sie aber trotzdem immer zugeknöpft. Manchmal ging ich zu ihnen, öffnete den Knopf und sagte, dass sie jetzt mal etwas locker werden könnten. Doch wenn ich nach einer halben Stunde nach ihnen schaute, hatten sie den obersten Knopf wieder zugeknöpft. Wenn ich mit den beiden unterwegs war, passierte es häufig, dass die Leute falsch lagen, wenn sie überlegten, ob ich oder einer von ihnen der Chef war. Neben meinen Mitarbeitern sah ich ja eher wie irgendein Arbeiter aus, den sie von der Straße mitgebracht hatten.

In Bezug auf meine Kleidung gibt es aber noch eine weitere Dimension, die nicht viele erkennen. Auch wenn sie oberflächlich gesehen leger und zufällig wirkt, kann man – wenn man ein Auge dafür hat – erkennen, dass es eben nicht so ist. Die Sportschuhe, die ich jeden Tag trage, kosten beispielsweise ab 1000 Euro aufwärts. Meine Jeans stammen aus dem angesagtesten Jeans-Laden in Hamburg und ich glaube, dass ich bei mir zu Hause einer der Ersten war, der in True Religion Jeans ging. Manche Leute, die mich zum ersten Mal sehen, schauen auch sehr interessiert auf meine Uhr, um zu sehen, ob es eine echte Rolex ist. Aber zu einem Jungen wie mir würde eine Rolex nie passen. Eine Rolex trägt man, wenn man der Welt zeigen möchte, wie gut es einem geht und wie viel Geld man verdient. Wenn man es nötig hat, solche Signale zu senden, zeigt man in aller Deutlichkeit, dass man die Dinge überhaupt nicht im Griff hat. Nun gehören Uhren zufälligerweise zu den Dingen, für die ich mich sehr interessiere. Und mir ist am wichtigsten, dass meine Uhren Limited Editions sind. Beispielsweise gibt es von der Uhr, die ich gerade trage, nur fünfundzwanzig Stück auf der Welt. Sie werden von einer Firma mit dem Namen Jaeger-Lecoultre hergestellt und kosten mehr als das, was die meisten Leute im Jahr verdienen.

Bei Bekleidung geht es mir also darum, der breiten Bevölkerung zu signalisieren, wer ich bin. Gleichzeitig ist es auch gut, von den Menschen erkannt zu werden, die in der finanziellen Rangordnung die gleiche Stufe wie ich erreicht haben. Private Flughäfen für Leute mit eigenen Flugzeugen sind Orte, an denen ich ganz sicher auf Menschen treffe, die erkennen, dass meine Kleidung nicht zufällig gewählt ist.

Mit denjenigen, die dorthin kommen, gehöre ich zu einer sogenannten Network Community und wir erkennen uns an der entspannten und dennoch exklusiven Kleidung, wenn wir uns außerhalb des Flughafens treffen. In einem privaten Flughafen trifft man niemanden, der mit Schlips und Sakko an oder von Bord seines Flugzeugs geht. Wenn man in seiner Karriere dort angelangt ist, wo man pro Jahr viele Millionen für ein eigenes Flugzeug ausgeben kann, muss man seinem Umfeld nicht mehr zeigen, wer man ist, indem man Anzug, Schlips und polierte Schuhe trägt. An solchen Orten würde dies nichts anderes bedeuten, als dass man karrieremäßig doch noch nicht dort angekommen ist.

Es gibt jedoch Situationen, in denen ich in Bezug auf meine Kleidung schon etwas unter Druck geraten kann. Würde ich eines Tages zu einem Festessen bei der dänischen Königsfamilie eingeladen sein, hätte ich ein großes Problem. Auch in Deutschland gab es solche Situationen, als ich bei großen Award-Shows mitgewirkt habe und von hunderten Männern in Schlips und Anzug umgeben war. An solchen Orten gibt es nicht viele, die sehen, dass ich keine zufällig ausgewählte Kleidung trage und darum war meine Kleidung häufig ein Thema. Aber Kleidung ist für mich keine Religion. Eigentlich ist Bekleidung nichts anderes als eine Oberfläche. Aber die Oberfläche ist natürlich auch der Teil, der das eindeutigste Signal darüber aussendet, was sich darunter befindet. In meinem Fall ist es der Junge von der Straße, aber auch der Joker. Darum habe ich in regelmäßigen Abständen meine Umgebung gern provoziert und bin auch mal im Smoking mit Zylinder und Fliege zu einem Fußballspiel erschienen.

Auch wenn ich im Lauf meiner Karriere recht viel Geld für Luxus ausgegeben habe und Qualitätsprodukte mag, waren für mich weder Wohlstand noch Luxus jemals ein Lebensziel an sich. Eigentlich kann ich ganz einfach leben. Ich nehme meine Familie und die Kinder gern mit auf eine Tour in einem alten Wohnmobil und wir leben dann unter verhältnismäßig primitiven Bedingungen. Und Luxus – ein wichtiges Element, um meine Mitarbeiter zu verwöhnen – gehört nicht zu unserem Alltag, wenn wir Geld verdienen wollen. Vor einigen Jahren hatte ich beispielsweise einen sehr guten Marketingdirektor eingestellt. Zusammen mit ihm und zwei meiner alten Direktoren planten wir eine Reise nach Bangkok, um einige Beratungen mit unserem Hersteller durchzuführen. Wir hatten nur vereinbart, wann wir fliegen würden. Die Tickets buchte jeder für sich. Als wir am Flugzeug waren und durch die Tür traten, gingen die beiden alten Direktoren nach rechts in die Economy Class. Als ich zum Eingang kam, folgte ich ihnen. Unser neuer Marketingdirektor hielt mich an. Er wollte nach links, um sich in die Business Class zu setzen und fragte leicht entrüstet, warum wir anderen nach rechts gingen. Da sagte ich ihm, dass hier ja die Firma bezahlte und es darum keinen Grund gab, Geld zu verschwenden. In der Zeit, in der er bei mir angestellt war, flog er jedenfalls nicht mehr Business Class. Auch wenn ich mal ein eigenes Flugzeug besaß, hatte und hat das Fliegen für mich immer eine praktische Funktion, und es ging nie darum, dass ich einen bestimmten Lebensstil brauchte. Mit Business Class fliege ich nur dann, wenn es keine billigeren Plätze mehr gibt oder wenn ich mit meiner Freundin unterwegs bin und sie gern verwöhnen möchte. Mit Hotels geht es mir ebenso. Ich habe im Laufe der Jahre in vielen der besten Hotels in Europa gewohnt. Trotzdem fahre oder fliege ich lieber ein paar Stunden mehr, um nach Hause in mein eigenes Bett zu kommen. Ganz gleich, wie luxuriös ein Hotel ist, kommt man ja nicht drum herum, dass schon tausende fremder Leute auf der gleichen Matratze und in der gleichen Bettwäsche gelegen und geschwitzt haben. Vielleicht bin ich empfindlich, doch für mich geht es bei Luxus nicht darum, wie viel Geld etwas kostet, sondern inwiefern es dazu beiträgt, dass ich entspannen kann.

STUNT NR. 6

# Steige vom hohen Sockel herunter

Während meiner gesamten Karriere hat keiner meiner Mitarbeiter gekündigt, wenn ich nicht selbst wollte, dass derjenige geht. Es gab also nie einen Mitarbeiter, der zu mir kam und sagte, dass er jetzt ein anderes Unternehmen gefunden hätte, wo er oder sie lieber arbeiten wollte. Das gehörte nicht zur Begriffswelt meiner Mitarbeiter. Ein Grund dafür war, dass sie eine Geschäftsleitung hatten, bei der sie spürten, dass ihr Einsatz wertgeschätzt wurde. Gleichzeitig merkten sie, dass es Raum für menschliche und fachliche Entwicklung gab. Damit die Menschen, mit denen man zusammenarbeitet, Raum und Gelegenheit zur Entwicklung haben, sind einige Voraussetzungen nötig. In der Kasi Group bin ich oberstes Organ, Gründer und auch Inhaber. In einer solchen Position hat man große Macht gegenüber seinen Mitarbeitern. Macht auszuüben kann mit der Zeit leicht dazu führen, dass man Menschen einsperrt und ihnen die Möglichkeit zur Entwicklung nimmt. Wenn es um Macht geht, sage ich darum immer: Je mehr Macht man hat, umso aufmerksamer muss man sein, dass man sie nicht ausnutzt. Die Macht nicht zu verwenden, um andere Menschen einzusperren, wurde in meiner eigenen Karriere zu einer immer größeren Herausforderung. Die Kasi Group durchlief ein explosives Wachstum und in gleichem Maße stieg ich immer höher. Es wurde damit immer schwerer, den nahen Kontakt zu den einzelnen Mitarbeitern zu bewahren. Darum entstand zwischen mir und den Mitarbeitern häufig eine Distanz, die besonders erdrückend war, wenn wir uns trafen. Viele Mitarbeiter reagierten darauf so, dass sie mich noch höher auf den Sockel stellten und aus mir eine Art Idol machten. Sie reagierten ehrfürchtig, wenn ich mich an sie wandte. Manchen Leuten gefällt es womöglich, wenn andere auf alles hören, was sie sagen, und sich wegen getroffener Entscheidungen vor Bewunderung der Länge nach auf den Boden werfen. Das habe ich niemals so empfunden. Schon als ich zum ersten Mal merkte, dass jemand so reagierte, fühlte ich instinktiven Widerstand. Darum machte ich mir sehr bewusst, dass die Autoritätshörigkeit, die mit dem schrittweisen Wachsen der Kasi Group um mich entstand, leicht zum Klotz am Bein werden konnte. Eine Beschränkung, die die Mitarbeiter eher einsperrte, anstatt sie zu befreien. Ich musste also versuchen, die vorhandene Distanz abzubauen und dabei eben nicht die Macht zu nutzen, die ich hatte – es musste gelingen, vom hohen Sockel herunterzukommen, die Ehrfurcht abzuschaffen und zu einem authentischen Zusammensein zu finden.

Viele wissen, dass es schwerfallen kann, andere Menschen zu motivieren, das zu tun, worum man sie bittet. Aufgrund der Stellung, die ich in meinem eigenen Unternehmen erreicht hatte, weil ich Gesellschafter, Gründer und unbestrittener Geschäftsführer war, kehrte sich das fast um. Ich musste schließlich immer mehr darauf achten, wie mächtig ich auf andere Menschen wirken konnte – musste dafür sorgen, dass sie nicht übermäßig begeistert waren oder sich selbst verloren. Wenn ich nicht aufpasste, konnte ich zur direkten Ursache dafür werden, dass die Menschen um mich herum die Bodenhaftung verloren und so keinen Kontakt zur Realität mehr hatten. Bevor ich merkte, dass ich so wirken konnte, konnte es mir bei Beratungen oder

Vorträgen vor Gruppen schon passieren, dass ich etwas erzählte, an das noch nicht einmal ich selbst glaubte. Dann bestand die Gefahr, dass ich mich selbst davon überzeugte, dass das, was ich sagte, auch stimmte. Wenn ich vor einer Gruppe sprach, nahm ich oft einen Faden auf und verfolgte ihn weiter. Zuerst war es vielleicht nur ein loser Gedanke, eine Idee oder ein Gefühl. Hatte ich mich schließlich in das Thema hineingeredet, wuchs es immer weiter zu etwas Großem heran. Und wenn ich dann nicht aufpasste, ob ich über die Realität oder über ein Gefühl für die Realität redete, konnte es Probleme geben. Solche Zustände können natürlich gefährlich werden, wenn man nicht äußerst wachsam ist. Wenn man nur einen Hauch psychotischer oder psychopathischer Züge in sich trägt, kann dies dazu führen, dass man verführt anstatt zu motivieren, anzuspornen oder zu inspirieren. Darum habe ich es heute zu einer meiner Tugenden gemacht, anständig zu bleiben. Ich bin darum oft mehr damit beschäftigt, auf mich selbst zu achten, anstatt auf die Menschen, die um mich herum sind.

Ich konnte immer kaum verstehen, dass sich Menschen selbst verlieren oder verführt werden, weil sie andere so hoch auf einen Sockel stellen und sie zu ihrem Idol machen. In meinem Leben habe ich viele Menschen getroffen, die ich für das bewundert habe, was sie konnten oder was sie erschaffen haben. Aber ich hatte nie Erwartungsängste und habe mich nie selbst verloren, wenn wir uns begegneten. Wenn man beginnt, einen Menschen anzubeten, schafft man einen Abstand. Entsteht solch ein Abstand, verliert man nicht nur sich selbst, sondern man verpasst auch die Chance, wirklich Freude am anderen zu erleben. Wenn ich einen Menschen hervorheben sollte, der mich sehr inspiriert hat, dann ist es Richard Branson. Branson ist ein abenteuerlustiger Wagehals, der unter anderem versucht hat, in einem Heißluftballon um die Erde zu fliegen. Er ist aber auch ein Geschäftsmann mit vielen interessanten Unternehmen. Eines der spannenden Projekte, die sich Branson ausgedacht hat, heißt Virgin Galactic. Es handelt sich um das weltweit erste Raumfahrtprogramm, das auf Touristen ausgerichtet ist. Bransons Leute haben ein Flugzeug entwickelt, das sechstausend Kilometer in der Stunde fliegen kann. Das heißt, es kann hunderte Kilometer in den Weltraum fliegen und den Passagieren vermitteln, wie man sich als Astronaut fühlt. Um dabei sein zu können, nimmt man an einem längeren Trainingsprogramm teil und muss natürlich körperlich in Topform sein, bevor man losgeschickt wird. In den nächsten Monaten habe ich einen Gesprächstermin, um mehr darüber zu erfahren, und sobald es möglich ist, fliege ich los.

Zu den ersten Dingen, die ich damals über Branson las, gehörte die Geschichte von seiner Insel, die er gekauft hatte und dann nutzte, wenn er seinen Mitarbeitern etwas bieten wollte. Es handelt sich um eine tropische Insel, auf der die Gäste in paradiesischer Umgebung Golf und Tennis spielen können. Als ich das las, gab es mein Projekt auf Mallorca schon. Ich fand es sehr anregend, seine Gedanken über das, was er gemacht hatte, zu lesen. Ich selbst hatte nie in Worte gefasst, warum ich es getan hatte. Doch Branson konnte das. Danach interessierte ich mich immer mehr für ihn und las alle seine Bücher. Die Bekanntschaft mit Branson durch seine Bücher zu machen, war für mich von großer Bedeutung. Hier bin ich einem Menschen begegnet, der sich traut, in großen Dimensionen zu denken. Ich tauche in seine

Sichtweise auf die Dinge ein und finde Inspiration und den Glauben daran, dass der Weg, den ich gewählt habe, richtig ist. Ich schwimme so sehr gegen den Strom der etablierten Geschäftskultur und darum ist es bewegend für mich, Anteil an seiner Lebensauffassung zu nehmen, an seinen Gedankengängen über Unternehmen und an seinen Ansichten dazu, wie man gute Geschäfte macht und gleichzeitig die Menschen vernünftig behandelt.

STUNT NR. 7

# Lege alles Künstliche ab

Ich habe oft Fehler gemacht und darum erhalte ich manchmal Hinweise von meinen Wirtschaftsprüfern oder anderen strukturierten Menschen, die sagen: „Es muss jemand in Ihren Vorstand, der Sie steuern kann!“ Aber in dem Moment, in dem ich mich steuern lasse, kann ich ganz leicht das verlieren, was das Einmalige in meinem Tun ausmacht. Werde ich zu sehr eingeschränkt oder zu sehr auf den Boden geholt, verliere ich den Teil von mir, der das Einmalige erschaffen und kultivieren kann. Meine grundsätzliche Einstellung ist, dass ich immer darauf achte, dass ein Unternehmen nicht zu technisch oder zu angepasst wird.

Sogenannte CRM-Systeme sind darum ein gutes Beispiel für etwas, wogegen ich eine natürliche Abneigung habe. Die Abkürzung steht für Customer Relation Management. Dabei geht es darum, ein System einzurichten, mit dem man die vollständige Kontrolle über alle Informationen seiner Kunden und anderer Menschen erhält, mit denen das Unternehmen zu tun hat. Wenn ich vor solchen Systemen stehe, stelle ich mir die ganz einfache Frage: Warum? Das, was wir in ein solches System eingeben, sind nichts anderes als eiskalte Daten über andere Menschen. Kontrolle über seine Daten zu haben, hat nichts damit zu tun, ob man mit einem Geschäft oder einer Freundschaft Erfolg hat. Um ein gutes Geschäft abschließen oder Freunde sein zu können, sind nicht Daten der zentrale Faktor. Im Gegenteil. Es ist wichtig, dass man die richtige Energie, Offenheit, Nähe und Sympathie hat. Stimmen diese Dinge, kann man durch ein Geschäft oder eine Freundschaft ein Band knüpfen. Füllt man die Beziehungen zwischen Menschen mit eiskalten Daten, ist kein Raum mehr für die persönliche Beziehung. Würde ich damit anfangen, in den Vorstand Leute zu lassen, die „mich steuern" können, wären das leicht solche Menschen, die meine Zeit mit Gesprächen darüber verschwenden, dass wir CRM-Systeme oder ähnlichen Nonsens einführen sollten. Allen, die versuchen, mir ein CRM-System zu verkaufen, erzähle ich immer, dass ich schon eins habe, denn es befindet sich in meinem Kopf. Wenn ich mich bei einem anderen Menschen nicht an alles Wichtige erinnern kann, liegt es wahrscheinlich daran, dass der betreffende Mensch für mich nicht mehr wichtig ist. Vor einiger Zeit rief mich einer meiner früheren Kunden an und lud mich zu einem Fußballspiel nach London ein. Dass er gerade für dieses Spiel Karten bekommen hat, bedeutet ihm wahnsinnig viel – und das weiß ich natürlich. Außerdem weiß ich, wie viel es ihm bedeutet, dass gerade *ich* dieses Spiel mit ihm sehe. Wir treffen uns in London, gehen abends gut essen und sehen zusammen das Spiel – dadurch entsteht zwischen uns etwas, das nie vergehen wird – und weil wir das ganz ohne ein CRM-System organisieren, hat es noch eine viel größere Bedeutung. In unserer Geschäftsbeziehung weiß ich natürlich, dass er ein guter Kunde ist. Und auch wenn wir an dem Tag, an dem wir Fußball schauen, wahrscheinlich kein Geschäft vereinbaren, steht außer Frage, dass es später geschieht. Doch wenn wir uns zum Fußballspiel treffen, denke ich nicht daran, was wir später machen werden. Hier sind nur unser Treffen und das, was wir gemeinsam vorhaben, wichtig. Wenn das Treffen gut geht und wir nicht daran denken, dass wir uns später wieder zu anderen Zwecken treffen, kann die zwischen uns entstehende Energie stark beeinflusst werden. Diese Begegnung zu erleben, ohne dass uns ein Computer diese Idee vorschlagen musste, ist genau die Stärke unseres Treffens. Menschliche Beziehungen sind nichts, was man einfach abarbeitet, weil man sie gern am Laufen halten möchte. Sie lassen sich nicht formalisieren und automatisieren.

Bei den Versuchen, mir ein CRM-System zu verkaufen, hörte ich oft das Argument, dass ich in ein solches System Daten meiner Kunden eingeben kann und mich dann daran erinnere, wann der Mann oder die Frau des Kunden Geburtstag hat und wie der Hund des Kunden heißt. Ich erzähle dann immer, dass ich ab und zu von anderen Menschen solche sogenannten „Grüße“ zum Geburtstag bekomme, bei denen ich schon von Weitem spüren kann, dass sie jetzt ein CRM-System haben. In diesen Facebook-Zeiten gibt es viele, die plötzlich ein „Herzlichen Glückwunsch zum Geburtstag!“ von jemandem erhalten, mit dem sie sechs Monate oder länger nicht gesprochen haben. Bei so etwas wird mir meistens übel, denn es ist so eindeutig zu erkennen, dass der Absender es gar nicht ernst meint. Darum gibt es keinen Grund, darauf zu antworten. Hätte derjenige den Geburtstagsgruß mit einem ehrlichen Gefühl geschickt und der Gruß wäre wirklich von Herzen gekommen, dann hätte er oder sie sich natürlich auch gemeldet, wenn nicht gerade Geburtstag ist. Mit der Schaffung von Systemen, die Beziehungen entwickeln sollen, verliert man den Kontakt zum Authentischen und damit im Grunde den Kontakt zueinander. Außerdem war es für mich nie wichtig, wann jemand Geburtstag hat. Bei meinen Kontakten außerhalb der Familie sind Geburtstage völlig nebensächlich. Ich finde, dass ein Geburtstag eine private Angelegenheit ist, die man eventuell mit seinen Angehörigen feiert. Es würde mir nicht im Traum einfallen, mit meinen Mitarbeitern Geburtstagskuchen zu essen und für sie Geburtstagslieder zu singen. Ich gehe gern mit meinen Geschäftspartnern oder Mitarbeitern auf eine gute Party, doch ihren Geburtstag dafür als Begründung zu nutzen, halte ich für eine denkbar schlechte Idee. Es ist also klar, dass ich nicht mehr Ware von einem Lieferanten kaufe, weil dieser eines Tages in ein CRM-System investiert hat, das ihn daran erinnert, mir einen Geburtstagsgruß zu senden – eher im Gegenteil. Wenn solche Leute ein System brauchen, um mir einen Gruß zu senden, zeigen sie ja nur, dass sie unsere Beziehung nicht ernst nehmen. Warum sollte ich dann mit ihnen Geschäfte machen?

Ein guter Kontakt kann eine Grundlage für gute Geschäfte oder Freundschaft sein. Für mich bedeutet das nichts anderes, als dass man eine persönliche Einstellung zueinander hat. Die Dinge, an die man sich bei anderen erinnert, gehören zur natürlichen Atmosphäre, die man miteinander herstellt. Der Mann, der mich nach London zum Fußballspiel eingeladen hat, ist ein gutes Beispiel dafür. Ich habe wie gesagt nichts, was ich ihm verkaufen will, wenn wir uns dort treffen. Aber wenn ich in einem halben Jahr oder in drei Jahren etwas habe, das ich ihm gern verkaufen möchte, dann sind wir über die Verkaufssituation hinaus. Er wird mir dann nicht alle möglichen Fragen stellen, sondern möchte nur wissen, wann er meine Ware kaufen kann. Wenn das Vertrauen auf menschlicher Ebene hergestellt ist, laufen die Dinge von selbst – ganz gleich, ob es um Freundschaft oder ums Geschäft geht.

**Lebensgeschichte Teil 2**

# Weltbester

Sport hatte und hat für mich und für meine Familie große Bedeutung. Wir Geschäftsleute lieben es, unser Konkurrenz-Gen ausleben zu können, wenn wir unsere Lieblingsmannschaft gewinnen sehen. Denn in der Geschäftswelt fehlt uns etwas, was die Sportwelt hat – die Möglichkeit direkt abzurechnen. Anders gesagt: Wenn ein Wettkampf beendet ist, weiß man, wer gewonnen und wer verloren hat. Während eines Turniers kann man jederzeit prüfen, wo man im Vergleich zu seinen Konkurrenten liegt. So etwas vermisst man manchmal in der Geschäftswelt, die – wenn es um Ergebnisse geht – schwer durchschaubar sein kann.

Ich habe bereits erzählt, dass ich schon in meiner Kindheit leidenschaftlich gern Fußball und Handball gespielt habe. Als der dänische Fußballklub Brøndby IF Mitte der achtziger Jahre immer besser spielte und aus ihm ein großer Verein mit tollen internationalen Erfolgen wurde, interessierte ich mich immer mehr dafür, wie es um ihn stand. Brøndby IF ist der Nachbarort meiner Heimatstadt und der Verein war darum sozusagen mein „Lokalverein" – doch meine Lieblingsmannschaft war er erst einmal nicht. Mit der Zeit wurde sie aber immer souveräner, sodass ich zunehmend verfolgte, wo die Mannschaft stand. Schließlich wurde ich immer mehr zu ihrem Fan. Zuerst gingen meine Familie und ich nur zu einigen Spielen. Doch daraus entwickelte sich bald eine Tradition. Wir trafen uns zum gemeinsamen

Essen und gingen anschließend los, um Brøndby IF spielen zu sehen. Mit dem wachsenden Verkaufserfolg in Deutschland bekam die Familie mehr Geld in die Hand. Darum investierten wir einen kleineren Sponsorenbetrag in den Verein Brøndby IF. Wir nutzten einen Teil unseres Geldes, um Brøndby IF zu einem Treffpunkt für Geschäftspartner und Mitarbeiter zu machen. Bei den Spielen war im Stadion immer sehr viel los und die Partystimmung und Farben erzeugten unter den Menschen, die wir mitnahmen, gute Energie. Mit großem Interesse stellte ich fest, wie unsere Stadionerlebnisse dazu beitrugen, dass die Leute, die wir mitnahmen, untereinander solche Kontakte herstellten, dass sie nach den Spielen als stärkeres Team funktionierten – sowohl als Freunde als auch im Job.

2006 brachten wir unsere Verkäufer aus Deutschland zu einem Spiel des Brøndby IF in einer großen Loge zusammen. Nach dem Spiel interessierten sich die meisten von ihnen für den Verein. Auf diese Weise erzeugten unsere Aktionen im Zusammenhang mit den Spielen von Brøndby IF eine immer interessantere Energie. In Deutschland ist es Tradition, dass die großen Klubs sogenannte Arbeitervereine sind. Die Arbeiter vor Ort sind ihre treuen Fans und sie werden von regionalen Unternehmen gesponsert. Auch beim Brøndby IF gab es diese Tradition der Unterstützung und darum stellten wir fest, dass uns das Engagement für die Mannschaft bei unseren deutschen Geschäftspartnern, Kunden und Mitarbeitern viel Sympathie einbrachte. Somit war der Brøndby IF genau das, was wir brauchten, um für die Kasi Group und unsere Familie ein Profil zu entwickeln, mit dem sich die Deutschen identifizieren konnten. Wir bauten darum unsere Sponsorentätigkeit immer weiter aus.

Schließlich hatten wir eine eigene, feste Sky-Box, in der wir mit unseren Kunden und Mitarbeitern essen und feiern konnten und gleichzeitig während des Spiels einen tollen Blick auf das Stadion hatten.

2007 gab es beim Verkauf von Pandora-Schmuck den ganz großen Durchbruch. Der Erfolg war berauschend, doch gleichzeitig erhielt ich zum ersten Mal einen Eindruck davon, wie riskant er werden konnte. Die Einnahmen steigerten sich explosiv und darum musste auch unsere Firma entsprechend entwickelt werden. Wir brauchten für unser Büro in Dänemark unbedingt mehr Mitarbeiter, die Deutsch sprachen. Doch bei unserer Suche kam nicht viel heraus. Das Problem war, dass wir unseren Sitz in Dänemark hatten, unsere Geschäfte jedoch in Deutschland liefen. Darum konkurrierten wir mit den bekannteren Unternehmen ständig um die wirklich guten Mitarbeiter. Wenn wir beispielsweise eine Anzeige schalteten, um eine höhere Position als Verkaufsdirektor zu besetzen, riskierten wir, dass wir nur eine einzige, verschnupfte Bewerbung vom Leiter eines örtlichen Lebensmittelhändlers erhielten, der keine Ahnung hatte, wer wir waren. Um das Problem zu lösen, hätten wir natürlich das gesamte Unternehmen nach Deutschland verlegen können. Aber meine Mutter und meine Schwester – beide Schlüsselfiguren im Unternehmen – wollten nicht umziehen und darum konnten wir diesen Weg nicht direkt gehen.

Eines Tages rief mich meine Mutter an und erzählte, dass der Hauptsponsor des Brøndby IF abgesprungen war. Wenn unser Unternehmen die erforderlichen knapp 20 Millionen Euro als neuer Hauptsponsor aufbringen könnte, würden wir vom guten Ruf des Vereins Brøndby IF profitieren und allen Geschäftsleuten auffallen, die Verbindung zum Club hatten. Damit könnten wir ohne Frage landesweit bekannt werden und so unser Problem bei der Stellenbesetzung lösen. Zu dieser Zeit war Brøndby IF die absolut stärkste Sportmarke in Dänemark und darum gab es viele Mitbieter. Doch in einem Gespräch mit der Vereinsleitung des Brøndby IF überzeugte ich sie, dass die Kasi Group das Zeug dazu hatte. Bald darauf konnten wir uns darum mit der Vereinsleitung des Brøndby IF an einen Tisch setzen und die Details eines zukünftigen Sponsorenvertrags aushandeln.

Die öffentliche Bekanntgabe der Kasi Group als neuer Hauptsponsor des Brøndby IF funktionierte wie eine ultimativ schnelle Lösung. Praktisch über Nacht war ich kein anonymer Schmuckverkäufer mehr, sondern ein landesweit bekannter, mystischer Geschäftsmann, der ganz plötzlich Hauptsponsor des Brøndby IF geworden war. Bald darauf gab es einen Strom an Bewerbungen von topqualifizierten Fachkräften. Viele, die in dieser Zeit in mein Unternehmen kamen, brachten später Pandora mit an die Spitze der internationalen Geschäftswelt. Parallel dazu entwickelte sich beim Verein Brøndby IF neuer Optimismus durch die Sponsorenschaft. Trotzdem erreichte der Club nie ganz das Niveau, das ich mir gewünscht hätte. In dem Jahr, nachdem ich Sponsor geworden war, erreichten sie bei der dänischen Meisterschaft nur den dritten Platz. Ein Ergebnis, das deutlich die schlechte, nicht besonders visionäre Vereinsleitung widerspiegelte, die viele Fehler machte. Zu diesem Zeitpunkt hatte ich mir die deutschen Fußballclubs angeschaut und gesehen, wie die Dinge dort liefen. Im Vergleich zu dem, was man mit dem Brøndby IF leisten konnte, war man in Deutschland zweifellos um Lichtjahre voraus. Darum wurde mir klar, dass Brøndby IF gründliches Aufräumen gut tun würde – sowohl in sportlicher als auch in kommerzieller Hinsicht. Als Sponsor hatte ich aber keinen Einfluss auf die Angelegenheiten des Vereins. Als ich mich nach ein paar Jahren als Sponsor zurückzog, hatte ich mit eigenen Augen gesehen, wie eine visionslose Führung die Chancen eines Sportvereins zunichtemachen kann, der eigentlich das Zeug dazu hätte, an die Spitze zu kommen.

Durch meine Erlebnisse als passiver Sponsor an der Seitenlinie drängte sich immer mehr eine Frage auf, die ich mir schon oft gestellt hatte: Was würde geschehen, wenn ich einen völlig anonymen Sportverein, der noch nie etwas Besonderes erreicht hatte, in liebevolle Hände nehmen und ihm eine Vision geben würde? Könnte ich das Wissen aus meiner Arbeit mit Pandora nutzen, um eine Mannschaft aufzubauen, die Weltmeister wird? Meine ersten Ideen, einen kleinen, unscheinbaren Verein zur Weltmeisterschaft zu führen, waren eigentlich schon einige Jahre zuvor in gemeinsamen Gesprächen mit meiner Schwester Annette entstanden. Zu dieser Zeit waren wir noch nicht Hauptsponsor beim Brøndby IF und hatten darum noch immer große Probleme, ausreichend Mitarbeiter für unser Unternehmen zu bekommen. Im Flugzeug auf dem Weg zu einem Geschäftstermin sprachen Annette und ich über das Problem und mein Vorschlag war, dass wir uns doch stärker beim regionalen Handballverein engagieren könnten. Auf diese Weise könnten wir den Verein als Plattform für die Einstellung neuer Mitarbeiter nutzen. Meine Schwester fand die Idee gut, und als ich nach Hause gekommen war, nahm ich

Kontakt zum Vorsitzenden des Vereins auf und bat ihn um ein Gespräch.

Der Vorsitzende wusste natürlich, wer ich war. Wegen dieses Vereins war ich zum Handball gekommen und leidenschaftlicher Spieler, seit ich 8 Jahre alt war. Später spielte ich von meinem 17. bis zum 34. Lebensjahr in der Ersten Mannschaft des Vereins. Ich hielt noch immer den Rekord bei den meisten Spielen in der Ersten Mannschaft. Mein Vater war sein ganzes Leben in dem Verein, meine Kinder spielten im Verein und auch meine Schwester hatte dort von Kindheit an bis zum Alter von 25 Jahren gespielt. Auch wenn ich nicht das Talent zum Profi hatte, war ich in diesem Sport genauso engagiert wie viele Profis. Aber weil ich nicht aufstieg und Profi wurde, war ich in all meinen aktiven Jahren fast immer mit den gleichen Spielern zusammen. Also hatten fast alle Leute aus meinem Umfeld und fast alle meine Freunde aus meiner Heimatstadt eine Verbindung zum Verein. Neben meiner Arbeit war Handball immer das, was in meinem Leben die größte Bedeutung hatte, und etwas, das viele Jahre lang ebenso viel Raum wie meine Arbeit eingenommen hat.

Darum kannten uns alle im Verein und wussten, dass wir eine Firma hatten. Doch niemandem war klar, dass wir mit der Firma so große Summen verdienten. Ein paar Tage später besuchten mich der Vorsitzende und zwei meiner alten Handballfreunde, die ehrenamtlich im Verein arbeiteten. Bei diesem Gespräch erzählte ich, dass meine Familie beschlossen hatte, den Handballverein mit einer größeren Summe zu unterstützen, und dass wir der Meinung waren, dass der Verein für die Suche nach Mitarbeitern für unser

Unternehmen zukünftig wichtig werden könnte. Zum Abschluss des Gesprächs bat ich sie, darüber nachzudenken und einen Plan für unsere Zusammenarbeit zu erstellen. Ich unterstrich jedoch, dass es kein Durchschnittsvorschlag sein sollte. Wir wollten jetzt *wirklich* gut werden und darum musste der Plan schon sehr anspruchsvoll sein. Sie fragten, was ich denn mit anspruchsvoll meinte. Und ich antwortete, dass ich die Vision hatte, die beste Handballmannschaft der Welt aufzubauen. Es muss dazu gesagt werden, dass der Verein damals in der Serie 1, der untersten Klasse, spielte. Er stand also am Ende aller Listen und man kannte diesen Verein nur, wenn man dort spielte oder zufällig in der Umgebung wohnte. Der Weg zu den Sternen war damit unendlich weit. Der Vorsitzende und die beiden Ehrenamtler ahnten nichts von der Größenordnung des Vermögens unseres Unternehmens. Darum gingen sie aus diesem Gespräch wahrscheinlich recht verwundert heraus. Sie hatten ein Gespräch mit ihrem langjährigen Teamkollegen geführt, der selbst eine Ewigkeit in der Ersten Mannschaft gespielt hatte, ohne aufzusteigen. Und jetzt saß er da und fantasierte davon, die beste Mannschaft der Welt aufzubauen? Trotzdem kamen sie nach ein paar Wochen mit einem Vorschlag und wollten ein Projekt mit einer Frauenmannschaft entwickeln. Das habe ich jedoch abgelehnt. Der Frauenhandball war zum Zeitpunkt unseres Gesprächs sehr stark, aber ich hatte das Gefühl, dass sich das in den kommenden Jahren ändern und darum der Herrenhandball wieder mehr in den Mittelpunkt rücken würde. Wenn mein Gespür richtig war, könnten wir mit der Mannschaft jede Menge Aufmerksamkeit wecken und genau das Publikum sowie die Sponsoren bekommen, die aus unserer Mannschaft zuletzt ein gutes Geschäft machen würden. Darum bat ich sie, wieder nach Hause zu gehen und weiter in diese Richtung zu denken. Doch sie sollten den Vorschlag auf Herrenhandball anstatt auf Frauenhandball basieren lassen. Zu diesem Zeitpunkt war es ja nur ein Ziel von mir. Aber der Vorsitzende ging nach Hause, erarbeitete einen neuen Plan für den Herrenhandball und bald darauf waren wir bereit und konnten loslegen.

Die Mannschaft, mit der wir arbeiten sollten, lag wie gesagt ganz am Ende der dänischen Handballtabelle. Wenn wir Weltbester werden wollten, mussten wir erst einmal fünf Klassen aufsteigen, um dann um die Dänische Meisterschaft spielen zu können. Ein Verein kann – wenn er gut ist – pro Jahr einmal aufsteigen. Erst wenn wir Dänischer Meister waren, konnten wir uns für internationale Spiele in der Champions League qualifizieren. Von da aus würde der Weg weiter in die absolute Königsklasse führen: in die Champions League Final Four. Das ist das Endrunden-Turnier der vier besten Vereinsmannschaften Europas. Weil so gut wie alle guten Handballvereine aus Europa kommen, bezeichnen viele die Final Four auch als Weltmeisterschaft der Vereinsmannschaften. Wenn uns der Weg an die Spitze gelingen würde, ohne dabei ein Turnier zu verlieren, könnten wir innerhalb von sechs Jahren die weltbeste Handballmannschaft werden. Mit einer solchen Vision bei einem völlig anonymen Verein zu starten, war natürlich absurd, aber das konnte uns nicht davon abbringen. Die Strategie war, den Verein langsam wachsen zu lassen und Jahr für Jahr neue, starke Spieler anzuziehen, die die notwendigen Schritte bis zum Ziel realisieren konnten.

Paradoxerweise wurde unser erster Aufstieg der schwerste. In dieser Klasse gibt es keine Profispieler und darum waren Profis nur schwer zu bewegen, in unseren Verein zu wechseln. Die Zugehörigkeit zu einem Verein bedeutete meist, dass die Spieler einem Netzwerk angehörten, das im Verein oder im regionalen Umfeld des Vereins angesiedelt war. Um das Problem zu lösen, brauchte ich Hilfe, und die bekam ich von Emeka Andersen, einem meiner besten Freunde. Wir hatten früher viele Jahre zusammen Handball gespielt. Jetzt kam er zu uns und erhielt die Verantwortung für unseren ersten Aufstieg. Als Emeka und ich früher Handball spielten, war ich Spielmacher und er spielte Rückraum links. Meine Aufgabe war es, Spielzüge aufzubauen und ihn frei zu spielen, damit er durch die Verteidigung brechen und die Tore machen konnte. Darum spielten wir immer zusammen. Ich sagte damals immer, dass er die Muskeln und ich das Hirn hatte. Bevor Emeka Andersen mit seiner Arbeit begann, kam er zu mir und meinte, dass ich leider zu steifbeinig geworden war, um mitspielen zu können. Damit war ich also nicht als Spieler für die Mannschaft qualifiziert. Sich selbst könne er dabei aber schon noch gebrauchen. Aber nur bis zum ersten Aufstieg. Danach bräuchte er ein paar Spieler, die besser waren als er. Doch kommt Zeit, kommt Rat.

Dadurch, dass Emeka Andersen von Anfang an dabei war, konnten wir von Beginn an das aufbauen, was später ein so wichtiger Teil der DNA der Mannschaft werden sollte – nämlich sein extrem starker Wille und die Fähigkeit zu gewinnen. Es ist nicht nur so, dass er es *hasst,* zu verlieren, sondern beim Training kann er direkt ungemütlich werden. In den Jahren, in denen wir zusammen trainierten, versuchte ich fast immer, Abstand zu ihm zu halten. Denn ihm war es egal, ob es um Training oder Punktspiel ging. Für den Gewinn war ihm *jedes* Mittel recht und darum konnte es schnell schlimm ausgehen, wenn man ihm im Weg stand – auch wenn man außerhalb des Spielfeldes sein bester Freund war. Emeka Andersen ist in vielerlei Hinsicht ein faszinierender Mensch. Im Alltag arbeitet er mit geistig behinderten Kindern, und wenn es nicht um Sport geht, ist er mehr oder weniger phlegmatisch. Doch sobald er zwischen ein paar Kreidestriche tritt oder irgendwo ist, wo sportliche Regeln aufgestellt werden, ist er bereit, für den Gewinn über Leichen zu gehen. Gleichzeitig kann er einfach alles und hat ein unglaubliches sportliches Talent. Er stand für die Superliga-Mannschaft von Brøndby IF im Tor, hat die Boxlizenz A, gehörte zur dänischen Bobmannschaft, spielte American Football und hat auch Handball auf vergleichsweise hohem Niveau gespielt. Als wir damals in der gleichen Mannschaft spielten, wärmten wir uns manchmal vor dem Handball mit Basketball auf. Mit seinen 195 cm und gut 100 Kilo war er kein leichter Gegner. Ganz gleich, wo man sich auf dem Spielfeld versteckte, dieses Muskelpaket kam angeflogen und machte jeden nieder, der nicht schnell genug weg war. Von Beginn an verpflanzte er seine Mentalität in unsere neue Herrenmannschaft und war tatsächlich bei drei Aufstiegen selbst als aktiver Spieler dabei. Anschließend wurde er Sportdirektor der Mannschaft.

In der Startphase leitete Emeka Andersen einen großen Teil des Trainings und meine Rolle bestand darin zu planen, welche Spieler wir von Saison zu Saison brauchten. Es mussten Spieler sein, die eine Mannschaft prägen konnten, die den Aufstieg schaffen sollte. Oft war das ein recht schwieriges Puzzlespiel. Während unsere Mannschaft mit dem Namen AGK Jahr für Jahr besser wurde, erweiterte ich immer mehr mein Wissen darüber, wie man eine Handballmannschaft entwickelt. Das konnte ich auch, weil ich gleichzeitig Hauptgesellschafter des deutschen Handballvereins Rhein-Neckar-Löwen war, der in gewisser Weise an den AGK erinnerte. Drei Jahre lang war ich Hauptgesellschafter und Präsident des dänischen und des deutschen Vereins und dabei lernte ich unglaublich viel darüber, wie die Handballwelt auf höchster internationaler Ebene funktionierte. Mir wurde beispielsweise viel klarer, warum man sich Erfolg nicht durch Zusammenstellen einer ultimativen Mannschaft erkaufen kann. Wenn man viel Geld hat und damit alle besten Spieler der Welt kauft, ist es eher fraglich, ob die Mannschaft besonders gut spielen wird. Ein Unternehmen und eine Sportmannschaft sind ähnliche Organismen und sie brauchen darum zahlreiche Facetten, bei denen es nicht nur um die Topleistungen einzelner Spieler geht. Die Spieler dürfen nicht nur individuell gut sein, sondern müssen auch als Team funktionieren. Sie sollen spüren können, was sie voneinander erwarten können, sie sollen sich gut fühlen und so weiter. Auch das Wissen, das ich mit der Zeit durch meine Geschäftstätigkeit aufbaute, übertrug ich auf meine Arbeit mit dem AGK. Auf dieser Basis bauten wir eine immer stärkere Mannschaft auf und planten Strategien, wie die Dinge geschäftlich laufen sollten. Eine Sache, mit der ich mich viel beschäftigte, war die Suche nach geeigneten Spielern. Hier gab es natürlich eine große Diskrepanz zwischen den Spielern, die ich gern gehabt hätte, und denen, die ich bekommen konnte.

Bei der Suche nach den richtigen Spielern achtete ich sehr darauf, dass unsere Mannschaft einen Stamm aus dänischen Spielern erhielt. Ich fand, dass zu viele ausländische Spieler in einer Mannschaft dazu führen konnten, dass das Profil der Mannschaft unscharf wurde. Wenn wir einen dänischen Stamm entwickeln würden, könnten wir leichter ein Heimpublikum aus dänischen Fans, Sponsoren und anderen Interessenten entstehen lassen. Im Laufe des Jahres 2010 gelang es mir, die ultimative Mannschaft mit markanten, großen Profilen zusammenzustellen, die zuvor im Ausland gespielt hatten und eigentlich noch immer in Spanien oder Deutschland spielen sollten. Jetzt wurden sie plötzlich zu einer dänischen Mannschaft zusammengefügt und dadurch geschahen Wunder – sowohl in der Mannschaft als auch bei der Unterstützung der Mannschaft.

Auch ein anderer Aspekt beeinflusste meine Methode bei der Zusammenstellung der Mannschaft – ich hatte eine Vorliebe für isländische Spieler. Auch wenn Island ein kleines Land ist, bringt es ganz ausgezeichnete Handballspieler hervor, die zu den Besten der Welt gehören. Natürlich trugen die isländischen Spieler, die ich in die Mannschaft holte, nicht sehr zu unserem dänischen Profil bei. Doch das, was ihnen beim Profil fehlte, hatten sie in Form von Gewinnermentalität – und die unglaubliche Fähigkeit, in der Mannschaft Energie zu erzeugen. Während ich die Mannschaft zusammenstellte, um sie auf das letzte Stück des Wegs zur Weltspitze zu führen, meinte so gut wie jeder Handballexperte, dass meine Vision völlig unrealistisch sei und dass viele Spieler zu alt wären. Viele glauben, dass ältere Spieler in Bezug auf physische Leistungsfähigkeit nicht mehr mithalten können. Aber eigentlich wird nicht das Physische geschwächt, sondern ihre Motivation. Bei meiner Arbeit mit Pandora habe ich erlebt, was passieren kann, wenn man einen Menschen ins Licht rückt, der eigentlich gedacht hatte, am Ende seiner berufliche Laufbahn angekommen zu sein. Gibt man demjenigen die Motivation und Energie zurück, kann er Dinge erreichen, die niemand für möglich gehalten hätte. Gleichzeitig wusste ich auch aus meiner Arbeit mit der Kasi Group, dass es nichts nützt, wenn man versucht, die weltbeste Mannschaft allein mit jungen Stars aufzubauen. Wenn sich ein Unternehmen oder eine Mannschaft richtig entwickeln soll, muss ein Bestandteil auch Lebenserfahrung sein. Mehrere Spieler, die zu uns kamen, entwickelten sich enorm, als sie für die Mannschaft spielten. Der dänische Top-Spieler Mikkel Hansen wurde beispielsweise zum Welthandballer des Jahres gekürt, als er für uns spielte. Aus meiner Sicht stand es außer Frage, dass der Verein mit dazu beigetragen hat, dass er sich in dieser Weise entwickelt hat.

Entscheidend bei meiner Arbeit mit der Mannschaft war, immer wieder die Rahmenbedingungen für die Spieler zu verbessern. Sie bekamen nicht nur einen der besten Trainer der Welt, sondern auch perfekt abgestimmte Lebensmittel, die besten Therapeuten und Ärzte und alles andere, was man sich denken konnte, damit sie optimal funktionieren konnten. Meine Herangehensweise war die gleiche, die ich auch beim Verkäufer-Team für Pandora-Schmuck nutzte – jede Entschuldigung dafür, dass sie nicht Weltspitze sein konnten, auszumerzen. Weil jederzeit der optimale Rahmen geschaffen wurde, musste es ihnen gelingen – sie mussten jedes *einzelne* Mal gewinnen und das mit so vielen Führungstoren wie über*haupt* möglich.

Es gab einen weiteren sehr entscheidenden Aspekt, damit sich die Mannschaft zur weltbesten entwickeln konnte: Die eigentlichen Spiele erhielten ein faszinierendes, neuartiges Event als Rahmenprogramm. Bei meiner Arbeit mit Pandora waren das meine Roadshows. Jetzt wollte ich in etwa die gleiche Methode anwenden, um den AGK zu einem Publikumsmagneten zu machen. Wer sich im Handball und in der Geschichte dieses Sports nicht auskennt, weiß vielleicht nicht, dass in der Zeit, als wir den AGK entwickelten, Handball nie ein Event war. Es war jahrelang so, dass nur eingefleischte Fachexperten als Zuschauer zum Handball gingen. Die Frage war also, ob wir ein größeres und breiteres Publikum finden könnten, das sich nicht nur für Handball als Sport, sondern auch für Handball als Erlebnis begeistern konnte. Wenn wir normale Leute mit Kindern dazu bringen würden, ein Ticket für ein Handballspiel zu kaufen, hätte dies eine gute Wirkung auf unsere Finanzen, auf die Anzahl unserer Fans sowie das Interesse der Sponsoren. Darum mussten die Spiele – so wie man es vom Basketball, Fußball und Baseball kannte – zu Events gemacht werden, die den Sport für ein breiteres Publikum leichter verdaulich machten. Ich habe viel Zeit und Geld investiert, um aus den Spielen ein Rundum-Theater zu machen, das unserem Publikum ein einmaliges Erlebnis bieten sollte. Ziel war es, dass die Zuschauer nach den Spielen aus der Halle herauskamen und überwältigt waren – nicht nur vom Spiel, sondern von der ganzen Show, die sie erlebt haben. Auch wenn primär meine Schwester und ich die Fäden für die Inszenierung und Umsetzung der Events bei den Spielen in der Hand hielten, hatte ich natürlich Unterstützung der Besten auf ihren jeweiligen Gebieten. Aus meiner Sicht ging es darum, die verfügbaren Mittel so einzusetzen, dass sie das Publikum auf der Gefühlsebene ansprachen. Was wir gestalten wollten, habe ich immer als Gefühlsporno bezeichnet, der auf schöne Weise Gänsehaut erzeugt – und wenn es um guten, gediegenen Gefühlsporno ging, war ich nicht wenig detailverliebt. Für Gänsehauterlebnisse im Überfluss hatten wir verschiedene Effektmittel – das wichtigste dabei war ohne Frage die Musik. Ich selbst war ja als junger Kerl begeisterter Amateur-DJ. Ein Hobby, bei dem ich viel darüber gelernt habe, wie Musik ein Gemeinschaftsgefühl unter den Menschen schaffen kann und sie gefühlsmäßig öffnet. Bei der Gestaltung des Events für ein Spiel habe ich mich darum mit einem Mann zusammengetan, der als bester Sport-DJ in Europa bekannt war. Um das Publikum vollständig mitreißen zu können, brauchten wir Fanfaren und Jubel-Jingles, mit denen sie sich identifizieren konnten. Darum habe ich eine recht große Summe dafür ausgegeben, dass ein Komponist zahlreiche Songs schrieb, die unsere Mannschaft auf unterschiedliche Weise feierten.

Das Event für das Handballspiel machte im Grunde 90 Prozent der Arbeit bei der Vorbereitung unserer Heimspiele aus. Es gab unzählige Elemente, die mit der Präzision eines Uhrwerks so gesteuert und umgesetzt werden mussten, dass unser Publikum etwas erlebte und gleichzeitig eine aktive Rolle bei diesem Event erhielt. Schon zwei Stunden vor dem Spiel starteten wir die Musik und zu Beginn gab es auf dem Spielfeld jedes Mal eine Kinderwelt, die wir Fun-Zone nannten. Hier konnten die Kinder herumlaufen und Handball spielen oder bei einer Dribbel-Strecke mitmachen. Sie bekamen eine Punktekarte, mit der sie eine Tüte Gummibärchen gewinnen konnten, wenn sie es gut gemacht hatten. Sie konnten hier auch testen, wie hart sie werfen konnten. Hier erfuhren sie, dass Mikkel Hansen den Ball mit 132 Kilometern in der Stunde abfeuern konnte, und sie konnten sich mit ihm vergleichen. Unsere Fun-Zone nutzten wir, um schon lange vor dem Spielbeginn viele junge Leute in die Halle zu holen. Als die Zuschauer entdeckten, was wir vorher machten, standen viele schon zwei Stunden vor Spielbeginn Schlange. Eine Stunde vor Spielbeginn räumten wir die Fun-Zone ein. Als nächstes kamen die Spieler zum Aufwärmen auf das Spielfeld. Das passierte 45 Minuten vor Spielbeginn. Dann saßen ihre Fans ja schon auf den Zuschauerrängen und freuten sich auf das Spiel. Während sich die Spieler aufwärmten, kam ein professioneller Stadionsprecher und stellte jeden Spieler einzeln vor. Dabei ging es darum, die Spieler durch eine richtige Präsentation aufzubauen. Ihre Nummern waren daher auch nicht ganz zufällig gewählt. Natürlich war es wichtig, dass der größte Star als letzter Spieler zum Aufwärmen auf das Spielfeld kam. Und zu diesem Zeitpunkt sollte die Halle gern schon überkochen. Bei der Erwärmung wurden die Spieler einzeln gefilmt, auf einem Großbildschirm gezeigt und dabei präsentiert. Dazu hörte man den eigenen Song des Spielers mit der Strophe, die gespielt wurde, wenn er ins Tor traf. Wenn der Tormann einen Ball rettete, gab es Tina Turners: „Simply the best“. Wenn Mikkel Hansen traf, spielten wir eine Strophe von MC Hammers: „Can’t touch this!“. Oder wenn unser Verteidiger Lars Jørgensen ganz selten mal ganz nach vorn kam und traf, spielten wir „TNT“ von AC/DC. Sowohl die Spieler als auch das Publikum lernten alle Melodien schnell kennen und fanden das einfach toll.

Im nächsten Teil des Events wurde es Zeit, den AGK-Song zu spielen. Das geschah genau 17 Minuten und 52 Sekunden vor Spielbeginn. Wenn die Spieler das Spielfeld verlassen hatten, standen unsere Sänger bereit, um unsere Jubelgesänge für die weltbeste Handballmannschaft zu singen. Und wir brachten die ganze Halle dazu aufzustehen und mitzuklatschen. Nach dem Song kam die Fanfare, die aus meiner Sicht ein Gefühls- und Gänsehaut-Porno in Reinform war. Für diesen Teil löschten wir das Licht und hatten vier große Fahnen, die nur von gedämpftem Stroboskoplicht angeleuchtet wurden, das sich durch die ganze Halle bewegte. Danach wurden die Schiedsrichter, der Spielsponsor des Tages, der Ballsponsor des Tages und auch unsere „Wischer" vorgestellt – das waren kleine Jungen, die umherliefen und Wasser oder Schweiß vom Spielfeld aufwischten. Beim nächsten Punkt – dem Höhepunkt des Tages – kam der Gegner aufs Spielfeld. Das geschah mehr oder weniger im Dunklen und eher ruhig – bis unsere Spieler bereit waren und dann in einem wahren Inferno von Licht, Laser, Rauch und Lärm aufs Spielfeld kamen. Auch hier gab es wieder einen festen Song, eine Neufassung eines alten Songs der Pet Shop Boys, der mit voller Wucht durch den Saal hallte. Während des Songs kamen die Spieler wie aus einer Kanone geschossen auf das Spielfeld. Jeder Spieler erzeugte einen Riesenjubel unter den erwartungsvollen Zuschauern in der vollen Halle. Während des eigentlichen Spiels ging das Showevent weiter. Wenn wir beispielsweise mit fünf Treffern in Führung gingen, gab es den 5-Tore-Jingle und es wurden Bonbons ins Publikum geworfen. Bei der Entwicklung des Events vereinbarten wir auch eine Zusammenarbeit mit Mc Donalds. In den Kopenhagener Filialen wurde für den Rest des Abends der

Big Mac zum halben Preis verkauft, wenn wir mit zehn Toren Führung gewannen. Und wir hatten unseren DJ, der ununterbrochen jedes Tor feierte oder Musik spielte, bei der das Publikum sofort aufsprang und klatschte, wenn unsere Mannschaft einen Angriff spielte. Diese Art und Weise, Energie um die Spiele zu erschaffen, hielt ich für das wichtigste Element beim Aufbau des Events und es machte das Ganze immer größer. Viele Jahre bin ich selbst zu unzähligen Sportveranstaltungen gegangen. Ich habe von allem, was ich gesehen habe, das Beste mitgenommen und es mit meinen eigenen Ideen verbunden. Anstatt der üblichen Cheerleader entschied ich mich beispielsweise für ein Team aus Sportturnern, die wir Sports Team Playitas nannten. Sie traten auf dem Spielfeld auf oder stellten sich als Einklatscher auf, wenn Time-out war. In der Halbzeitpause traten bei uns verschiedene große Bands auf. Alles, was wir dem Spiel hinzufügten, führte zu einer brodelnden Stimmung in der Halle, die zum einen bedeutete, dass das Publikum glücklich war. Es bedeutete aber auch, dass bei uns immer *alle* Spiele ausverkauft waren – und das war im Handball etwas völlig Außergewöhnliches.

Ziel dieser Inszenierung des Spiels mit einem Event als Rundum-Theater war es, eine Fankultur zu schaffen, die dazu beitrug, viele verschiedene Facetten des Vereins zu stärken und aufzubauen. Gleichzeitig machten wir uns auch ein paar Feinde bei den Gegnern, die fanden, dass wir sie vor und während des Spiels in problematischer Weise psychisch unter Druck setzten. Aber die Ergebnisse waren einmalig und unsere Mannschaft verlor nie ein einziges Heimspiel. Auch aus der Ecke der etablierten Handballwelt kamen viele negative Stimmen, weil die von uns in Gang gesetzten Veränderungen nicht gern gesehen waren. Daraus machte ich mir aber nichts. Ganz im Gegenteil. Es war spannend zu erleben, wie sehr wir das Umfeld des Handballs revolutionieren konnten. Die Shows, die wir auf die Beine stellten, machten wir aber nicht nur, um unseren Spielern den optimalen Rückenwind bei den Heimspielen zu geben. Ein zweiter und ebenso wichtiger Grund war, dass wir unsere Sponsoren beeinflussen wollten. Wenn sich unsere Sponsoren zum Spiel auf ihre VIP-Plätze setzten, konnten sie nicht verhindern, dass sie von der Energie des von uns gestalteten Rundum-Theaters ergriffen wurden. Aus meiner Zeit als Sponsor bei Brøndby IF wusste ich, wie wichtig es war, dass die Sponsoren von der Energie angesteckt wurden, damit sie Lust hatten, sich noch mehr zu engagieren. Eine Sache war dabei am wichtigsten: Sie sollten fühlen, dass sie dieses Erlebnis, das sie hier hatten, gern mit ihren Kunden, Mitarbeitern oder Geschäftspartnern teilen wollten. Und wir sahen an der Entwicklung, dass immer mehr dazu Lust hatten.

Zur großen Enttäuschung meiner vielen Kritiker stieg unsere Mannschaft alle fünf Jahre hintereinander auf – und so erreichten wir 2010 die Handball-Liga, die höchste dänische Spielklasse, und gewannen alle Turniere und Meisterschaften, an denen wir teilnahmen. 2011 konnten wir dann in Dänemark um Gold spielen und ich fasste den Entschluss, dass wir Dänemark jetzt zeigen würden, wie groß Handball sein konnte. Darum mietete ich das Nationalstadion Parken mit der Vision, dass wir das Stadion zum Finalspiel mit 36.000 Zuschauern füllen würden. Das wäre ein neuer Weltrekord mit dem größten Publikum, das jemals bei einem Handballspiel war. Dieser Wunsch war natürlich einer meiner großen Stunts, der darauf hinauslief, dass ich meinen Geschäftspartnern und meinen Mitarbeitern das im Handball schlummernde Potenzial zeigen konnte. Hier standen wir mit der perfekten Mannschaft, dem perfekten Setup und konnten darum das ultimative Event gestalten. Gleichzeitig war das Ganze aber auch ein Wagnis. Ich würde wie ein Idiot dastehen, der den Mund zu voll genommen hatte, wenn nur 10.000 Zuschauer kommen würden. Darum stellte sich die Frage, wie ich den gewünschten Erfolg garantiert schaffen konnte. Viele andere würden vielleicht erst einmal Analysen erstellen, um bewerten zu können, inwiefern sich das Publikum von einem solchen Event angezogen fühlt. Ich selbst machte es so: Ich schlief darüber, und als ich morgens aufwachte, prüfte ich mein Bauchgefühl, um hier die Antwort zu finden. Die Antwort war ein klares „Ja" dazu, dass es machbar wäre. Danach versammelte ich meine Mitarbeiter und sagte, dass jetzt jeder Einzelne das Äußerste vom Äußersten aus sich herausholen müsse. Wir hatten nur drei Wochen zur Vorbereitung und für den Verkauf aller Tickets. Aber zuvor hatte die Mannschaft noch ein Auswärtsspiel. Wenn sie dieses Auswärtsspiel verloren und dann das Heimspiel gewannen, müsste es noch ein Spiel geben. Also setzte ich ein weiteres großes Ziel und nahm mir vor, dass wir das Auswärtsspiel auch gewinnen würden und dass die Mannschaft nach diesem Spiel die Dänische Meisterschaft im Parken feiern könnte. Als bekannt wurde, dass ich die Vision hatte, das weltgrößte Handballspiel durchzuführen, waren sich viele sicher, dass ich jetzt tatsächlich völlig wahnsinnig geworden war. Das empfand ich als eine Herausforderung und legte daraufhin mit meinen Mitarbeitern los. Das, was die Dinge ins Rollen brachte, war der entstehende Hype. Die Leute im ganzen Land fühlten einen Drang, beim größten Handballspiel der Welt dabei zu sein. Die 36.000 Leute kamen also nicht nur, um Handball zu sehen. Ein mindestens ebenso wichtiger Grund für ihr Kommen war, dass sie bei einem einmaligen Event dabei sein wollten.

Glücklicherweise entwickelten sich die Dinge so, wie ich es vorausgesagt hatte. Das erste Auswärtsspiel gewann der AGK mit zwei Führungstreffern. Das war der Grund dafür, dass 2011 36.000 Menschen in das dänische Nationalstadion strömten, wo sie Zeuge wurden, wie der AGK Gold nach Hause holte und am Ende des Spiels mit einer Führung von 30:21 dänischer Meister wurde. Nach dieser fantastischen Leistung war ich nicht mit den Spielern und allen möglichen anderen glücklichen Fans in der Stadt zum Feiern, sondern verbrachte den Abend mit Emeka Andersen. Es ging ja um einen Traum, der gemeinsam mit ihm begonnen hatte. Darum fühlte es sich einfach richtig an, dass er und ich diesen Abend zusammen verbrachten und miteinander feierten.

Mit der nationalen Meisterschaft im Rücken galt es nun in der Champions League zu bestehen, die uns im Jahr darauf zur Europameisterschaft führen konnte. Da es wie gesagt nicht viele gibt, die außerhalb Europas besondere Leistungen im Handball vorweisen können, bedeutet der Gewinn der Champions League das Gleiche, wie die beste Vereinsmannschaft der Welt zu sein. Es war recht ungewöhnlich für eine Sportmannschaft, dass wir auf dem Weg zur Champions League alle Ziele erreichten, die wir uns gesetzt hatten. Mit Zufriedenheit konnte ich darum auf sechs Jahre mit der Mannschaft zurückblicken, in denen ich nicht ein einziges Mal von ihren Leistungen enttäuscht wurde. Für mich persönlich war es auch eine Genugtuung in Bezug auf meine Erlebnisse als Sponsor für den Brøndby IF, dass ich am Ende mit einem Sportteam dastand, das absolut überlegen war und damit alle Forderungen erfüllte, die ich an Souveränität stellte. Auf der ganzen, langen Reise mit dem AGK gab es viele Höhepunkte. Doch einer der größten, an den ich mich erinnere, war 2012 unser Spiel gegen Barcelona – gegen die Mannschaft, die im Jahr zuvor die Champions League gewonnen hatte und damit der Inbegriff für die beste Handballmannschaft der Welt war. Auch dieses Spiel fand im Nationalstadion Parken vor 21.300 Zuschauern statt. Im Publikum saßen 3.000 VIP-Gäste und das Spiel wurde von Fernsehsendern in 60 Länder übertragen. Im Jahr zuvor hatten wir ja den Rekord mit dem größten Publikum aller Zeiten bei einem Handballspiel aufgestellt und hier stellten wir nun den Rekord mit den meisten Zuschauern eines Champions League-Spiels auf. Auch wenn Barcelona absolut nicht der leichteste Gegner war, den wir ziehen konnten, sahen wir es positiv. Dieses Spiel lud dazu ein, große Geschäfte zu machen – und ich kann nur sagen, dass es sich gelohnt hat. Die Tickets für das Spiel gingen für gut 50 Euro weg, und weil wir problemlos alle verkaufen konnten, hatten wir schon allein durch die Tickets einen Überschuss. Gleichzeitig handelte es sich um ein einmaliges nationales Ereignis, das unsere Fan-Basis zum Explodieren brachte. Darüber hinaus waren wir so groß geworden, dass nicht nur die Fans zu uns strömten, sondern auch die Sponsoren. Zuletzt hatten wir 480 Unternehmen, die als Sponsoren für einen Gesamtwert von gut 10 Millionen Euro standen und als wir nun endlich Fahrt aufgenommen hatten, bekamen wir in guten Monaten vierzig bis fünfzig neue Sponsoren pro Monat dazu. Nach dem Spiel gegen Barcelona veröffentlichten die Nachrichtenagenturen folgenden Text:

*Vor einer Rekordkulisse gewann der AGK am Freitagabend mit 29:23 gegen Barcelona, dem Titelverteidiger der Europameisterschaft, nach einem hervorragenden Einsatz, der zeigte, dass sich die dänischen Meister unter den besten Mannschaften Europas nicht verstecken müssen. Die Frage ist jetzt, ob der Sieg ausreicht, wenn die Dänen nächsten Samstag nach Barcelona müssen. Doch mit dieser Leistung hat sich der AGK jedenfalls gute Chancen gesichert, unter die vier besten Mannschaften in Europa zu kommen.*

Bekanntermaßen fuhren wir danach nach Spanien und verloren gegen Barcelona mit drei Toren Rückstand. Auf dem langen Weg des AGK bis zu diesem Spielniveau hat die Mannschaft mit wechselnden Spielern hunderte Spiele bestritten und musste nur sieben Niederlagen einstecken, wobei sie nie mit mehr als 3 Toren Rückstand verlor – und das ausgerechnet bei diesem Auswärtsspiel gegen Barcelona. Doch weil wir zu Hause mit sechs Treffern Vorsprung gewonnen hatten, kamen wir weiter. Auf diese Weise qualifizierten wir uns für die Final Four, dem letzten Teil des Turniers, der in der Kölnarena vor 20.000 Zuschauern gespielt werden sollte. Im Jahr zuvor war ich dort schon einmal mit meinem deutschen Handballverein gewesen, dem es auch gelungen war, sich zu qualifizieren. Ich war also das zweite Jahr in Folge dort und hatte darum ein wenig Erfahrung mit dem Umfeld. Im Halbfinale trafen wir auf Atletico Madrid und gingen mit einer Führung von fünf Toren in die Halbzeitpause. Als ich die Spieler in der Umkleidekabine traf, war die Stimmung gut und alle waren sich einig, dass wir den Sieg schon nach Hause holen würden. Obwohl es so vielversprechend aussah, gelang uns trotzdem kein Sieg. Als das Spiel zu Ende war, hatten wir mit zwei Toren Unterschied verloren.

Auch wenn ich mich natürlich ärgerte, dass wir zum ersten Mal an einem Turnier teilnahmen, ohne zu gewinnen, steckte ich die Enttäuschung darüber schnell weg und sah ein, dass es in Ordnung war. Schon im ersten Jahr zu gewinnen, wäre vielleicht auch zu viel gewesen. Darum war es OK, dass wir zunächst noch etwas mehr Aufbauarbeit leisten mussten. Dänemark hatte noch nie zuvor eine Mannschaft in den Final Four und darum mussten wir zunächst lernen zu verstehen, wir großartig das eigentlich war. Bevor wir nach Hause fuhren, holten wir einen sicheren Sieg über Berlin und gewannen mit sechs Toren Vorsprung. So konnten wir eine Bronzemedaille mit nach Hause nehmen. 2012 waren wir damit die drittbeste Mannschaft der Welt und das war kein schlechtes Ergebnis. Als wir zu Hause waren, begannen wir sofort mit den Vorbereitungen, um 2013 wiederzukehren und uns den Sieg zu holen, der von Beginn an meine Vision war. Unter anderem gelang es uns, den besten Spieler der Siegermannschaft zu rekrutieren, und immer wieder sprach man von uns als Favoriten für die weltbeste Vereinsmannschaft 2013.

STUNT NR. 8

# Die positiven Fehler

Es gibt kaum etwas Menschlicheres, als die Fähigkeit, Fehler zu machen. Viele Menschen haben Angst davor, Fehler zu machen, und versuchen darum ständig, sie zu vermeiden. Und wenn sie dann trotzdem Fehler machen, haben sie Angst, zu ihnen zu stehen. In meinem Berufsleben habe ich mich immer mal wieder geirrt und das hat oft zu Problemen für mich und andere geführt. Doch das ist eine ganz natürliche, menschliche Sache, und darum versuche ich nicht, sie zu verbergen. Es würde mir darum auch nie im Traum einfallen, sauer zu reagieren oder mit Vorwürfen zu kommen, wenn einer meiner Mitarbeiter einen Fehler gemacht hat. Wie gesagt, ich glaube immer an das Gute in allen Menschen. Darum weiß ich, dass der Betreffende alles in seiner Macht Stehende getan hat, um das beste Ergebnis zu erreichen. Wenn dann ein Fehler passiert, brauchen wir uns nicht so verhalten, dass sich jemand schuldig fühlt.

Vor der Gründung der Kasi Group hatte ich den einfachsten Job der Welt. Denn es gab ein Personalhandbuch, und wenn jemand etwas fragte, konnte man sagen: „Einen Moment! Ich schlage die Antwort schnell in unserem Personalhandbuch nach." Das Problem von Personalhandbüchern ist, dass ein Unternehmen damit ein Fundament aus Vorschriften erhält, mit denen man eine völlig nichtssagende Organisation entwickelt. Vor vielen Jahren habe ich beschlossen, niemals ein Personalhandbuch einzuführen.

Wenn ich so ein Buch nicht habe, kann ich meinen Mitarbeitern auch nicht vorwerfen, dass sie falsche Entscheidungen getroffen haben. Solange es kein Personalhandbuch gibt, in dem steht, was richtig und was falsch ist, muss man immer selbstständig handeln. Auf diese Weise zwinge ich jeden in der Firma, die Grundregel anzuwenden, die ich für die wichtigste halte – nämlich den gesunden Menschenverstand. Wenn einer meiner verantwortlichen Leiter vor einer schwierigen Situation steht, darf er oder sie also immer die Frage stellen: „Was ist meiner Meinung nach jetzt das Richtige?" Auf diese Weise verlagert man viel Kompetenz und Entwicklung von einer zentralen Firmenleitung auf die Mitarbeiter. In meiner gesamten Laufbahn habe ich nie einen meiner Manager überstimmt, wenn er eine eigene Entscheidung getroffen hatte. Vielleicht habe ich mich mit demjenigen hingesetzt und wir sind die Entscheidung durchgegangen, um ein paar andere Blickwinkel aufzuzeigen. Doch für die Änderung einer Entscheidung bin ich nicht verantwortlich, weil in diesem Fall die Autorität des Initiators dieser Entscheidung sofort unterminiert werden würde.

Wer mit dieser Philosophie als Grundlage arbeiten kann, erzeugt bei seinen Mitarbeitern hervorragendes Vertrauen, denn sie kennen die Haltung ihres Chefs genau. Hier ist ein Beispiel dafür: Einer der Top-Chefs meines Unternehmens hatte für seine Mitarbeiter eine Weihnachtsfeier organisiert. Nach der Weihnachtsfeier landeten sie in einem Club mit einem etwas exklusiveren Preisniveau. Jeder Mitarbeiter mit normalem Verstand weiß, dass an solchen Orten keine Firmengelder ausgegeben werden. Der betreffende Chef nutzte in seinem angetrunkenen Zustand trotzdem die

Firmenkarte zum Bezahlen an der Bar und gab im Laufe des Abends gut 7.000 Euro aus. Er wusste, dass ich es wichtig finde, dass man Partys richtig feiern kann. Aber es gibt keine Firma, in der nicht klar ist, dass man das Geld nicht mit vollen Händen zum Fenster hinauswirft. Am nächsten Tag kam der betreffende Chef zu mir und sagte, dass es ihm leid täte und dass er ziemlich sicher war, dass er einen Fehler gemacht hatte. Wenn ich in solchen Situationen vor einem Mitarbeiter stehe, der selbst merkt, dass er etwas falsch gemacht hat, zeige ich ihm so viel Vertrauen wie möglich. Darum sagte ich ihm, dass es nun nicht so schlimm wäre und er sich bei seinem Engagement für das Unternehmen gut zwei oder drei größere Fehler erlauben könne, ohne dass es ernste Konsequenzen hätte. Es geht also darum, schnell unter ihm ein Sicherheitsnetz zu spannen, wenn man merkt, dass er auf unsicherem Boden steht. Eines ist in dieser Situation unglaublich wichtig: Er muss spüren können, dass ich nicht nur für ihn da bin, wenn er Erfolg hat, sondern auch, wenn er vergessen hat, seinen gesunden Menschenverstand zu benutzen. Nach Abschluss eines solchen Gesprächs ist es wichtig, dass es definitiv zu Ende ist und dass sich jemand, der einen Fehler eingestanden hat, nicht später noch einmal dazu äußern muss und wieder mit dem, was er getan hat, konfrontiert wird. Wurde ein Fehler zugegeben, ist es also ganz entscheidend, dass er nicht immer wieder hervorgeholt wird und Raum einnimmt.

Mittlerweile ist es so, dass ich es als große Entwicklungschance für ein Unternehmen sehe, wenn die Mitarbeiter Fehler machen. Das, was als Fehler begann, wird vielleicht einmal das Genialste sein, was wir je getan haben. Haben die Mitarbeiter keine Angst davor, etwas auszuprobieren

dieser Regel weichen wir *nie* ab: Wenn ich sie zu einer Beratung zusammenrufe, dann *müssen* sie anwesend sein. Weil das nur sehr selten passiert, gibt es keine akzeptablen Ausreden, und eine Absage wird sehr negativ gesehen. Und selbst wenn die Vorstandssitzung am selben Abend um 23.30 Uhr auf Mallorca stattfindet, sind alle anwesend. Dort nicht zu erscheinen, ist also der einzige Fehler, für den man sich Vorwürfe einhandelt, wenn man für mich arbeitet.

STUNT NR. 9

# Wir sind eine Familie

Viele Menschen haben schon Probleme mit ihrer Familie erlebt – wenn sie gegen ihre Eltern rebellierten oder den Kontakt zu ihren Geschwistern verloren, wenn sie zu Hause auszogen. Darum weiß ich auch, dass es ungewöhnlich ist, dass sich meine Schwester und ich mit unseren Eltern immer so gut verstanden haben. Wenn einer von uns ein Problem hat, dann ist es immer ein Problem von uns allen. Wenn einer von uns vor einer schwierigen Herausforderung steht, sind die anderen drei daran beteiligt und eine gute Stütze. Alles, was jeder von uns hat, teilen wir. Wenn etwas erledigt werden muss, machen wir es zusammen. Gleichzeitig sind wir sehr verschieden und ergänzen uns daher in jeder Hinsicht. Das ist der wichtigste Grund dafür, dass meine Schwester und meine Mutter in den vielen vergangenen Jahren meine engsten Partner sein konnten. Die Rollenverteilung in unserer Zusammenarbeit war immer ganz selbstverständlich. Ich bin der kleine Bruder und werde in der Öffentlichkeit meistens allein wahrgenommen. Doch innen sehen die Dinge ganz anders aus. Die Verbindungen in unserer Familie waren niemals unharmonisch und es gab nie das Gefühl, dass meine Mutter alles bestimmte oder Dinge übernahm, bei denen sie sich eigentlich zurückhalten sollte. Darum konnten wir zusammen arbeiten. Meine Schwester hat nicht meine Wildheit und meine Fähigkeit, Visionen zu entwickeln. Aber sie ist ausgebildete Juristin und fachlich äußerst kompetent. Wenn sie ein Projekt bearbeitet, ist alles hundertprozentig in Ordnung. Vom Wesen her bin ich eher meiner Mutter als meiner Schwester ähnlich. Bevor meine Mutter eine zentrale Rolle in der Kasi Group übernahm, hatte sie viele Jahre einen ganz gewöhnlichen Job. In meiner Kindheit führte sie unseren Haushalt unter strenger Regie. Mein Vater ging zur Arbeit, und wenn er nach Hause kam, hatte sie alles im Griff. Meine Mutter würde ich als Terrier bezeichnen, der sich festbeißt. Und sie schuftet gern bis zum Umfallen. Wir hatten einen Hauptsitz mit 120 Angestellten und meine Mutter führte das Ganze mit harter, aber liebevoller Hand. Als sie sich zuletzt zurückzog, weil sie nicht mehr so viel arbeiten konnte, musste ich drei ausgewachsene Männer anstellen, damit ihre Position ausgefüllt wurde.

Meinen Eltern gegenüber musste ich daher niemals in Opposition gehen oder rebellieren. Ich habe es in meinem Leben nie erlebt, dass meine Eltern nicht hinter mir gestanden haben – ganz gleich, was ich getan hatte. Darum kann ich heute sagen, dass mein Vater der beste Mensch ist, dem ich je in meinem Leben begegnet bin. Er hat ein sehr freundliches und hilfsbereites Wesen. Ich habe niemanden kennengelernt, der ihm das Wasser reichen könnte. Mein Vater hat immer sehr hart gearbeitet und sich nie beschwert, wenn ihm etwas nicht passte. Ich glaube nicht, dass man auf diesem Planeten irgendjemanden findet, der über meinen Vater etwas Schlechtes sagen kann. Durch seine Art und Weise fühlen sich meine Kinder oft mehr mit ihrem Opa verbunden als mit mir. Ich war oft unterwegs, weil ich Visionen hatte und Lust, etwas in der Welt zu bewegen. Und mein Vater hat dann meine vielen Reisen kompensiert. Ganz gleich, was die Kinder brauchen – er ist zur Stelle und ihnen gegenüber immer offen und positiv. Man könnte sagen, dass mein Vater die Ja-Philosophie, die ich in meinem Unternehmen gegenüber den Kunden praktiziert habe, in der Familie und mit unseren Freunden praktiziert.

Im Geschäftsleben wird viel über die sogenannten ganzheitlichen Führungskräfte geredet. Ich verstehe es so, dass man, um ganzheitlich sein zu können, sein Arbeits- und sein Familienleben nicht trennen muss. Für mich klingt es völlig absurd, überhaupt über eine solche Trennung nachzudenken. Es gab für mich immer eine selbstverständliche Verbindung zwischen dem, was in der Familie geschah, und dem, was in meinem Arbeitsleben passierte. Diese beiden Teile meines Lebens waren immer miteinander verbunden und darum eine Art Katalysator füreinander. Vielleicht ist das der Grund dafür, dass ich es immer als Stärke empfunden habe, wenn die Menschen, mit denen ich eng zusammengearbeitet habe, auch zu mir nach Hause kamen oder ich sie zu Hause besuchte. Denn in der Privatsphäre merkt man, wie man eigentlich zueinander steht. Das führt zu der Erkenntnis, dass beide ganz gewöhnliche Menschen sind – ganz gleich, ob man außerhalb von zu Hause etwas erreicht hatte, das nicht ganz gewöhnlich war. Darum ist das Privathaus immer am besten für Gespräche geeignet, wenn man etwas aus der Welt schaffen möchte, das falsch oder aufgesetzt ist.

**Lebensgeschichte Teil 3**

# Die Übernahme

Will man verstehen, was danach mit dem AGK und dem sicher ungewöhnlichsten Handballmärchen der Welt geschah, muss ich die Zeit zurückdrehen und auf meine geschäftliche Situation im Jahr 2008 schauen. In diesem Jahr geschah das, was ich immer befürchtet hatte. Die ehemaligen Eigentümer von Pandora entschieden sich, ihr Unternehmen zu verkaufen. Käufer war der Kapitalfond Axcel. Mein Unternehmen verkaufte zwar auch Produkte anderer Anbieter, doch gut 90 Prozent unserer Einnahmen erzielten wir mit Pandora-Schmuck. Der verhältnismäßig geringe Umsatz mit anderen Produkten bedeutete, dass wir durch Pandora höchst verletzbar waren. Sie konnten sich jederzeit entscheiden, den Vertrag über den Verkauf ihrer Produkte nicht zu erneuern und unserem Unternehmen so riesige Probleme bereiten. Nach der Übernahme von Pandora wurde durch die Beteiligungsgesellschaft ein neuer, logikgesteuerter, rationeller Vorstand eingesetzt. Dieser erkannte schnell, dass ich durch die Stellung als Alleinvertreter auf den Märkten, die Pandora mir überlassen hatte, große Summen verdiente. Darum fragten sie sich sofort, warum sie uns nicht einfach ausschalten und das Geld selbst verdienen könnten. Nun hatte ich ja die Felder beackert und die Saat aufgezogen. Wenn sie mir also eine Kugel in den Kopf jagen würden, indem sie meinen Vertrag auslaufen ließen, könnten sie sich selbst bedienen. Beim alten Vorstand herrschte die Moral, dass man so etwas nicht tat. Der neue Vorstand hatte jedoch eine andere Auffassung. Darum machten wir keine Geschäfte mehr, die auf Freundschaft, Moral und Mitmenschlichkeit basierten. Unsere Geschäfte würden ab jetzt auf eiskalten Daten beruhen. Das neue Pandora befand sich mir gegenüber also in einer sehr starken Position. Jederzeit konnten sie mich nach ihrer Pfeife tanzen lassen, wenn sie Lust darauf hatten – und sie hatten ziemlich schnell Lust darauf.

Sie arbeiteten einen Plan aus, der darauf hinauslief, mein Unternehmen zu übernehmen. Gleichzeitig wussten sie aber, dass sie aufpassen mussten, um nicht den enormen Erfolg, den ich geschaffen hatte, mit dem Bade auszuschütten. Würden sie den Vertrag einfach nur auslaufen lassen, hatten sie nicht unbedingt Zugriff auf die Infrastruktur, die ich zu meinen Lieferanten und Kunden aufgebaut hatte, und auch nicht auf den Goodwill, der für Pandora erreicht worden war. Gleichzeitig wussten sie auch, dass ich auf dem deutschen Schmuckmarkt sehr markant war und den Erfolg durch persönliche Beziehungen zu allen Kunden aufgebaut hatte. Würde sich der neue Vorstand also entscheiden, mir eine Kugel in den Kopf zu jagen, dann könnte das auch bedeuten, dass viele Kunden, die ich aufgebaut hatte, Pandora eine Kugel in den Kopf schießen würden.

2009 erhielt ich daher ein „Angebot", das ich nicht ausschlagen konnte. Wenn ich es ablehnte, könnten sie meinen Vertrag jederzeit auslaufen lassen. Wenn ich zustimmte, müsste ich kooperieren und Pandora mein Lebenswerk und alle meine Mitarbeiter ganz "freiwillig" überlassen. Würde ich mich auf die Zusammenarbeit einlassen, bekäme ich 60 Millionen Euro sowie in den folgenden fünf Finanzjahren einen Anteil am Überschuss von Pandora auf die Hand und wäre gleichzeitig Geschäftsführer des neuen Unternehmens. Das Angebot lief darauf hinaus, dass ich weiter für den Erfolg arbeite und Pandora inzwischen schrittweise meine Firma übernimmt. Darum wurden in der folgenden Zeit alle Aktivitäten der Kasi Group abgewickelt und das Unternehmen auf Eis gelegt. Danach wurde ein neues Unternehmen unter der großen, globalen Pandora A/S gegründet, das den Namen „Pandora Central Western Europe" oder Pandora CWE erhielt. Von diesem Unternehmen sollte ich Geschäftsführer werden. Die Kasi Group war also abgewickelt und darum war es nicht mehr sinnvoll, an meiner Sponsorentätigkeit für den Fußballclub Brøndby IF festzuhalten. Im selben Jahr entschied ich mich darum für den Rückzug und musste an Brøndby IF eine Strafe von knapp 20 Millionen Euro zahlen. Daraufhin konnte der Club einen neuen Hauptsponsor suchen.

Viele haben sich später gewundert, dass ich mich über den Vertrag nicht gefreut habe, mit dem Pandora CWE mein Lebenswerk übernahm. Damit erhielt ich doch den goldenen Handschlag sowie die finanzielle Absicherung für meine Familie und mich für den Rest unserer Tage. Das Problem ist, dass viele Menschen einfach nicht begreifen, dass mir das Unternehmen, das ich von Grund auf erschaffen hatte, viel mehr Wert war als Geld. Die meisten Menschen verstehen sicher, was ich meine, wenn man sich vorstellt, das man eines Tages dazu gezwungen würde, seine Kinder für ein Vermögen zu verkaufen, um danach finanziell abgesichert zu sein. Hat man als Existenzgründer mit viel Herzblut etwas wie ich aufgebaut, hütet man diese Sache natürlich wie seinen Augapfel. Darum gab es keinen Betrag, der den Verlust ersetzen konnte, den ich empfand, als ich meine Firma weggeben musste. Da stand ich also mit einem großen Scheck in der Hand und dem Gefühl, dass Piraten mein Schiff geentert hatten und sich ab jetzt ganz nach Belieben in meinem Revier bedienten.

In den nächsten vier Jahren sollte ich also nicht mehr der Unternehmer sein, der seine Herzenssache weiterentwickelte, sondern angestellter Geschäftsführer, der im Grunde nichts weiter war, als der verlängerte Arm seiner Chefs und des Vorstands. Trotzdem begann ich meine Zeit als Geschäftsführer so, wie ich es bisher immer getan hatte. Das heißt, Pandora CWE expandierte in Europa in rasendem Tempo weiter. Gleichzeitig wurde mir aber immer klarer, dass ich mich mit dem Stil, den mir der Vorstand aufdiktierte, nur schwer identifizieren konnte. Primär bestand das Problem darin, dass fast nichts, was von oben kam, in der Firma funktionieren würde, die ich geschaffen hatte. Fakt war, dass der neue, rationale Vorstand von Pandora nicht begriffen hatte, wie mein Unternehmen funktionierte. Das Fundament, auf dem ich meine Infrastruktur aufgebaut hatte, bestand ja aus persönlichen Beziehungen, aus Respekt zwischen Menschen, aus Energie, Nähe und der Geschichte, die man im Umfeld entwickelt, wenn man echtes Interesse füreinander zeigt. Das, was meine Mitarbeiter und ich unseren Kunden verkauft haben, war darum nicht nur der Schmuck von Pandora, sondern Freude, Gefühl und Verbundenheit. Wer an der Handelshochschule studiert, lernt Kalkulationsprogramme zu bedienen und Tabellen zu erstellen. Für solche Leute kann meine Einstellung schwer begreifbar sein. Der neue Vorstand tat jedenfalls nicht viel mehr, als die Zahlen der verschiedenen Tochtergesellschaften zusammenzutragen, die sie gekapert hatten. Und weil diese Zahlen fantastisch aussahen, glaubten die Vorstandsmitglieder, dass sie über Wasser gehen können. Es war eine Musterlektion darin, wie schnell Menschen sich Erfolge aneignen können, die sie nicht selbst erreicht haben. Nach drei Monaten glaubten die Vorstandsmitglieder, dass sie selbst der Grund dafür waren, dass es so gut lief. Darum traf der Vorstand zahlreiche Entscheidungen, ohne sich mit uns, die die Kunden und die Märkte kannten, zu beraten. Es sollten ab jetzt neue Bedingungen für die Kunden gelten und gleichzeitig gab es eine neue Sicht auf die Mitarbeiter sowie neue Methoden für das Erarbeiten neuer Strategien und neuer Kollektionen. Ich sollte gleichzeitig Bote für einen Vorstand sein, der ganz eindeutig nicht das geringste Gespür für die Schmuckbranche und für das Lebenswerk hatte, das ich erschaffen hatte. In unserer „Zusammenarbeit" war ich darum strikt gegen so gut wie alle Entscheidungen, die vom neuen Direktor der Pandora A/S kamen, die den gesamten Weltmarkt repräsentierte. Das galt grundsätzlich – ganz gleich, ob es um die Produkte ging, die wir einführen sollten, um unser Herangehen an die Kunden oder um unseren Umgang mit den Mitarbeitern. Wenn ich versuchte, die Dinge in die Richtung zu lenken, die zu meinen Mitarbeitern und Kunden passte, wurde ich von oben zurechtgewiesen. Es fällt nicht schwer, sich vorzustellen, dass es mir in diesem Klima schlecht ging.

Unter den zahlreichen sinnlosen Entscheidungen, die Pandoras Vorstand traf, als er an die Macht kam, gab es trotzdem eine, die alle anderen übertraf. Es wurde entschieden, dass Pandora-Schmuck von einer Marke, die sich normale Menschen leisten können, in eine Luxusmarke umgewandelt werden sollte, die sich primär die Reichsten leisten konnte. Man stelle sich eine weltumspannende Restaurantkette vor, die unglaublichen Erfolg mit leckeren, gesunden Qualitätsspeisen für normale Menschen hat. Es wäre doch absurd, wenn man plötzlich versuchen würde, daraus eine Kette von Gourmet-Restaurants für die Reichsten zu machen! Die Idee des Vorstands in Bezug auf die Marke Pandora würde zu einem Vakuum im Mainstream-Segment führen, das Pandora ja aufgebaut hatte und in dem es Alleinherrscher war. Gleichzeitig käme Pandora damit in ein Segment, in dem es schon enorme Konkurrenz gab. Früher waren wir für alle Menschen da. Das sollte in Zukunft nicht mehr so sein. Das Problem bestand ganz eindeutig darin, dass unser Vorstand überhaupt keine Ahnung von unseren Kunden hatte und nicht wusste, wie es da draußen zuging. Niemand von ihnen hatte sich durch das Unternehmen nach oben gearbeitet und Erfahrungen in dem Universum gesammelt, mit dem wir anderen uns jeden Tag beschäftigten. Sie hatten die ganze Firma übernommen, weil sie Geld hatten und erkannten, dass Pandora eine Goldgrube war, die noch mehr Geld bringen konnte. Wie es zu der Entscheidung gekommen war, konnte ich nur raten. Aber wahrscheinlich hatte es damit zu tun, dass die neuen Top-

Chefs selbst zu den Reichsten gehörten, die meinten, dass es mehr Prestige bedeutete, wenn man eine Luxusmarke verkaufte.

Nach der Übernahme wehrte ich mich ständig mit Händen und Füßen gegen den neuen Vorstand. Und weil es sich um das Unternehmen handelte, das ich selbst aufgebaut hatte, blieb ich wahrscheinlich viel länger, als ich es hätte tun sollen. Das Problem war, dass es sich hier um mein Lebenswerk handelte. Ich hatte jeden kleinen Winkel in unserer fantastischen Firma erschaffen und darum war es sehr schmerzhaft zu sehen, wie sie jetzt zerstört wurde und verwahrloste. 2011 sah ich endlich ein, dass die Schlacht verloren war. Würde ich weitermachen, könnte ich nicht mehr in den Spiegel sehen. Darum entschied ich mich für den Rückzug aus Pandora CWE. Ich hatte sechs Jahre meine ganze Energie genutzt, um unter meinen Kunden und Mitarbeitern eine bestimmte Philosophie zu verbreiten. Doch jetzt war es so weit gekommen, dass mir der Vorstand diktierte, dass ich das Gegenteil von dem tun sollte, was ich ihnen immer gesagt hatte. Das wirkte natürlich völlig unseriös. Das verwirrte jeden und ich wurde immer wieder gefragt, was denn da vorsichging. In dieser Zeit hörte ich jeden Tag folgende Frage: „Also, Jesper. Sie haben doch viele Jahre gesagt, dass wir es so und so machen. Und jetzt kommen Sie und sagen, dass wir das Gegenteil tun sollen. Was halten Sie selbst denn für das Richtige?"

Letztens aß ich mit einem meiner früheren Kunden in Deutschland zu Mittag und er erzählte, dass sie bis jetzt, eineinhalb Jahre nachdem ich aufgehört hatte, meinen Nachfolger bei Pandora CWE noch immer nicht kennengelernt hatten. Natürlich war mein Nachfolger ein Mann, der in die aalglatte Kultur passte, die die obersten Vorstandsmitglieder gern aufbauen wollte. Er saß darum mit der Nase in den Akten, anstatt loszufahren, um seine Kunden zu treffen. Der neue Stil führte selbstverständlich zu einer Gegenreaktion seitens der Kunden. Für viele Kunden war es ein Schock, dass die persönliche Beziehung zu demjenigen, mit dem man Geschäfte machte, ersetzt wurde durch den Kontakt zu einer Verkaufsmaschine. Das brachte Pandora einen sehr schlechten Ruf ein. Die Reaktionen der Kunden auf den neuen Stil spiegelten sich auch ganz deutlich in den Verkaufszahlen für Pandora wider. Kurz nachdem ich mich zurückgezogen hatte, gab es bei Pandora zum ersten Mal, seit ich das Unternehmen gestartet hatte, eine Stagnation bei den Einnahmen. Mein Bruch mit dem Unternehmen führte auch zu einer starken Reaktion unter den Mitarbeitern. Denn für sie war es völlig absurd, dass der Mann, der sie eingestellt hatte und zu dem sie enormes Vertrauen hatten, in den Augen des neuen Vorstands plötzlich zu einer sogenannten Persona non grata geworden war.

2012 nahm ich in München an einer Schmuckmesse teil, auf der unter anderem Pandoras Produkte vertreten waren. Es war über ein Jahr vergangen, seit ich das Unternehmen verlassen hatte. Trotzdem spürte ich, dass sofort alle auf der Messe davon sprachen, dass ich gekommen war. Während der vergangenen Jahre war ich ein so zentraler Teil für das Marketing von Pandora, dass ich zu einem der bekanntesten Gesichter in der deutschen Schmuckbranche geworden war. Fragt man heute einen deutschen Juwelier, was Pandora ist, wird er noch immer sagen, dass Pandora Jesper Nielsen ist.

Bei meinem Besuch auf der Messe wollte ich auch zu dem Stand, auf dem Pandoras Produkte ausgestellt wurden. Doch noch bevor ich dorthin kam, wurde mir mitgeteilt, dass ich mich fernhalten sollte. Man muss sich einmal überlegen, wie leicht der neue Vorstand die Antipathie, die viele Mitarbeiter nach meinem Ausscheiden aus dem Unternehmen gegen ihn hegten, hätte umdrehen können. Hätte mich der neue Vorstand stattdessen vor allen Mitarbeitern freundlich mit einem Schulterklopfen empfangen, hätten sie bei Mitarbeitern und Kunden jede Menge Pluspunkte sammeln können. Ein altes Sprichwort sagt, dass eine Kugel an rechter Stelle die Weltgeschichte ändern kann, doch eigentlich gilt dieses Prinzip auch für eine Umarmung.

Zur gleichen Zeit, als der Kapitalfond meine Firma übernahm, blühte der Handballverein AGK wie nie zuvor. Ich entschied mich also, meine Energie nicht auf Pandora, sondern auf den Handballverein zu konzentrieren, der ja weiterhin auf einer Erfolgswelle schwamm. Doch obwohl der AGK in jeder Hinsicht meine Erwartungen erfüllte, gab es etwas, das mir Unbehagen bereitete. Wie ich schon erzählt habe, gab es einen Mitarbeiter, der 2008 vertrauliche Unterlagen an die Presse weitergeleitet hatte, weil er nicht in die oberste Geschäftsleitung meines Unternehmens eingeladen worden war. Von da an berichtete fast die gesamte Presse über alle meine Aktionen immer mit einem negativen Zungenschlag. Alles, was ich tat, wurde auf den Kopf gestellt. Ganz gleich, wie gut es lief – alle Geschichten, die herausgebracht wurden, erhielten einen negativen Touch. Und in der Öffentlichkeit entstand ein immer undurchsichtigeres Bild von mir.

Diese Entwicklung hatte auf das Vertrauen der Sponsoren des AGK natürlich sehr schlechte Auswirkungen. Darum sah ich schließlich ein, dass es fatale Konsequenzen für den Handballverein haben würde, wenn mich die Pressemaschinerie nicht in Ruhe ließ. Doch das geschah nicht – eher das Gegenteil war der Fall. Im Sommer 2012 begann die Presse, ihre Schreibereien zu intensivieren. Jetzt wurde ich immer zielgerichteter gejagt. Zu dieser Zeit ging es in erster Linie darum, dass sich die Steuerbehörde für meine frühere Sponsorentätigkeit beim Brøndby IF interessierte. Die Ausgaben für diese Sponsorentätigkeit hatte ich aus dem Werbeetat meines Unternehmens gezahlt. Doch von der Steuerbehörde wurde nicht anerkannt, dass es sich um eine betriebliche Angelegenheit handelte. Wenn man einen Sportverein sponsert, bedeutet das laut Steuergesetz, dass man Werbung zur Erzielung von höherem Umsatz macht. Ist dies nicht der Fall, wird die Sponsorentätigkeit als Geschenk betrachtet, das von Geldern bezahlt werden muss, die schon versteuert *sind*. Laut Steuerbehörde sollte meine Sponsorentätigkeit als Geschenk gelten, denn die Behörde konnte nicht erkennen, dass ich durch die Sponsorenbeträge mehr Schmuck in Dänemark verkauft hatte. Bei meinem Gespräch mit der Steuerbehörde erklärte ich, dass ich diese Sponsorentätigkeit nicht ausgeübt habe, weil ich mehr Schmuck in Dänemark verkaufen wollte, sondern weil ich für mein Unternehmen Werbung gemacht habe, um Mitarbeiter und Geschäftspartner zu gewinnen. Gleichzeitig zielte meine Sponsorentätigkeit beim Verein Brøndby IF auf mein gesamtes deutsches Verkaufsnetzwerk ab, das ich hier einbezogen hatte, und der Club hatte bei Auslandsspielen für meine Firma Werbung gemacht. Davon ausgehend haben die Sponsorenbeträge geholfen, mehr Schmuck im Ausland zu verkaufen. Doch diese Argumente interessierten die Steuerbehörde nicht. Nach einem unfruchtbaren Dialog beschloss ich, die Angelegenheit meinem Anwalt zu überlassen.

Im Sommer 2012 saß ich in meinem Stammlokal auf Mallorca und hatte gerade Mittag gegessen. Ich gab dem Kellner meine Kreditkarte zum Bezahlen und wollte dann gehen. Der Kellner kennt mich und entschuldigte sich darum, als er mir die Kreditkarte zurückgab und sagte, dass sie nicht funktionierte. Hastig holte ich eine andere Kreditkarte hervor, doch sie funktionierte auch nicht. Zuletzt gab ich ihm die Kreditkarte meiner deutschen Bank, die dann funktionierte. In meinem Unterbewusstsein läuteten dabei die Alarmglocken. Kurz darauf rief ich zu Hause bei meiner Schwester an. Sie erzählte mir, dass sie versucht hatte, Geld abzuheben, der Automat jedoch ihre Karte einbehalten hatte. Danach wandte ich mich an meine Mutter. Sie sagte, dass sie nichts wüsste, aber sie würde mal nachsehen, ob wir eventuell etwas im Briefkasten übersehen hatten. Kurz darauf kam sie zurück und erzählte, dass ein großer Stapel Post vom Vollstreckungsgericht und von der Steuerbehörde gekommen war, die über den Kammeranwalt der Regierung Kontakt zu uns aufgenommen hatten. Wir erhielten die Nachricht, dass unsere *gesamten* Mittel beschlagnahmt worden waren. Die Autos meiner Mutter und meines Vaters, unsere Häuser, die Sparbücher der Kinder und alles, was sie bekommen konnten, war gepfändet worden. Später erfuhr ich, dass der Kammeranwalt der Regierung solche drastischen Schritte nur einleitet, wenn der begründete Verdacht besteht, dass die Person, die man im Visier hat, schwer kriminell ist. Dass man bei mir und meiner Familie so weit gegangen war, lag an der negativen Berichterstattung in der Presse. Wäre ich ein ganz gewöhnlicher Geschäftsmann gewesen und hätte ich mich nicht mit den Medien angelegt, hätten sie mich einfach gebeten, eine Sicherheit für den Fall nachzuweisen, dass sie das Verfahren, das sie gegen mich anstrengen wollten, gewinnen würden.

In den folgenden Tagen wusste ich nicht, was die Steuerbehörde und der Kammeranwalt vorhatten. Die erste Information darüber, welchen Betrag ich laut Meinung der Steuerbehörde schuldig sein sollte, las ich schwarz auf weiß auf der Titelseite einer Zeitung. Hier stand in großen Lettern, dass ich der Steuerbehörde gut 25 Millionen Euro schuldete. Doch erstens war es gar nicht klar, ob ich überhaupt Steuergelder schuldete. Und zweitens gibt es in Dänemark ein Gesetz, das besagt, dass Steuerangelegenheiten nicht in der Öffentlichkeit ausgetragen werden dürfen. Hat man etwas bei der Steuerbehörde zu begleichen, handelt es sich um eine Privatangelegenheit. Glücklicherweise war es nicht schwierig, die oberste Steuerbehörde zu überzeugen, dass es hier ein Problem gab. Unmittelbar danach zeigte der Direktor des Steuerministeriums die Steuerbehörde wegen Verletzung der Schweigepflicht bei der Polizei an.

Doch der Schaden war schon entstanden. Die nun einsetzende, öffentliche Demontage zerstörte den Rest meines Rufs als Geschäftsmann. Darüber hinaus wurden meine Familie und besonders meine Kinder damit konfrontiert, dass ihr Vater kriminell war. In der breiten Bevölkerung wurde es gleichzeitig so dargestellt, dass ich völlig pleite war. Während all dies geschah, hatte der Kammeranwalt auf unbestimmte Zeit einen großen Teil der Mittel unserer Familie gepfändet.

Das Ergebnis der Presseaktionen war sehr leicht an der Entwicklung des AGK als Unternehmen abzulesen. In den Monaten vor der Medienhetze kamen pro Monat vierzig bis fünfzig neue Sponsoren dazu, jetzt kam kein Einziger mehr. Ein großer Teil meines Geldes und des Geldes meiner Familie war noch immer eingefroren. Wir wussten nicht, ob wir Geld auftreiben könnten, um den Verein durch den Rest der Saison zu bringen. Darum mussten wir in Sachen AGK einige schnelle und drastische Entscheidungen treffen. In einem Punkt waren wir uns in der Familie einig: Wir hatten genug von der Art und Weise, wie wir in der Öffentlichkeit behandelt wurden. Eine meiner grundsätzlichen Ideen in Bezug auf den AGK war immer, dass ich als erfolgreicher Geschäftsmann in meine Heimat zurückkehren wollte, um all den Menschen, die dort lebten, tolle Erlebnisse zu bieten. Das alles hätte Spaß machen sollen. Es sollte etwas sein, worüber wir uns freuten und worauf wir stolz waren. Stattdessen hatte es sich dahin entwickelt, dass ich zur öffentlichen Erniedrigung vorgeführt und als kriminell abgestempelt wurde. Die Frage war, warum ich mich so behandeln lassen sollte. Ich hätte nie geglaubt, dass ich einmal zu einer solchen Schlussfolgerung kommen würde; doch ich sah ein, dass es *tatsächlich* wichtigere Dinge im Leben gibt als Handball auf höchstem Niveau. Der ganze damit verbundene Zirkus kostete einfach zu viel – sowohl gefühlsmäßig als auch geschäftlich. Ein paar hektische Tage lang versuchten wir, verschiedene Rettungsaktionen zu starten. Doch aufgrund unserer Situation war es zu riskant weiterzumachen. Darum musste ich die schwerste Entscheidung meines Lebens treffen: Ich musste den Verein schließen und weiterkommen.

Diese Entscheidung war natürlich eine große Enttäuschung für alle die Menschen, die sich darauf gefreut hatten zu erleben, ob wir 2013 die beste Handballmannschaft der Welt werden konnten. Außerdem war es eine Enttäuschung für alle Angestellten beim AGK, für die 530.000 Fans und unsere 480 Sponsoren. Unmittelbar nachdem wir den Schlüssel umgedreht hatten, waren die Spieler auf andere Vereine verteilt und viele Leute, die entweder mit dem Verein sympathisiert hatten oder mit dem Verein eine erfolgreiche Zusammenarbeit hatten, waren enttäuscht oder wütend auf mich und meine Familie. Das werfe ich ihnen natürlich nicht vor, denn fast niemand außerhalb unseres unmittelbaren Umfeldes kannte die wahren Zusammenhänge der Geschichte.

Nachdem ich zur Schließung des AGK gezwungen worden war, geschah aber doch etwas, wodurch sich der Wind in der Öffentlichkeit drehte. In den Medien gab es einige peinliche Enthüllungen über die Methoden der Steuerbehörde und mit der Zeit wurde die Steuerbehörde mir gegenüber immer weniger angriffslustig. Nachdem ich gut 300.000 Euro für die Erstellung von Geldstromanalysen ausgeben musste, die ergaben, dass alle meine finanziellen Transaktionen rechtmäßig waren, wurden meine Mittel wieder freigegeben und ich erhielt stattdessen die Möglichkeit, Garantien zu stellen. Auf diese Weise hatte die Steuerbehörde die Sicherheit, dass sie ihr Geld erhalten würde, falls sie den Steuerprozess gegen mich gewinnen würde. In den Medien schlugen die Wellen über die Machenschaften der Steuerbehörde hoch und die Steuerbehörde versuchte mit verschiedenen rettenden Erklärungen ihr stark angeschlagenes Image in der Bevölkerung gerade zu rücken. Plötzlich erhielt ich ein Schreiben mit einer 10-seitigen Entschuldigung der Steuerbehörde, in der man einräumte, dass ich und meine Familie schlecht behandelt worden waren. Im Brief erfuhr ich, dass die Personen, die mich verfolgt hatten, jetzt suspendiert waren. Gleichzeitig schrieb die Steuerbehörde auch, dass meine Angelegenheit auf unbestimmte Zeit verschoben worden war. Das bedeutete, dass ein großer Teil meines Vermögens weiterhin bis zu dem Tag unberührt bleiben musste, an dem die Steuerbehörde die Angelegenheit vor Gericht bringen würde. Es stand jetzt außer Frage, dass sie wussten, dass sie den Prozess verlieren würden. Doch offensichtlich saßen in den höheren Etagen des Systems Leute, die die Zeit bis zur Zurschaustellung ihrer Inkompetenz in den Medien gern so lange wie möglich hinauszögern wollten.

Wenn man kein Däne ist und begreifen möchte, warum sich meine Geschichte derart entwickeln konnte, muss man einen Teil der dänischen Mentalität verstehen, den wir hier als Jantegesetz bezeichnen. Das Jantegesetz ist kein Gesetz im herkömmlichen Sinn, sondern ein Teil der Mentalität, die in ganz Skandinavien – darunter auch in Dänemark – verbreitet ist. Kurz gesagt handelt es von der Angst vor Personen, die an sich selbst und ihr eigenes Können glauben. Laut Jantegesetz ist es daher ein Vergehen, wenn man glaubt, dass man etwas Besonderes ist, dass man besser als andere ist, dass man wichtiger ist oder dass man anderen etwas zeigen kann. In einem so kleinen Land wie Dänemark, wo das Jantegesetz fest verankert ist, habe ich sicher meine Wurzeln, aber gleichzeitig ist mir nichts fremder als das Jantegesetz. Darum erkenne ich heute, dass es zu großen Problemen führen kann, wenn man als Däne etwas erschaffen will, das Weltspitze werden soll. Schaut man sich die Dänen an, die in ihrem Bereich zur Weltelite gehören, erleben sie zu Hause oft sehr viel Widerstand. Wenn beispielsweise vor zehn Jahren jemand gesagt hätte, dass es eine weltbeste, dänische Tennisspielerin geben würde, hätten die meisten von uns den Kopf geschüttelt und nie daran geglaubt. In diese Höhen vorzustoßen, ist den Amerikanern, den Engländern oder den Deutschen vorbehalten. Heute hat Dänemark nun den internationalen Tennisstar Caroline Wozniacki, die aus meiner Sicht überhaupt nicht mit dem Respekt behandelt wird, den sie in ihrem Heimatland verdient hätte. Anstatt stolz auf sie zu sein, beginnen wir in Dingen zu bohren, die ihr nicht gelungen sind. Und das gleiche galt für meine Vision, die weltbeste Handballmannschaft aufzubauen. Hätte man vor zehn Jahren gesagt, dass wir eine solche Mannschaft hervorbringen können, hätte man auch gelacht und gesagt, dass so etwas in Deutschland oder Spanien möglich wäre, aber nie im kleinen Dänemark. In diesem Punkt hatten die Kritiker am Ende leider Recht.

**CARSTEN GRAFF ERZÄHLT**
- Gespräch über dieses und jenes

# Ein widersprüchlicher Diktator

Es ist Vormittag und ich bin auf dem Weg zu Jesper Nielsens Haus, um noch mehr Material für unser Buch aufzunehmen. Während unserer Begegnungen ist die Stimmung immer lockerer geworden, und jedes Mal, wenn wir uns treffen, sprechen wir immer länger über die kleinen Dinge, die den Alltag ausmachen. Als wir in Jesper Nielsens Wohnzimmer am Esstisch sitzen, beschließe ich, etwas anzusprechen, das mir während der Arbeit an diesem Buch schon mehrmals aufgefallen ist. Bei vielen Aufnahmen sprechen wir über die gleichen Themen. Ich habe jedoch einige Male bemerkt, dass Jesper Nielsen – je nachdem, wann ich nach einem bestimmten Thema frage – völlig verschiedene Antworten dazu haben kann. Während ich seine Gedanken und seine Geschichte aufschrieb, musste ich darum sehr darauf achten, dass ich nicht etwas schrieb, was unstimmig war. Als ich seine Aufmerksamkeit auf dieses Thema lenke, lächelt er und sagt: „Es ist interessant, dass Sie das sagen. Im Laufe meiner Karriere haben mir Leute häufig vorgeworfen, dass ich mir widersprechen würde. Normalerweise empfinde ich es selbst nicht als Widerspruch, sondern als Zeichen dafür, dass ich keine Probleme damit habe, meine Meinung zu ändern. In der sogenannten etablierten Geschäftswelt empfinden es viele als Versagen, wenn sie ihre Meinung ändern müssen. Aber man darf nicht vergessen, dass alles immer in Veränderung ist. Darum muss ich mich doch auf das, was ich sehe, spüre und höre, einstellen können. Gerade die Fähigkeit, mich schnell umstellen zu können, hat oft zu ungewöhnlichen Ergebnissen geführt. Dass ich keine Angst davor habe, mir zu widersprechen, wird darum häufig zur Stärke."

„In der Geschäftswelt und auch an allen möglichen anderen Stellen lernt man es aber, Pläne und Budgets zu erstellen, nach denen man sich in seiner Arbeit richten soll", sage ich. „Kann es nicht sehr schwierig sein, Pläne zu machen, wenn man immerzu bereit ist, sich umzustellen?"

„Als ich den AGK aufbaute, sagten viele: ‚Sie haben doch bestimmt einen detaillierten Geschäftsplan, wie sich der Handballverein entwickeln soll?' Solche Fragen habe ich wirklich satt. Wenn es etwas gibt, das ich mit hundertprozentiger Sicherheit noch *nie* für irgendeines meiner Projekte gemacht habe, dann ist es ein Geschäftsplan. In all den Jahren, die ich in der Geschäftswelt war, habe ich tausende Geschäftspläne gesehen, aus denen nie etwas geworden ist und die darum nur Verschwendung von Zeit und Papier waren. Man hat vielleicht das eine oder andere Produkt und möchte es auf den Markt bringen. Darum erstellt man einen Plan für die nächsten drei Jahre. Und zwei Tage nachdem mit der Umsetzung des Plans begonnen wurde, passiert plötzlich etwas, wodurch alles anders aussieht. Vielleicht bringt ein Konkurrent ein Produkt heraus oder der Dollarkurs ist dramatisch gestiegen. Solche unvorhersehbaren Faktoren können den erstellten Plan in allen Aspekten beeinflussen und damit riskiert man, dass das Ergebnis von drei Monaten Arbeit direkt im Müll landet. Es nützt nichts, eine Entwicklung zu starten und dann nicht bereit zu sein, den Kurs zu ändern. Es gab häufig Situationen, in denen ich um mich herum eine sehr verwirrte Geschäftsleitung hatte, die sich beschwerte, wenn ich immer wieder den Kurs oder meine Meinung änderte. Jedes Mal erklärte ich ihnen dann, dass ich nicht einfach den Kurs änderte, sondern dass ich mich ständig meiner Umwelt anpasste."

„Können Sie eine konkrete Situation nennen, in der Sie in der Lage sein mussten, den Kurs schnell zu ändern?" frage ich.

„Ja", sagt Jesper Nielsen. „Ich erinnere mich beispielsweise daran, dass ich bei meiner Arbeit für Pandora eine Sonderaktion für Weihnachten durchführen wollte. Nach drei Tagen erkannte ich, dass die Aufträge nicht so eingingen, wie ich es bei dieser Aktion erwartet hatte. In einer solchen Situation nützt es nicht, sich an den Schreibtisch zu setzen und in seinen Geschäftsplan zu schauen oder alle möglichen Analysen zu starten. Ich zog meine Jacke an und ging zu den Kunden, um mit ihnen über die Gründe dafür zu sprechen, warum sie nicht anbissen. Nach einigen Gesprächen mit ein paar unserer Juweliere merkte ich, dass an einigen kleinen Stellen etwas geändert werden musste, damit es lief. Mit diesen Infos fuhr ich zurück in die Firma und nahm die notwendigen Änderungen vor. Danach starteten wir die Aktion neu und erreichten bis Weihnachten eine wahre Explosion des Umsatzes. Damit so etwas machbar ist, brauche ich eine Organisation, in der ich die umfassende Freiheit habe, schnelle Änderungen durchzuführen. Und ich brauche das Vertrauen der Mitarbeiter, das heißt, sie müssen hinter mir stehen, wenn es plötzlich etwas gibt, das ich anders mache."

„Nun habe ich nie an der Spitze eines Unternehmens gestanden", sage ich, „aber ist es nicht normal, dass man auf seine Kunden hört und sich nach den Marktbedingungen richtet?"

„Nicht in dem Tempo, in dem ich es ermögliche", sagt Jesper Nielsen. „Ein normaler Geschäftsführer traut sich keine Organisation zu, mit der er innerhalb weniger Stunden aus seinem Bauchgefühl heraus alles umstellen kann. Wenn er feststellt, dass etwas verkehrt läuft, beruft er einen Arbeitsausschuss ein und lässt verschiedene Analysen erstellen, um herauszufinden, worin das Problem besteht. Dieser Prozess dauert insgesamt vielleicht zwei oder drei Monate. Dann ist die Sache oft gegessen. Darum erlebe ich es manchmal, dass mich Leute verwundert anschauen, wenn ich sie über etwas informiere, weil sie feststellen, dass ich letzte Woche etwas ganz anderes gesagt habe. Das kann ich dann in der Regel nur bestätigen. Aber gleichzeitig musste ich wahrscheinlich feststellen, dass einer meiner Konkurrenten irgendetwas Neues unternommen hatte, dass ein neues Gesetz beschlossen werden soll oder dass ich einige Schlüsselmitarbeiter bei einem anderen Projekt brauchte. Darum müssen wir uns ständig anpassen. Für einen Mitarbeiter, der nicht die gleiche Übersicht hat, kann es verwirrend sein, einen Chef zu haben, der sich ständig nach seiner Umwelt richtet und das auch von seinem Unternehmen erwartet. Die meisten Leute sind leider so beschaffen, dass sie sich gern auf etwas festlegen und sich nur auf eine Sache konzentrieren möchten, ohne an etwas anderes denken zu müssen. Sie meinen, dass sie auf diese Weise die Kontrolle über ihre Zukunft haben. Vielleicht machen sie etwas völlig Sinnloses, aber es wurde nun einmal so vereinbart oder sie haben einen Plan und darum tun sie es eben. Wenn man etwas aufmerksamer ist, wird man feststellen, dass in vielen Fällen gar nicht so viel dazugehört, auf seine Umwelt zu reagieren und sich danach zu richten. In den allermeisten Fällen sind nicht mehr als kleine Änderungen nötig. Doch viele tun das nicht, weil sie von dem Plan geblendet sind, den sie erstellt haben."

„Das Gleiche gilt ja auch für die Liebe", sage ich. „Wenn zwei Menschen in ihrer Partnerschaft die Energie verlieren, bedeutet es oft, dass sie einen viel zu engen Rahmen für ihre Beziehung gesteckt haben. Wenn die Energie in einem Unternehmen oder einer Beziehung stark bleiben soll, muss sie am Leben erhalten werden und ein gewisses Maß an Unvorhersehbarkeit in sich tragen."

„Ja", sagt Jesper Nielsen. „Vielleicht ist das ein universelles Prinzip, das ich auch beim AGK angewandt habe. Damals hatte ich ja ein sehr genaues Ziel – ich wollte die beste Handballmannschaft der Welt aufbauen. Aber obwohl ich das Ziel klar definiert hatte, war ich immerzu in Bewegung. Ich erhielt während der Arbeit mit dem Handballverein beispielsweise plötzlich die Chance, Gesellschafter eines der besten Handballvereine Deutschlands zu werden. In dieser Zeit bin ich auch selbst nach Deutschland gezogen. Während meines Umzugs traf ich die Entscheidung, dass ich jetzt auf meine deutsche Mannschaft setzen würde. Zukünftig sollte mein dänischer Verein nur als eine Art ‚Nachwuchs-Verein' fungieren, in dem wir Talente entwickelten, die dann die Chance erhielten, in dem deutschen Verein zu spielen. 2010 gab es aber sowohl beim dänischen als auch beim deutschen Verein Entwicklungen, durch die innerhalb weniger Tage eine ganz neue Situation entstand. Also warf ich das Ruder herum und konzentrierte meine Hauptenergie auf die dänische Mannschaft."

„Es fällt Ihnen also nicht schwer, Ihr aktuelles Leben zu verändern", sage ich. „Aber wie sieht es mit Ihrer Zukunft aus? Spüren Sie manchmal, was die Zukunft bringen wird?"

„In Bezug auf die Zukunft bin ich normalerweise völlig offen“, sagt Jesper Nielsen. „Wenn mich beispielsweise jemand fragen würde, ob ich jemals wieder für Pandora arbeiten würde, kann ich keine hundert Prozent sichere Antwort geben. Ich finde, dass ich nie wissen kann, was die Welt für mich vorgesehen hat und was ich in fünf Minuten machen werde. Auch wenn es völlig absurd klingt, kann ich auch nicht sagen, ob ich nicht noch einmal eine zentrale Rolle im Fußball beim Brøndby IF spielen werde. Wie schon gesagt, ist es gut, klare und schnelle Entscheidungen treffen zu können. Aber sich auf diese festzunageln, ist nicht besonders klug. Darum bin ich heute an einem Punkt angekommen, an dem ich Veränderungen liebe, denn sie bedeuten, dass ich immer absolut präsent und hellwach sein muss.“

„Es gibt eine alte Weisheit zu dem, was wir gerade besprochen haben – dass man schnell Veränderungen schaffen können muss und damit ein Unternehmen oder ein Projekt am Leben halten kann“, sage ich „und ich weiß nicht, ob Sie sie kennen. Vor vielen Jahren las ich, dass es in einigen alten Kulturen eine Regierungsform gab, die an unsere moderne Demokratie erinnert. Die Stärke der Demokratie besteht darin, dass sie die Erhaltung einer Art gesunden Menschenverstands garantiert, damit nicht ein Verrückter die Gesellschaft plötzlich in den Abgrund führen kann. Die Schwäche der Demokratie besteht darin, dass sie dazu führen kann, dass Entscheidungsprozesse in Konflikten und endlosen Debatten versanden. In einigen demokratischen Kulturen hat man sich darum zu einem Wechsel der Regierungsform entschieden, wenn die Demokratie versandet war. Man wählte dann einen Diktator, der ein Jahr lang umfassendes Verfügungsrecht bekam, in dem aufgeräumt werden konnte. Danach wurde der Betreffende automatisch wieder abgesetzt."

„Wenn ein Diktator ein soziales Wesen hat, den Finger am Puls hat, anderen Menschen Raum gibt und empathische Fähigkeiten hat", sagt Jesper Nielsen, „kann er zweifellos ein richtig guter Chef sein."

„Und was ist mit Ihnen", frage ich. „Sind Sie nicht eigentlich so ein Chef, der am besten funktioniert, wenn er Diktator ist?"

„Ich pflege zu sagen, dass ich in meinen Unternehmen immer mit nicht aufgeklärtem Absolutismus arbeite", sagt Jesper Nielsen und lacht. „Bei meinen Projekten gibt es also nicht viele Dinge, die von Ausschüssen diskutiert werden. Ich glaube, dass viele Menschen aus meinem Umfeld der Meinung sind, dass ich an den Stellen, an denen ich selbst nicht stark bin, Verantwortung gut abgeben kann. Im Gegensatz dazu bin ich aber auch sehr eigensinnig an den Stellen, an denen ich merke, dass ich die Verantwortung und die Entscheidungen am besten selbst übernehmen kann. In diesen Fällen kann mir jeder aus meiner Umgebung gern alle denkbaren Informationen und Anregungen zukommen lassen, aber letztendlich möchte ich die Entscheidung gern selbst treffen."

„Können Sie mehr über solche Fälle sprechen, in denen Sie finden, dass nur Sie die Entscheidungen treffen sollten?" frage ich.

„Es betrifft die übergeordneten, strategischen Richtungen", sagt Jesper Nielsen. „Fast alles andere überlasse ich gern anderen."

# Finanzen und Konsum

„Gut“, sage ich und denke ein wenig darüber nach. „Ich habe mehrmals daran gedacht, mit Ihnen über Ihre Finanzen und Ihr Konsumverhalten zu sprechen. Wenn ich einkaufen gehe, schaue ich oft nach Angeboten. Manchmal ärgert es mich, dass ich drei Minuten brauche, um herauszufinden, welche Milch eine Krone billiger als die andere ist. Die Zeit, die ich dafür brauche, ist ja eigentlich vergeudet, denn in drei Minuten könnte man viel mehr als eine Krone verdienen – selbst wenn man als Hilfskraft im Supermarkt arbeitet. Schaut man auch nach Angeboten, wenn man mit seinem Unternehmen viele hundert Millionen Gewinn macht?“

„Bei ganz gewöhnlichen Waren des täglichen Bedarfs achte ich nie darauf, was sie kosten“, sagt Jesper Nielsen. „Angebote, die mir auffallen, sind meistens solche, bei denen es drei Stück für irgendeinen Preis gibt. Dann erkenne ich nicht, ob es billiger gewesen wäre, sie einzeln zu kaufen. Im Gegensatz dazu verbrauche ich schon einige Zeit, um im Internet nach günstigen Flugtickets zu suchen. In dieser Hinsicht habe ich ein paar generelle Grundsätze und darum gehe ich gern auf drei verschiedene Webseiten, um 50 Euro zu sparen. Wenn ich beispielsweise ein Flugticket nach Mallorca für 100 Euro finde, bin ich froh.“

„Wie ist ihr Verhältnis zu Geld sonst?“ frage ich. „Haben Sie beispielsweise Bargeld dabei?“

„Es ist interessant, dass Sie das fragen“, sagt Jesper Nielsen. „Gerade heute Morgen habe ich in meine Brieftasche geschaut und festgestellt, dass ich nur noch fünf Euro hatte. Ich habe schon mehrmals gesagt, dass Geld an sich für mich nichts Interessantes ist. Es ist nur etwas, das da ist. Wenn ich Geld brauche, habe ich eine ganz gewöhnliche Kreditkarte. Mit dem Lebensstil, den ich zurzeit habe, komme ich mit etwa 300.000 Euro im Jahr aus. Seitdem ich mit Schmuck handle, hatte ich nur ein einziges Mal Probleme mit der Deckung meiner Kreditkarte. Das war damals, als die Steuerbehörde mein gesamtes Vermögen eingefroren hatte."

„Aber wie war es früher, als Sie kein Geld hatten?"

„Da habe ich natürlich viel weniger verbraucht", sagt Jesper Nielsen, „aber ich hatte trotzdem in etwa die gleiche Beziehung zu Geld. Ich glaube, mein Verhältnis zu Geld ist so, dass viele sogenannte gewöhnliche Geschäftsleute davon abgeschreckt werden. Wenn ich beispielsweise jemandem gegenübersitze, der mir Anzeigen oder irgendetwas anders verkaufen möchte, dann höre ich mir an, was derjenige zu sagen hat, und sage danach ‚Ja' oder ‚Nein'. Wenn ich ‚Ja' sage, glaubt der Verkäufer oft, dass jetzt eine lange Verhandlung oder ein Prozess startet, in dem die Dinge durchgesprochen werden. Doch das mache ich nie. Wenn ich einmal ‚Ja' gesagt habe, dann möchte ich nichts mehr davon hören, denn dann ist die Entscheidung gefallen und es geht weiter. Wenn mir ein Preis genannt wurde und ich gemerkt habe, dass ich das, was vorgestellt wurde, gern haben möchte, dann gibt es nichts weiter zu bereden. Mit meiner Art habe ich oft Verkäufer verschreckt, die mir wahnsinnig teure Dinge verkauft haben, ohne dass ich darüber reden wollte, nachdem ich ‚Ja' dazu gesagt hatte. Beispielsweise habe ich auf Mallorca ein Haus gekauft, ohne darüber nachzudenken und ohne dass ich etwas über das Haus wissen wollte. Bevor ich zur Hausbesichtigung ging, hatte ich all das in

Erfahrung gebracht, was ich wissen musste. Zum Makler sagte ich darum nur, dass er mir die Dokumente und die Schlüssel schicken sollte, dann würde ich in den nächsten Tagen das Geld überweisen. Da hatte es ihm völlig die Sprache verschlagen und er konnte überhaupt nicht verstehen, was geschehen war. All die langen Prozesse bei Geschäftsverhandlungen finde ich lästig, denn eigentlich geht es dabei um nichts anderes, als die Angst vor Geld. Man muss lernen, dass Geld nicht gefährlich ist und dass man keine Angst haben muss, solange Geld auf dem Konto ist."

„Aber gleichzeitig wissen Sie auch nicht, wie viel Geld Sie haben?" frage ich.

„Das stimmt", sagt Jesper Nielsen. „In den letzten Jahren wurde mir viele tausend Mal die Frage gestellt: ‚Was glauben Sie, wie viel Sie wert sind?' Meine ehrlichste Antwort ist, dass ich keine Ahnung habe und es auch niemals wissen werde. Es gibt auch Leute, die manchmal fragen, wie viel Geld ich auf der Bank habe. Und wenn ich sage, dass ich kein Bankkonto habe, dann verstehen sie nicht, wovon ich rede."

„Das geht mir auch so", sage ich. „Was meinen Sie, wenn Sie sagen, dass Sie kein Bankkonto haben?"

„Ich habe ein paar Kreditkarten", sagt Jesper Nielsen, „und meine Mutter sorgt dafür, dass die Karten immer gedeckt sind. Ich kann also nicht selbst bei einer Internetbank oder ähnlichem nachsehen, was ich auf dem Konto habe. Das muss ich nicht und dafür habe ich mich auch nie interessiert. Ich habe gerade erzählt, was ich im Jahr verbrauche. Aber eigentlich habe ich keine Ahnung, ob das stimmt. Vielleicht verbrauche ich ja zehnmal so viel."

„Daraus kann ich ableiten, dass Sie kaum zu den Spielern zählen, die gern ins Kasino gehen", sage ich.

„Gut geraten", sagt Jesper Nielsen und lächelt. „Gewinnspiele, Lotto oder ähnliches sagen mir gar nichts, weil ich weder Angst habe zu verlieren noch gespannt bin, ob ich gewinne. Spiele dieser Art sprechen oft die Gier im Menschen an. Wenn man nicht gierig ist, bringt man keine Energie für solche Dinge auf. Gleichzeitig denke ich, dass Gier die Menschen davon abhält, viel Geld zu verdienen."

„Ich habe mal gedacht", sage ich, „dass viel Geld zu haben, vergleichbar damit ist, einen attraktiven Partner zu finden. Eine attraktive Frau bzw. ein attraktiver Mann ist gern dort, wo sie oder er sein kann, ohne von den Gefühlen des Partners erdrückt zu werden. Das Gleiche gilt für Geld. Es sucht den Weg dahin, wo es Freiheit und Raum gibt."

„Das klingt nach einem richtigen Ansatz", sagt Jesper Nielsen und nickt. „Ich selbst achte aber selten darauf, ob ich Geld anziehe oder abstoße. Eigentlich ist Geld für mich selten etwas anderes als Zahlen auf einem Bildschirm oder einem Blatt Papier. In meinen Unternehmen fühle ich mich verantwortlich dafür, dass wir liquide sind, doch Geld an sich habe ich nie in den Händen. Dass Geld da ist, ist eigentlich nur ein Zeichen dafür, dass ich etwas mache, was ich gern mache."

# Großreinemachen im Unternehmen

„Kommen wir jetzt zu einem anderen Thema“, sage ich und fahre fort: „Viele kennen die Fernsehserie mit dem Chefkoch Gordon Ramsay, der in Restaurants geht, die scheußliches Essen kochen. Er erhält ein paar Wochen freie Hand, um mit seiner unerschöpflichen Energie das ganze Restaurant so zum Laufen zu bringen, dass alles wie am Schnürchen klappt und tipptopp ist. Das gilt für alles – von der Einrichtung über die Moral des Personals bis zur Qualität des Essens selbstverständlich. Wie ich Sie sehe, könnten Sie gut eine Art Gordon Ramsay für Unternehmen sein. Wenn es eine Serie gäbe, in der man Sie in eine ganz normale Firma bringen würde, könnten Sie diese wahrscheinlich enorm schnell in Bewegung bringen. Wo liegt Ihrer Meinung nach das Problem der meisten Firmen, auf das Sie sich konzentrieren würden, wenn Sie ihren Umsatz revolutionieren wollten?“

„Es kommt natürlich auf die Firma an“, sagt Jesper Nielsen, „aber in meinem eigenen Unternehmen würde ich sagen, dass ich etwa 80 Prozent meiner Aufmerksamkeit darauf richte, optimale Bedingungen für die Verkaufsmannschaft zu schaffen. In meinen Augen sind die Verkäufer immer die Starspieler der Firma. Sie sind es, die den Umsatz bringen, und darum ist mein Fokus verstärkt auf sie gerichtet. Genauso wie mit den Spielern einer Handballmannschaft arbeite ich sehr intensiv daran, alle denkbaren Ausreden auszumerzen, die ein Verkäufer dafür haben könnte, dass er keinen Erfolg hat. Oft hört man Verkäufer sagen, dass die Pakete zu groß sind, dass etwas zu teuer ist und zu viel zurückgeschickt wird. Bei meiner Arbeit geht es nicht darum, meine Verkäufer davon zu überzeugen, dass sie es trotzdem schaffen können, sondern ihnen den Erfolg so leicht wie möglich zu machen. Vergleichen wir das mit dem Sport, dann geht es darum, den Verkäufer vor dem Tor völlig frei zu spielen, damit er nichts anderes tun muss, als den Ball im Tor zu versenken. Natürlich muss man sich immer vergewissern, dass das Produkt, das man verkaufen will, einmalig ist und Topqualität hat. Hier muss darum alles stimmen. Wenn das geklärt ist und der Verkäufer zum Kunden kommt, müssen alle Bedingungen erfüllt sein, dass er das Tor machen kann. Spürt der Verkäufer nicht, dass die ganze Organisation dazu beiträgt, ihn vor dem Tor frei zu spielen, müssen wir daran arbeiten. Das ist meine Denkweise und darum habe ich oft Verkäufer, die bei anderen Unternehmen Schwierigkeiten hatten, bei mir dagegen unglaubliche Höhen erreichen. Dass so etwas machbar ist, liegt daran, dass die Organisation ein hartes Stück Arbeit geleistet hat, das heißt, dass für den Verkäufer links und rechts alles bereitliegt, sodass er den Ball nur ins Tor zaubern muss. Wenn man so arbeitet, bekommt man Verkäufer, die sich enorm entwickeln und mit der Zeit ein fantastisches Selbstbewusstsein ausstrahlen. Das bedeutet, dass sie Wunder vollbringen und immer größere Verkäufe abschließen können. Gleichzeitig muss man darauf achten, dass es in den meisten Unternehmen eine Art Konkurrenz zwischen den Organisationsbereichen gibt, die nach außen agieren, und denen, die intern ausgerichtet sind – also Front-Office und Back-Office. Ich hatte beispielsweise einmal einen Verkäufer, der einen Auftrag von 50.000 Euro realisierte und gleichzeitig Ware im Wert von 10.000 Euro zurücknehmen musste. Im Front-Office war er ein Held, doch im Back-Office gab es jede Menge zusätzlicher Arbeit. Eine meiner Methoden, um dieses Problem zu lösen, besteht darin, das Back-Office jederzeit in das einzubeziehen, was im Front-Office passiert. Keiner dieser beiden Bereiche des Unternehmens darf vergessen, dass sie voneinander abhängig sind. Darum müssen im Back-Office alle begreifen, dass ihr Erfolg davon abhängt, wie gut sie den Verkäufer vor dem Tor frei spielen können. In vielen großen Unternehmen geht man davon aus, dass sich das Back-Office schon von selbst entwickeln wird. Wenn man sich zehn Jahre nicht darum gekümmert hat, dann geht es schief. Bei meinen Vorträgen frage ich das Publikum manchmal, ob sie jemals von einem Unternehmen gehört hätten, in dem fast nichts funktionierte, das aber trotzdem für eine Milliarde verkauft werden konnte, weil seine Buchhaltung Weltspitze war. Wer würde ein solches Unternehmen kaufen wollen? Fakt ist, dass die Buchhaltung nicht die großen Probleme lösen kann. Alle Unternehmen – ganz gleich, ob sie Butter, Holzpfosten oder Servietten verkaufen – haben in etwa die gleiche Struktur. Das, was den Unterschied ausmacht und über ihren Erfolg oder Misserfolg entscheidet, ist immer das, was draußen beim Kunden passiert."

„Das ist ein sehr interessantes Prinzip", sage ich. „Wenn man eine Firma als einen lebendigen Organismus sieht, muss er sich mit seiner Umwelt austauschen, damit er leben kann. Gleichzeitig muss ein Gleichgewicht zwischen Äußerem und Innerem herrschen. Es nützt nichts, wenn man die Voraussetzungen geschaffen hat, um aus der Umgebung die richtige Nahrung aufnehmen zu können, wenn es dem Körper nicht gut geht und er das, was er zu sich nimmt, nicht verwerten kann."

# Gibt es Regeln für einen Normbrecher?

„In vielerlei Hinsicht sind Sie jemand, der abweicht", sage ich während meines Gesprächs mit Jesper Nielsen. „Als Abweichler bricht man Normen und oft fällt es einem schwer, die von der Gesellschaft aufgestellten Regeln einzuhalten. Ich habe selbst Probleme mit Regeln – fahre immer ohne Licht am Fahrrad und oft auf der falschen Straßenseite. Wenn irgendwo Menschen anstehen und ich rein möchte, drängle ich mich in der Schlange gern vor, aber nur, wenn ich dabei nicht erwischt werden kann. Wie ist es bei Ihnen? Wenn Sie ins Kino wollen und Sie eine Gelegenheit sehen, sich kostenlos durchzuschummeln, würden Sie es tun?"

„Nein", sagt Jesper Nielsen. „In dieser Hinsicht bin ich einer, der lieber einmal zu *viel* als zu wenig bezahlt. Auch bei Trinkgeld bin ich meistens großzügiger, als meine Freundin es mag. Im Grunde bin ich viel zu nett und wohlerzogen, um mich nicht an Regeln zu halten. Es gibt nur eine Sache, bei der ich Probleme mit Regeln habe, und das sind Geschwindigkeitsbegrenzungen. Ich fahre sehr gern schnell. Aber grundsätzlich mache ich mir nichts aus den Kämpfen, die entstehen können, wenn man sich nicht an Regeln hält. Ich denke, dass das damit zusammenhängt, dass ich seit meiner Kindheit sehr schüchtern bin und lieber an der Wand entlang krieche, als mich selbst vorzudrängen. Damals wollte ich mich nicht von der Menge abheben – wollte mich nicht anders kleiden als die anderen und wollte am liebsten, dass mich niemand bemerkt."

„Das klingt so, als hätte bei Ihnen eine größere Veränderung stattgefunden", sage ich und lache. „Wann hat sich das geändert?"

„Es änderte sich, als ich entdeckte, dass man sich von der Menge abheben muss, um Erfolg zu haben. Ich bin äußerst erfolgsorientiert und darum gab es keinen anderen Weg."

„Eine solche Begründung dafür, dass man auf sich aufmerksam machen möchte, habe ich noch nie zuvor gehört...", sage ich und denke ein wenig darüber nach, bevor ich fortfahre: „Das heißt also, dass Sie tief im Innern ein netter Junge sind, der am liebsten nicht verrückt spielt oder Theater macht?"

„Das stimmt", sagt Jesper Nielsen. „Wenn mein Essen in einem Restaurant wirklich schlecht ist, käme ich nie auf die Idee, es zurück in die Küche zu schicken. Und selbst wenn das Essen schlecht war, würde der Kellner ein gutes Trinkgeld von mir bekommen. Bin ich mit einem Restaurant unzufrieden, bestrafe ich es nur dadurch, dass ich nicht wiederkomme. Grundsätzlich liegt es mir fern, aufzustehen und mit der Faust auf den Tisch zu hauen, wenn ich nicht das bekomme, wofür ich bezahle."

„Sind Sie nicht verärgert, wenn Sie schlechten Service erleben, nachdem Sie ein Vermögen dafür bezahlt haben, um Business Class zu fliegen?" frage ich.

„Nein", sagt Jesper Nielsen. „Ich verschwende keine Energie darauf, etwas zu sagen, sondern fliege zukünftig nicht mehr mit dieser Fluggesellschaft. Werde ich gefragt, ob ich zufrieden bin, sage ich schon, dass es nicht der Fall ist. Aber ich finde es nicht sinnvoll, meine Meinung unaufgefordert zu sagen. Denn es regt mich auf, wenn Leute mit Geld arrogant und anmaßend werden. Darum bin ich immer verständnisvoll, wenn mir mitgeteilt wird, dass ich leider nicht das bekommen kann, womit ich gerechnet habe."

„In Bezug auf ‚Auf den Tisch hauen' und ‚Herumbrüllen'", sage ich, „bietet der Sport interessante Studien. Hier treten Gefühle oft sehr deutlich zutage und häufig sieht man Trainer oder Spieler schreien und brüllen, wenn ihre Mannschaft auf dem Spielfeld ist. Machen Sie das nie?"

„Das würde mir nicht im Traum einfallen", sagt Jesper Nielsen. „Wenn ich mit einer Mannschaft mitfiebere, dann stehe ich voll und ganz hinter ihr – ohne zu brüllen und ohne den Gegner in den Schmutz zu ziehen. Ich habe auch noch nie einen Spieler beschimpft, wenn er nicht sein Bestes geben konnte."

„Was ist mit den Schiedsrichtern?" frage ich. „Schreien Sie die nicht an?"

„Damit habe ich aufgehört, als ich kein Juniorspieler mehr war", sagt Jesper Nielsen. „Damals habe ich festgestellt, dass es meiner Mannschaft eher schadete als nützte, wenn gebrüllt wurde. Es ist ja nicht so, dass ich keine Lust dazu hatte. Aber ich hatte immer den brennenden Wunsch zu gewinnen. Und um die Chancen der Mannschaft auf einen Gewinn zu steigern, musste ich diese Unart aufgeben."

„Wie schadete das Schreien denn Ihrer Mannschaft?" frage ich.

„Ganz gleich, ob es um Sport oder ums Geschäft geht, ist Brüllen und Schreien ja ein Zeichen von Schwäche", sagt Jesper Nielsen. „Hat man den brennenden

Wunsch zu gewinnen, nützt es nicht, Zeichen von Schwäche zu zeigen. Sowohl im Sport als auch bei Geschäften habe ich eine Grundphilosophie, an die ich mich halte. Sie läuft darauf hinaus, dass wir unsere Hausaufgaben immer viel besser als die Gegner gemacht haben müssen. Das heißt, dass wir diejenigen sind, die am härtesten trainiert haben und die sich am besten vorbereitet haben. Im Geschäft sind wir diejenigen, die das beste Produkt, die besten Materialien, die besten Mitarbeiter und so weiter haben. Alle Hausaufgaben, die gemacht werden können, bevor man aufs Spielfeld geht, müssen natürlich einhundert Prozent perfekt gemacht worden sein. Mir wird fast übel, wenn jemand sagt, dass ein Spiel verloren wurde, weil man es nicht geschafft hatte, genug zu trainieren. So etwas von mir, meinen Mitarbeitern, meiner Handballmannschaft oder ähnlichem zu hören, ist darum völlig undenkbar. Wenn wir aufs Spielfeld, zu einer Messe oder zu einem Kundengespräch gehen, sind wir immer bis in die Fingerspitzen vorbereitet. Wenn wir dann trotzdem auf einen Gegner treffen, dem wir nicht gewachsen sind, müssen wir wieder nach Hause gehen und unsere Hausaufgaben noch besser machen, damit wir nächstes Mal gewinnen können."

„Sie finden also, dass es absurd ist, wenn Sie einen Trainer sehen, der an der Seitenlinie steht und schreit?" frage ich.

„Ja", sagt Jesper Nielsen. „Hätten sich Trainer und Mannschaft besser vorbereitet, gäbe es wahrscheinlich keinen Grund zum Schreien. Außerdem ist es kein Zeichen für Gewinnermentalität, die Besinnung zu verlieren."

„Sie reden viel von Gewinnermentalität", sage ich, „aber wie gehen Sie damit um, wenn Sie verlieren?"

„Es fällt mir sehr schwer zu verlieren“, sagt Jesper Nielsen. „Noch als Teenager standen mir manchmal die Tränen in den Augen, wenn ich mit meiner Mannschaft Handball spielte und wir dabei waren zu verlieren. Ich kann mir kaum etwas Schlimmeres vorstellen, als zu verlieren. Darum wollte ich manchmal lieber ein Spiel absagen, als das Risiko einzugehen, dass wir verlieren. Mit dem Alter bin ich besser darin geworden, nicht zuzulassen, dass meine Gefühle mit mir durchgehen. Wenn man gewinnen will, nützt es nichts, dass man seine Gefühle offen zeigt und man für den Gegner ein offenes Buch ist. Es bedeutet eigentlich nur, dass es für ihn noch leichter wird zu gewinnen. Ich gewinne gern. Aber wenn man das Verlieren zu sehr verdammt, kann es geschehen, dass man leichter verliert, als es sonst geschehen wäre. Heute ist es nicht mehr die Angst vor dem Verlieren, die mich antreibt. In viel höherem Maße ist heute die Freude am Gewinnen mein Motor.“

## Es kann teuer werden, einen Milliardär zu kennen

„Lassen Sie uns noch ein Thema besprechen“, sage ich. „Einige meiner Bekannten, die viel Geld haben, wurden zu meinen teuersten Bekanntschaften. Das Problem ist, dass sie Leute anziehen, die von ihrem Geld gern etwas abbekommen würden. Um zu zeigen, dass ich nicht in diese Kategorie gehöre, war oft ich derjenige, der bezahlt hat, wenn ich mich mit einem von ihnen zum Essen getroffen habe. Weil Menschen mit viel Geld oft teure Angewohnheiten haben, war ich danach manchmal völlig abgebrannt, weil sie wählen durften, wohin wir zum Essen gingen."

„Gerade über dieses Thema habe ich viel nachgedacht", sagt Jesper Nielsen. „Wenn ich eine Party gebe, ins Restaurant einlade oder Ähnliches, arrangiere ich es vorher oft so, dass ich sicher sein kann, dass sich jeder, der dabei ist, finanziell gut fühlt."

„Wie machen Sie das?" frage ich.

„Wie bei so vielen Gelegenheiten im Leben ist es mir sehr wichtig, gut vorbereitet zu sein. Dann kann man weit kommen", sagt Jesper Nielsen. „Wenn ich beispielsweise mit einer Gruppe von Leuten Essen gehe, sorge ich normalerweise dafür, dass im Voraus bezahlt wurde oder dass die Rechnung im Nachhinein verschickt wird. Wenn die Gäste wissen, dass es so abläuft, entspannen sie sich und man hat viel mehr von diesem Zusammensein."

„Es hat für Sie also keine Bedeutung, ob diejenigen, mit denen Sie zusammen sind, Geld haben?"

„Nein", sagt Jesper Nielsen. „Vergangene Woche war ich mit einem alten Freund zusammen, der mir immerzu von seinen reichen Geschäftspartnern erzählte. Zuletzt sagte ich ihm, dass ich nichts mehr darüber hören wollte, weil mich Menschen mit Geld nicht interessieren. Mich interessiert, *was* sie mit ihrem Geld machen. Wenn sie die vielen hundert Millionen mit Dingen verdient haben, für die sie nicht selbst leben und atmen, ist es ja völlig belanglos. Geld ist uninteressant – und ein Grund dafür ist, dass es den Blick von dem ablenkt, was wichtig ist. Wenn ich beispielsweise eine Veranstaltung in einem Hotel durchführe, konzentriere ich mich *nur* darauf, dass es eine gute Veranstaltung wird. Wenn ich beginne, sie mit Finanziellem zu vermischen, kann es schnell bedeuten, dass ich vergesse, worum es bei der Sache tatsächlich geht. Wenn ich darum so etwas auf die Beine stelle, schaue ich oft gar nicht auf die Rechnung und frage normalerweise nicht, was es gekostet hat. Von entscheidender Bedeutung dabei ist, dass es eine gut gelungene Veranstaltung war. Als ich damals beispielsweise das größte Handball-Event der Welt in Kopenhagen durchführte, habe ich zu keinem Zeitpunkt darauf geschaut, was das Ganze kostet."

„Aber wie läuft es ab, wenn Sie mit Freunden abends Essen gehen", frage ich. „Bezahlen Sie dann immer?"

„Nein", sagt Jesper Nielsen. „Es ist ganz unterschiedlich, wer bezahlt. Normalerweise zahlt derjenige, der einlädt oder der es veranstaltet. Aber es ist mir bewusst, dass es für andere schwierig sein kann, mit Leuten Zeit zu verbringen, die sehr wohlhabend sind. Manche Menschen können sich dabei direkt unwohl fühlen. Aber ich bin eigentlich recht gut darin, dafür zu sorgen, dass dies nie ein Thema wird. Um darin gut zu sein, muss man andere unterstützen, das Geld aus dem Mittelpunkt zu rücken. Durch diese Denkweise komme ich oft in Situationen, bei denen die Steuerbehörde meine Beweggründe kaum nachvollziehen kann, ob bestimmte Aktionen als geschäftsfördernd und damit abzugsfähig einzustufen sind. Vor einiger Zeit wollte ich beispielsweise einen bestimmten Top-Chef und zwei Verkaufsleiter einstellen, die außergewöhnliche Ergebnisse erreicht hatten. Meine Schwester und ich trafen uns mit ihnen zu einigen Gesprächen. Als aber die Rede auf einen Job bei uns kam, passierte gar nichts. Mit der Zeit hatte ich die drei besser kennengelernt und lud sie einen Abend in ein Restaurant, in einen Nachtclub und so weiter ein. Wir feierten und hatten Spaß. Und ich konnte dabei problemlos mit allen dreien die nötigen Vereinbarungen treffen. Am

Tag darauf schrieb ich meiner Schwester, dass jetzt alles geregelt war. Sie nahm anschließend Kontakt zu den Betreffenden auf, ließ die Verträge aufsetzen und kurz darauf waren sie unsere Angestellten. Bei unserer Zusammenarbeit in der Familie ist es meine Aufgabe, die nötige Saat zu säen. Danach sorgt meine Schwester dafür, Verträge zu machen und Vereinbarungen zu formalisieren. An dem Abend, als ich mit den drei Leuten, die ich einstellen wollte, in der Stadt unterwegs war, dachte ich überhaupt nicht daran, was es kostete, sondern mir war nur wichtig, dass es ein toller Abend würde. Wenn ich schätzen sollte, würde ich sagen, dass mich der Abend um die 20.000 Euro gekostet hat. Hätte ich stattdessen eine Personalvermittlung engagiert, hätte mich das Ganze schnell das 20-fache kosten können."

## In einer eigenen Liga

„Ihnen fällt es ja sehr schwer, zu verlieren", sage ich. „Brauchen Sie dann nicht sehr viel Zeit, um Ihre Gegner oder Konkurrenten zu analysieren?"

„Nein", sagt Jesper Nielsen. „Ganz gleich, ob ich mit der Entwicklung eines Geschäfts oder einer Sportmannschaft beschäftigt bin – dafür verwende ich fast gar keine Zeit. Wenn man zielgerichtet und hart daran arbeitet, das Beste aus dem herauszuholen, was man zur Verfügung hat, sind die Konkurrenten eigentlich nicht so wichtig. Anders gesagt, gehe ich immer davon aus, dass das, was ich mache, in einer ganz eigenen Liga spielt und darum nicht mit anderen konkurriert. Wenn man in einer eigenen Liga spielt, dann gibt es keinen Grund darüber zu spekulieren, was die

Konkurrenten machen – keinen Grund darüber nachzudenken, welche Produkte sie entwickeln, oder sich mit ihrer Preisgestaltung oder Vermarktungsstrategie zu beschäftigen. Spielt man in seiner eigenen Liga, sind andere Dinge wichtig. Gleichzeitig schafft man durch diese Denkweise eine Atmosphäre für sein Produkt und seine Mannschaft, bei der kein anderer erst versucht, mit einem zu konkurrieren. Bald werden die anderen mit den Schultern zucken und denken: ‚Sie sind unantastbar. Darum kann ich bei ihnen nichts ausrichten.' Normalerweise geht es darum, in allem, was man sich vornimmt, umfassende Souveränität zu schaffen. Gleichzeitig muss man sich jedoch auch im Klaren darüber sein, dass alles Konsequenzen hat. An der Spitze ist es immer kalt. Wenn man viele Freunde haben möchte, sollte man darum nicht die Nummer Eins sein, sondern etwas weiter unten auf der Leiter bleiben. Wenn man es OK findet, dass man seine Freunde nur in der Mannschaft oder in seiner Firma hat, dann ist es in Ordnung, wenn man die Nummer Eins ist und gleichzeitig so agiert, als würde man in einer eigenen Liga spielen. Das war ein Teil der Philosophie, durch die sich der AGK entwickelte. Sehr schnell gab es niemanden mehr, der daran zweifelte, dass wir unsere ganz eigene Show veranstalteten. Während meiner Arbeit mit dem AGK dachte ich darum nie daran, was die anderen Mannschaften über ihre Spielerkäufe herausposaunten. Ich ging immer davon aus, dass es wichtiger war, sich dafür zu interessieren, welche Spieler wir kauften und welche Bedeutung das für die Mannschaft hatte. In meinen Augen war es nicht so wichtig, welche Spieler die anderen Mannschaften aufstellten, weil sie nicht die gleiche Gewinner-DNA wie wir hatten und weil sie für die Spieler nicht die gleichen Bedingungen schaffen konnten wie wir. Darum würden wir immer gewinnen – ganz gleich, was sich die anderen ausdachten. Und darum gaben viele Mannschaften, gegen die wir spielten, schon vor Spielbeginn auf."

# Das Abenteuer Endless Jewelry

Eine Sache gefällt mir an der Arbeit mit Schmuck am besten: Er soll positive Energie schaffen. Schmuck ist kein Bedarfsartikel, den man kaufen muss, um überleben zu können, sondern etwas, das Freude und andere positive Empfindungen bringen soll. Darum war ich gar nicht glücklich darüber, dass ich bei meinem Ausstieg bei Pandora eine Wettbewerbsklausel unterschreiben musste, die besagte, dass ich erst 2013 wieder in der Branche arbeiten durfte. Als ich Pandora hinter mir gelassen hatte, bereitete ich mich auf einen längeren Bruch mit der Schmuckbranche vor – Zeit, um andere Dinge in den Mittelpunkt zu rücken. Auch wenn alle meine früheren Kunden jetzt Pandoras Kunden geworden waren, spürte ich, was mein Einsatz als markanter Geschäftsführer bis 2011 bedeutet hatte. Immer, wenn ich meine Kunden aus dieser Zeit traf, fragten sie, wann wir wieder loslegen würden, und sie waren erschüttert über das, was geschehen war. Oder sie fragten, wann ich mit einem eigenen Produkt auf der Bildfläche erscheinen würde. Das war ja eine Bestätigung dafür, welche Stärke darin liegt, nicht in Systemen zu denken, sondern den Mut zu haben, etwas Lebendiges zu erschaffen, das auf der Lust basiert, einander etwas zu geben. Der Absatzkanal, den ich geschaffen hatte, basierte nicht auf Analysen, die Profitmaximierung bringen sollten, sondern auf dem Wunsch, Beziehungen zu schaffen. Darum gab es dafür kein Verfallsdatum. Wenn ich mich darum eines Tages entscheiden würde, wieder in der Branche tätig zu werden, könnte ich mein gesamtes Netzwerk in den sechs großen europäischen Ländern reaktivieren, in denen ich gearbeitet habe. Die meisten von ihnen würden noch nicht einmal wissen wollen, welches Produkt ich ihnen verkaufen wollte – sie wären einfach nur froh, dass ihr altes, lockeres Party-Original und der Schmuck-Matador wieder an Bord ist. Das wusste der neue Vorstand von Pandora natürlich und darum war es gar nicht schwer zu spüren, dass sie eine Heidenangst vor mir hatten. Sobald meine Wettbewerbsklausel abgelaufen war, könnte ich wie ein Kobold aus der Büchse der Pandora zurückkehren. Sowohl meine alten Mitarbeiter als auch meine Kunden kannten meine Arbeitsweise in allen Aspekten und waren immer glücklich damit. Darum würden sie hinter der Kulisse bereitstehen und in meiner Firma an Bord gehen, wenn ich mich entschied, sie wieder zum Leben zu erwecken.

Als der Juni 2013 kam, war ich also wieder startklar. Doch bevor wir dort angelangt waren, hatten meine Mutter und meine Schwester schon alle Vorbereitungsmanöver eingeleitet, die zur Reaktivierung unserer guten alten Kasi Group notwendig gewesen waren. Gleichzeitig hatten sie sich in der Schmuckbranche umgeschaut und so eine eigene Kollektion für die Kasi Group gefunden. Eine Kollektion, die unter dem Namen „Endless Jewelry“ angeboten werden sollte. Nach der Übernahme von Pandora war der neue Vorstand sehr bemüht, Pandora umgehend zu einer exklusiveren Marke zu machen. Unsere neue Kollektion wurde von Christina Hembo entworfen und sie sollte nicht nur das Vakuum ausfüllen, das Pandora aufgrund seiner neuen Strategie hinterlassen hatte. Es handelte sich um ein Produkt in hoher Qualität, das gleichzeitig eine natürliche Fortsetzung des Weges war, den Pandora bei der Entwicklung ihrer Marke hätte gehen sollen. Also standen wir 2013 mit einer Kollektion bereit, von der ich sicher war, dass sie größer als Pandora werden könnte, wenn sie die richtige Vertriebsstruktur erhielt.

Davon ausgehend konnten wir zu unseren Werten zurückkehren. Sowohl Kunden als auch Mitarbeiter sollten unsere ursprüngliche Vision wieder spüren können. Dieses Mal waren wir selbst im Besitz des Produkts, das wir verkauften, und konnten darum ohne Begrenzung in alle Richtungen tätig werden. Als die Nachricht durch die Medien ging, dass wir für einen erneuten Eintritt in die Schmuckbranche bereit waren, strömten sofort frühere Mitarbeiter und Kunden auf uns zu, weil sie gern mit dabei sein wollten. Darum war die Mannschaft, die Endless Jewelry auf dem deutschen Markt einführte, fast identisch mit der Mannschaft, die seinerzeit Pandora eingeführt hatte. Sowohl meine Mutter als auch meine Schwester waren davon ausgegangen, dass sie in aller Ruhe beginnen würden, bis ich dazu kam. Doch es zeigte sich, dass die Sache abging wie eine Rakete. Die Erfahrungen, die wir mit Pandora gemacht hatten – sowohl die positiven als auch die negativen – gaben jedem von uns eine außergewöhnliche Motivation, um wieder den Durchbruch zu schaffen. Doch dieses Mal wollten wir in einem viel größeren Maßstab arbeiten. Darum spürte auch ich sehr schnell große Freude darüber, dass mich der Vorstand von Pandora blockiert hatte. Wäre das nicht geschehen, wäre ich den Rest meines Lebens darauf begrenzt gewesen, in nur fünf europäischen Ländern Schmuck zu verkaufen. Jetzt stand uns die ganze Welt offen und ich würde meine

Träume ausleben können – ich wollte in die USA und von dort aus weiter in den Rest der Welt. Damit war die Zeit gekommen, die Turbinen richtig anlaufen zu lassen, ohne sich von Verträgen oder von einem logikgesteuerten Vorstand aufhalten lassen zu müssen. Endless Jewelry wurde auf diese Weise nicht nur der Name der neuen Kollektion der Familie, sondern es kennzeichnete auch ganz eindeutig unsere Vision für die Verbreitung der Kollektion. Anders gesagt, gab es niemanden, der mich jemals aufhalten könnte – auch nicht, wenn mir eines Tages einfallen sollte, Endless Jewelry am Südpol, auf dem Mond oder in anderen Sonnensystemen zu verkaufen.

Ich ging davon aus, dass der Start in Europa keine Probleme bereiten würde. Mit dem Wissen, der Erfahrung und dem Image, das ich jetzt in der Branche hatte, spürte ich eine ganz neue Power. Bei Endless Jewelry legte ich schon von Anfang an mit dem Bauchgefühl los, Weltmeister zu sein. Das konnten die Kunden, die Angestellten und auch die Verkäufer spüren. Darüber hinaus war mein Netzwerk bereit und es zeigte sich, dass die Sympathie, die bei den Kunden herrschte, dazu führte, dass vieles mehr oder weniger von selbst lief. Im Gegensatz dazu war es für mich ein größeres Problem, das Blut von Pandora aus meinen Adern zu bekommen. Pandora, wie ich es aus vergangenen Jahren kannte, war ja mein Kind, das ich über alles auf der Welt liebte. Selbst jetzt, drei Jahre nachdem ich Pandora losgelassen hatte, spürte ich noch immer die Energie und die Liebe, die darin lag. Doch den Start von Endless Jewelry zu erleben, die Energie zu spüren und zu merken, wie sich sowohl Kunden als auch Mitarbeiter in gespannter Erwartung versammelten, war nicht nur ein Pflaster auf der Wunde, sondern ein Anzeichen dafür, dass es jetzt an der Zeit war, ganz loszulassen und weiterzukommen. Dieses Mal konnte man mich nicht mehr kapern und darum konnte ich den spannenden Entwicklungsprozess weiterführen, den ich bis zur Übernahme von Pandora verfolgt hatte.

Viele fragten mich beim Neustart von Endless Jewelry, woher die Idee für den Namen der neuen Kollektion stammte. Die Antwort lautet, dass ich schon 2007 der Meinung war, dass dieser Name genau der richtige für eine Schmuckkollektion sein würde. Darum hatte ich ihn für einen späteren Gebrauch eintragen lassen. Es stand daher außer Frage, wie unsere neue Marke heißen sollte, als wir wieder durchstarteten. Endless Jewelry war nicht nur ein Name zur Bezeichnung unserer Kollektion, sondern auch eine sehr genaue Beschreibung der Verbreitung der Kollektion, unserer Energie als Distributor sowie der Philosophie, die in meiner Arbeitsweise steckt. Wenn ich mich in ein neues Projekt stürze, dann geht es mir immer darum, einen unendlichen Raum zu schaffen, in dem es keine Begrenzungen gibt – keine Decke, keine Wände, keinen Boden und keine konkreten Maße und Ziele. Auf diese Weise wird meine Perspektive in jeder Hinsicht unendlich. In Bezug auf meine Reise mit Endless Jewelry weiß ich also nicht, wohin es geht und was geschehen wird. Die Zukunft ist darum genau in die Art von Ungewissheit gehüllt, die ich brauche, damit ich meinen Pulsschlag, meine Energie und meine Leidenschaft auf höchstem Niveau halten kann.

Wenn Menschen mit diesem entstehenden Pulsschlag in Berührung kommen, erwachen sie und beginnen groß zu werden. Wie in einem Kamin geht es also darum, die Temperatur auf eine Stufe zu bringen, bei der ein Kraftzentrum entsteht, das sich selbst erhält, solange man Brennholz nachlegt. Bei Pandora wurde dieses Feuer gelöscht, als es von dem Investmentfonds aufgekauft wurde, und das zeigte sich sofort an den Zahlen des Unternehmens. Undefinierbare Zustände wie Energie, Pulsschlag und Dynamik wurden beim Aufbau meiner neuen Firma also ganz zentrale Elemente. Viele Menschen, die ich bei Endless Jewelry aufnahm, kamen ja von Pandora. Aber gleichzeitig erkannte ich schnell, wie wichtig es war, auch Menschen aufzunehmen, mit denen ich zuvor noch nicht gearbeitet hatte. Diejenigen, die früher noch nicht für mich oder in der Branche gearbeitet hatten, spürten den Pulsschlag häufig viel reiner und brachten darum Leistungen auf sehr hohem Niveau. Diejenigen, die von Pandora kamen, kannten die Energie und waren froh, dass sie wieder zu ihr zurückkehren konnten – aber viele von ihnen waren davon nicht so berührt, wie die Neuen. Einige der neuen Leute, die ich fand, waren schnell so hingerissen, dass sie aus lauter Leidenschaft von morgens 6 Uhr bis nachts um 12 arbeiteten. Mit überwältigender Begeisterung dafür, Teil dieser effizienten Maschine zu sein, die um sie herum immer größer wurde, saugten sie einfach alles Wissen in sich hinein. In der neuen Organisation für Endless Jewelry kombinierte ich neue Mitarbeiter mit meinen früheren und ich sah sofort, dass ich damit eine sehr spannende Dynamik schaffen konnte.

In Europa dauerte es mehrere Jahre, bis ich Pandora an den richtigen Stellen platziert hatte. Als ich am 1. Juni 2013 bereit war, meine Arbeitskluft wieder anzuziehen, nahm ich schon am ersten Tag Kontakt zu den tonangebenden Filialketten in Deutschland auf. Hier spreche ich von Christ, der größten Schmuck-Filialkette Europas. Die Kette hat in Deutschland ihre Filialen in 210 Orten an den besten Adressen. Darüber hinaus handelte es sich um die beiden Warenhausketten Kaufhof und Karstadt. Die erstgenannte hat 105 Filialen und die andere 85 Filialen. Die letzte Kette heißt Kraemer mit gut 50 Filialen. Mit Kraemer einigte ich mich ganz schnell, denn ich habe zu den Leuten dort ein außergewöhnlich gutes Verhältnis. Selbst wenn ich mit ein paar meiner alten Unterhosen gekommen wäre und sie gebeten hätte, die in ihrem Schaufenster auszulegen, hätten sie ganz sicher ‚Ja' gesagt. Darum war es ganz selbstverständlich, hier zu starten. Schnell legten sie in allen 40 Filialen los. Danach machte ich mich an die Arbeit mit den anderen dreien. Die Einkäuferin von Christ sagte bei unserem Gespräch:

„Wie schön, Sie wiederzusehen. Ich dachte schon, Sie wären mir böse."

„Ich - Ihnen böse?" sagte ich. „Warum sollte ich das sein?"

„Nun, ich habe gesehen, dass Endless Jewelry drüben bei Kraemer liegt", sagte sie, „und da habe ich überlegt, was ich Ihnen wohl getan hätte, dass Sie es mir nicht angeboten haben."

Natürlich war mir klar, dass ich in der europäischen Schmuckwelt gut aufgestellt war. Aber dass ich *so* gut aufgestellt war, hätte ich mir trotzdem nicht vorstellen können. Ich brauchte darum einen Moment, um die Sprache wiederzufinden, bevor ich entschuldigend zu erklären begann:

„Nun, es ist so", sagte ich, „dass ich zum Einkäufer bei Kraemer ja ein sehr enges Verhältnis habe. Er besucht mich privat und er ist bei meinen Partys auf Mallorca dabei."

„Das kann ich doch genauso gut", sagte sie. „Sie müssen nur Bescheid geben."

Ich war zu unserem Gespräch allein mit meiner Tasche mit Endless Jewelry gekommen. Doch während des Gesprächs kam ich gar nicht dazu, den Schmuck aus der Tasche herauszunehmen. Denn das, worüber wir sprachen, war eigentlich viel interessanter – es ging um Führungs- und Verkaufsstrategien, um Denkansätze für den Vertrieb eines Produkts, um menschliche Werte und um persönliche Beziehungen. Zuletzt sprachen wir lange über die aktuelle Situation bei Pandora, über die sie und ihre Leute erschüttert waren. Während des Gesprächs spürte ich, dass ich trotz allem, was geschehen war, noch immer viele Gefühle für Pandora hatte. Darum glättete ich die Wogen und erklärte, dass man es bei Pandora ja so gut machte, wie man konnte. Nur gab es jetzt keine visionäre Geschäftsführung mehr, die draußen beim Kunden vertreten war. Und aufgrund dessen muss man mit gewissen Versäumnissen und Fehlern rechnen. Man sagt ja, dass keine Geschäftsleitung oder Organisation verpflichtet ist, über ihre Fähigkeiten hinaus zu agieren.

Auf dem Weg nach Hause war ich noch immer etwas überwältigt davon, dass die Einkäuferin der größten Schmuckkette Europas Endless Jewelry in ihre Läden aufgenommen hatte, ohne die Ware überhaupt gesehen zu haben. Je mehr ich darüber nachdachte, umso klarer wurde mir, dass es vielleicht doch gar nicht so verwunderlich war. Fakt ist, dass ich es war, der ihnen Pandora gebracht hatte. Dadurch habe ich über Jahre dazu beigetragen, dass die

Kette mit dem Verkauf von Sammelschmuck richtig gut verdient hatte.

Während die meisten Leute Urlaub machten, trug ich im Juni 2013 alle großen deutschen Schmuckketten mit all ihren Filialen in die Kundenliste von Endless Jewelry ein. Eine ähnlich rasante Verkaufsarbeit hatte es in der Geschichte bisher noch nicht gegeben. Christ bat im darauf folgenden Dialog darum, den Schmuck in der Startphase in 20 ihrer Filialen zu testen, um zu sehen, wie es laufen würde. Doch das lehnte ich ab und teilte ihnen mit, dass der Schmuck schon getestet war und dass ich *alle* ihrer 210 Filialen bräuchte. Darauf ließen sie sich ein und am 15. Oktober 2013 lag der Schmuck dann in allen Läden. Danach war es ganz leicht, an die anderen Ketten und Einzelgeschäfte heranzutreten und sie darüber zu informieren, dass Christ jetzt Händler von Endless Jewelry war. Auf diese Weise fiel ihnen die Entscheidung, was sie jetzt tun sollten, nicht schwer.

In meinem Leben bin ich für so manches beschuldigt worden, doch soweit ich weiß, hat mich noch niemand dafür beschuldigt, ein Pessimist zu sein. Paradoxerweise zeigte es sich, dass selbst ich einmal zu pessimistisch sein konnte – nämlich bei meiner Vorstellung darüber, wie schnell die Verbreitung von Endless Jewelry in Deutschland gehen würde. Schon nach wenigen Monaten Arbeit hatten wir ein sehr effizientes Vertriebsnetz eingerichtet. In dieser Zeit waren 635 Geschäfte dazugekommen, die Endless Jewelry anboten. Darüber hinaus waren wir dabei, 14 Endless Jewelry Stores zu eröffnen – also Spezialgeschäfte, in denen nichts anderes als Endless Jewelry in den Regalen liegen sollte. In allen führenden Modezeitschriften Europas gab es ganzseitige Anzeigen mit unserem Schmuck und meinen Leuten war es gelungen, Endless Jewelry in den Zeitschriften in die Kategorie mit der sehr verkaufsfördernden Bezeichnung „Must Have“ einzuordnen. Viele sind der Meinung, dass die Modezeitschriften zwischen Anzeigenabteilung und den Redaktionen wasserdichte Schotten haben. Doch das stimmt nicht ganz. Wenn man erst einmal Millionenbeträge für Anzeigen in eine Modezeitschrift investiert hat, wissen sie dort, dass man seriös ist. Darum entwickelt die Redaktion auch ein ganz selbstverständliches Interesse an den Dingen, die man macht. Auf diese Weise sind wir ganz leicht zu vielen, sehr schönen Editorials und verschiedenen Product Placements gekommen. Die Kampagnen und der Ruf, die auf diese Weise entstanden, wirkten selbstverstärkend, und das führte in den Geschäften zu einer noch größeren Motivation, Endless Jewelry aufzunehmen.

Als kleines Kuriosum soll genannt sein, dass wir erst als der Schmuck von Endless Jewelry schon in mehr als 600 Geschäften lag, den sogenannten Tippping-Point erreicht hatten, bei dem wir die erlösende Nachricht erhielten, dass die Kunden jetzt von sich aus in die Geschäfte kamen, um sich ein Endless Jewelry Armband anzuschauen. Es handelte sich also um einen Prozess, der eine enorme Vorbereitung erforderte. Doch wenn man eine solche Maschinerie erst einmal von Grund auf zum Laufen gebracht hat, dann entwickelt sich eine Lawine, die nicht mehr zu stoppen ist. Einen solchen Prozess, über den ich hier berichte, zu dirigieren, klingt vielleicht nicht nach großer Wissenschaft, doch Fakt ist, dass dafür sehr umfangreiches Wissen und gleichzeitig zahlreiche seltene menschliche Qualitäten nötig sind. Zum einen muss man natürlich ein sehr guter Kaufmann sein, der mit seinen Lieferanten gute Zahlungsbedingungen aushandeln kann. Bei meiner Arbeit mit Endless Jewelry ist dieses Modell eigentlich ganz simpel. Grundsätzlich geht es darum, mit den Fabriken, die unsere Ware liefern, eine Zahlungsfrist von 60 Tagen zu vereinbaren. Danach verkaufen wir die Ware und haben das Geld in der Kasse, bevor wir die Lieferanten bezahlen. So etwas bringen natürlich auch viele andere zustande, das bringt uns darum nicht an die Weltspitze. Wenn man dorthin möchte, dann muss man ein Storyteller, ein guter Chef und ein guter Motivator zugleich sein, der nicht nur eine Vision hat, sondern auch selbst in der Lage ist, den Weg bis zu Ende zu gehen. Eine andere wichtige Qualität ist es, ein Markengründer zu sein. Bei Endless Jewelry handelt es sich nicht um ein Produkt, das sich wie Pandora erst zu einer Marke entwickeln muss, sondern um eine Kollektion, die *geboren* wurde, um eine Marke zu sein. Bei allem, was ich mache, bei allen Gedanken, die ich mir mache, und allen Entscheidungen, die ich treffe, habe ich darum immer vor Augen, mit was für einer Marke wir es zu tun haben. Kurz gesagt, geht es wieder darum, in den 4 Kanälen tätig zu sein, die ich auch bei der Arbeit mit Pandora genutzt habe. Als Firma müssen wir die gute Energie schaffen und sie in die Organisation von Endless Jewelry weiterleiten. Von hier aus muss sie weiter an die Verkäufer gelangen und von dort in die Geschäfte und weiter zu den Kunden.

Um Erfolg mit Endless Jewelry zu haben, ist es also notwendig, dass ich bestimmte Eigenschaften habe, aber auch, dass ich in vielen Bereichen Anwesenheit zeige. Es geht darum, bei den Kunden, den Mitarbeitern und den Verkäufern anwesend zu sein. Gleichzeitig muss man in allen Bereichen in den Medien und im öffentlichen Bewusstsein präsent sein. Die Verkäufer müssen begreifen, dass sie nicht nur einen Job haben, sondern dass sie einen Lebensstil erschaffen. Sie müssen jederzeit topmotiviert sein und in allen wichtigen Bereichen uptodate gehalten werden. Sie müssen wissen, wie ihre Produkte in den Medien profiliert werden, welche neuen Händler an Bord gekommen sind, wer in der Firmenzentrale angestellt wurde, wie derjenige heißt und wer er oder sie ist. Das zuletzt Genannte ist die schwerste Disziplin auf der Welt – sie nennt sich Langzeitführung. Sie bedeutet, dass alle jederzeit ein Ziel haben, an dem sie sich orientieren, und dass sie spüren, dass die Geschäftsleitung in der Nähe sowie jederzeit bereit ist, vor Ort zu sein und mit den Verkäufern zu besprechen, wie es läuft.

Ich scheue mich nicht, meinen Verkäufern zu zeigen, dass ich genau weiß, dass es nichts Schwierigeres auf dieser Welt gibt, als einen Kunden dazu zu bringen, einen Auftrag zu unterschreiben. Die meisten Menschen nutzen jeden möglichen Handlungsaufschub, um den Moment zu umgehen, in dem die Karten auf den Tisch kommen – den sogenannten „Moment of Truth". Es geht um den Moment, an dem alles aufgedeckt wird – wo man sieht, ob man eine starke Verbindung geschaffen hat, ob man überzeugend gewesen ist, ob das Selbstwertgefühl in Ordnung ist und ob insgesamt all das, wofür man professionell einsteht, es wert ist, dass man sein Vertrauen darein setzt. Da draußen zu stehen und den Auftrag auf dem Block stehen zu haben, ist darum der größte Kick, den man bekommen kann. Wenn man den Vertrag mit dem Kunden erst geschlossen hat, ist man in einem Zustand voller Glück, doch gleichzeitig weiß man, dass die Arbeit jetzt erst beginnt. Jetzt ist der Kunde überzeugt und damit ist der Zeitpunkt gekommen, an dem man all das erfüllen muss, was man versprochen hat. Gleichzeitig muss man die Energie lebendig halten. Jetzt ist der Zeitpunkt gekommen, den Kunden mit Informationen darüber zu bombardieren, wie wichtig das neue Produkt ist. Er oder sie muss alle verfügbaren Mittel für das Merchandising erhalten – von Schachteln über Broschüren, Vitrinen, Aufklebern bis zu Roadshows, Partys und persönlichen Sparring. Darüber hinaus sollte es möglichst immer, wenn man eine Modezeitschrift aufschlägt, eine Anzeige für das Produkt geben oder einen redaktionellen Beitrag oder verschiedene Projekte wie beispielsweise unsere groß angelegte TV-Kampagne in Deutschland zu Ostern und zum Muttertag.

Der Leser hat jetzt sicher verstanden, dass es bei mir keinerlei Kompromisse gibt. Eine Sache, bei der das besonders deutlich wird, sind meine Partys. Wenn ich schon bei der Arbeit detailbesessen bin, dann gilt das doppelt, wenn ich Partys gebe. Darum gibt es in der deutschen Schmuckbranche kein größeres Gesprächsthema als meine Partys bei den großen Messen. Die beiden großen Anbieter Pandora und Thomas Sabo wollten bei der letzten großen Messe in Deutschland eigentlich nicht dabei sein. Doch als ihnen in diesem Jahr zu Ohren gekommen war, dass ich jetzt wieder im Spiel war und an der Messe teilnehmen würde, meldeten sie sich auch schnell an. Ihre Entscheidung beruhte natürlich auf der Angst, dass ich ihnen auf der Messe die Show stehlen würde. Doch ganz gleich, ob sie nun auftauchen oder nicht – sie werden kaum verhindern können, dass ich ihnen die Show stehle. Denn Fakt ist, dass bei diesen Messen *immer* ich es bin, der die Party gibt, über die alle reden werden. Und es wird eine riesige Show, bei der die ganze Nacht in großen Sälen auf mehreren Etagen gefeiert wird. Natürlich organisieren meine Leute die gesamte Struktur, doch ich liefere die kleinen Extras, die dazu führen, dass die Party ein unvergessliches Erlebnis wird. Bei solchen Gelegenheiten haben wir schon Gold/Schwarz-Themenpartys oder Flower Power-Partys gemacht oder andere Mottos genutzt, die gerade angesagt waren – darum freuten sich immer alle darauf. Solche Partys haben immer zahlreiche Überraschungsmomente, doch es gibt natürlich auch viele feste Beiträge. Es geht darum, so viele Menschen wie möglich auf die Bühne zu holen und die ansteckende Begeisterung zu schaffen, für die Endless Jewelry steht und die uns weiter voranbringt, bis wir die Größten der Welt sind. Vielleicht küren wir den hübschesten Juwelier, den Juwelier mit der besten Geschäftsentwicklung oder denjenigen, der die tollste Endless Jewelry-Auslage gestaltet hat usw. Es sind Künstler zur Unterhaltung da, es gibt Dinnertheater, Drinks in Hülle und Fülle und die Bar ist Endless – sowohl in Sachen Inhalte als auch bei der Schließzeit. In der Bar reichen nicht einfach Angestellte von Endless Jewelry ein paar Drinks über den Tresen, sondern es sind professionelle Barkeeper, die wissen, was dazugehört. Es gibt auch nicht einfach irgendeine gute Musik aus einer Stereoanlage, sondern perfekte Cafe del Mar-Loungemusik, gute Beleuchtung, gute Energie und gute Stimmung. Alles ist natürlich bis ins kleinste Detail durchdacht, damit sich jeder zu einhundert Prozent wohlfühlt. Auf den Messen gehen wir darum davon aus, dass am Tag danach die meisten Aussteller bis 12 Uhr mit einer Notmannschaft auskommen müssen.

Bei der Durchführung solcher Partys geht es auch darum, allen Angestellten zu zeigen: So machen wir es hier bei Endless Jewelry. Das fiel mir unter anderem auf, als ich den ersten großen Kick-off für unser neues englisches Verkäuferteam in Birmingham durchführte. Der Rahmen wurde von drei guten, erfahrenen Jungs geplant, die zwar die Branche aber offensichtlich mich noch nicht genug kennen. Darum lief es nicht ganz so, wie ich es gern gehabt hätte. Die drei hatten uns in einem Hilton Hotel eingebucht, hatten Kaffee und Kuchen zum Nachmittag und für den Abend dann irgendein Standardessen für die Verkäufer bestellt. Im Laufe des Tages nahm ich mir die Drei, die für das Event verantwortlich waren, beiseite und fragte sie, wie es ihnen gegangen war, wenn sie bei mir zu Besuch waren. Sie lachten und sagten, dass es ja immer fantastisch war. „Sie haben immer an alles gedacht", sagte einer von ihnen, worauf der nächste ergänzte: „Selbst wenn man um Mitternacht eine Grillwurst haben wollte, hat man eine bekommen."

„Gut", sagte ich dann. „Und jetzt haben wir hier gerade ein Meeting für 38 potenzielle, neue Verkäufer. Es handelt sich um die Leute, die in den nächsten Jahren gewährleisten sollen, dass Ihr, mit dem was Ihr in England gerade aufbaut, Erfolg habt. So gesehen ist es das wichtigste Meeting und der wichtigste Tag in Eurem ganzen Leben. Wie läuft es denn Eurer Meinung nach?"

„Naja …", sagten sie und nickten einander zu. „Alle wirken zufrieden und interessiert. Das nehmen wir mal als Zeichen dafür, dass es gut läuft."

„Und wer rettet es und garantiert, dass es gut gelaufen ist?“ fragte ich rhetorisch.

„Keine Frage, das sind Sie“, lautete die Antwort. „Sie können etwas ganz Besonderes, wenn Sie eine Bühne betreten. Das kann niemand von uns nachmachen.“

„Gut“, sagte ich freundlich, „und wo sind die Leckereien? Wo ist die Popcorn-Maschine? Wo sind die Wraps? Es gibt nichts Schlimmeres, als in einem Meeting zu sitzen und Hunger zu haben. Vergesst nicht, dass sich alle wohlfühlen sollen, damit sie sich freuen und Energie bekommen, wenn sie mit uns zusammen sind. Apropos Energie – wo ist denn eigentlich unser Redbull?“ Während sie sich etwas ratlos anschauten, setzte ich fort: „Soweit ich weiß, gibt es in der Schmuckbranche noch keine Dopingtests, und wenn es etwas gibt, das frisch macht und Energie gibt, dann ist das Redbull. Habt keine Angst davor, unseren Leuten Redbull zu geben. Es kommt niemand von irgendeinem Schmuckverband und testet hinterher, ob sie gedopt sind. Also könnt Ihr ohne Bedenken ausschenken.“

Im Laufe des Tages sorgte ich dann dafür, dass die Veranstaltung entsprechend ergänzt wurde. In einer Pause wurde allen Verkäufern eiskalte Redbulls serviert. Eigentlich sind Verkäufer nicht die lockersten Typen. Normalerweise sind es nette Menschen, die in Sakko und Schlips zur Arbeit gehen und daran gewöhnt sind, dass man sich an Formalitäten hält. Es gehört darum eigentlich nicht viel dazu, sie zu überraschen. Sie lassen sich schnell überzeugen, dass das, was gerade passiert, über das Gewöhnliche hinausgeht. Als nun plötzlich Redbull bei einem Schmuck-Meeting auf den Tisch kam, bei dem sonst nur Aussicht auf ein paar Kekse und Kaffee bestand, wurden sie wach und die Stimmung steigerte sich enorm. Als jeder seinen Redbull hatte, hielt ich eines der Endless Jewelry Schilder hoch, das jeder von ihnen am Eingang erhalten hatte. Ich sagte ihnen, dass sie ab jetzt an der Bar nur ihr Schild zeigen müssten, um den Rest des Abends und in der Nacht freie Getränke zu erhalten. Darüber hinaus sorgte das Hotel für die Übertragung des Fußballspiels zwischen England und Schottland und danach war Zeit für lockeres Beisammensein.

Als die Party zu Ende war, hatten alle einen fantastischen Tag erlebt und natürlich waren alle, die dabei waren, topmotiviert. Jetzt wussten sie, dass sie sich auf ein paar schöne Erlebnisse in ihrem Leben freuen konnten, wenn sie für mich arbeiten würden. Bei der abschließenden Auswertung und Zusammenfassung konnten wir feststellen, dass 38 Verkäufer die Produkte von Endless Jewelry vertreten wollten. Wir brauchten nur zwanzig und wir beschlossen, dass wir mit den zwanzig einen kleinen Ausflug nach Mallorca machen würden, um die gute Stimmung unter ihnen weiter zu entwickeln, bevor sie mit dem Verkauf starten sollten.

In einem Unternehmen sind die Verkäufer im Grunde eine Art Satelliten, die sich vom Alltag, den wir anderen haben, leicht losgelöst fühlen können. Darum darf man nie eine Gelegenheit versäumen, sie zu verwöhnen. Wenn ich Verkäufer zu Meetings zusammenbringe und eine Übernachtung dabei ist, steht auf ihrem Hotelzimmer immer ein kleines Goodie-Bag mit Schokolade, zwei kleinen Lakritz-Wodka, ein paar Kopfschmerztabletten und zwei Flaschen Wasser sowie mit einem persönlichen Gruß von meiner Schwester, die sagt, dass wir uns freuen, Zeit mit ihnen zu verbringen. In dieser Hinsicht läuft es bei vielen Unternehmen schief, weil sie für solche kleinen Details, die sie aus der Menge herausheben, keine Liebe aufbringen. Das Primäre am Geschäft ist für mich nicht das Geldverdienen, sondern dass man die Möglichkeit schafft, den Kunden und Mitarbeitern viel Liebe zu geben. Und wenn sich alles zusammenfügt, ist der finanzielle Erfolg eine ganz selbstverständliche Folge. Wenn man das macht und wenn man es richtig macht, kann aus einem kleinen Armband mit ein paar Kugeln ein Milliardengeschäft werden.

Wie zu sehen war, hatte Endless Jewelry direkt vom Start an Rückenwind. Wenn etwas in diesem Tempo größer wird, besteht immer die Gefahr, dass irgendjemand denkt: „Meine Güte, das läuft ja gut. Jetzt können wir es doch mal ruhiger angehen lassen.“ Erfolg kann berauschend sein und sich damit zu einem Ruhekissen entwickeln. Ganz gleich, was auch passiert – ich sage immer wieder, dass das, was wir gerade jetzt erleben, nichts ist im Vergleich zu dem, was wir erleben *möchten*. Wir können immer noch *viel* besser werden, wir müssen immer noch *mehr* Kunden bekommen und wir können immer noch *viel* schneller arbeiten. Wenn wir diese Sichtweise auf den Sport übertragen, werden die Dinge noch deutlicher. Hat man eine Mannschaft, die gegen eine andere, nicht besonders gute Mannschaft spielen soll, dann gibt es viele, die dazu tendieren, selbst so mittelmäßig zu werden. So etwas gibt es bei mir nicht. Ganz gleich, wie schlecht, wie wenig begeistert und wie talentlos unsere Gegner sind – sie werden nie unsere Einstellung zu den Dingen beeinflussen. Wenn wir ins Spiel kommen – sei es nun im Sport oder im Geschäft – dann spielen wir *jedes* Mal das volle Potenzial aus. Es gibt immer welche, die dann sagen: „Aber zwischendurch hat man doch auch mal das

Recht, mittelmäßig zu spielen." Ganz gleich, ob wir über Sport oder übers Geschäft reden, ist solch eine Mentalität vernichtend, denn sie färbt auf alle um uns herum ab – auf alle Kanäle und zuletzt auf die Endverbraucher. Nach meiner Philosophie muss man darum entweder sein Bestes geben oder man lässt es sein. Wenn unsere Mannschaft mit fünfzehn Führungstoren gewinnen kann, dann gewinnen wir also nicht mit acht.

Während der Startphase von Endless Jewelry in den USA hatte ich einen Geschäftstermin mit meinen amerikanischen Partnern in Miami. Bei dem Gespräch erzählten sie mir, dass sie sich das Ziel gestellt hatten, Endless Jewelry in den USA in 2.500 bis 3.000 Geschäften zu verkaufen. Ich fragte sie, wie sie zu dieser Zahl gekommen waren, und sie meinten, dass das die Zahlen der Konkurrenten Fossil und Pandora seien.

„Gut", sagte ich, „aber das ist nicht die Zahl, die *wir* haben werden. Regel Nummer 1 ist *immer*, dass es keinen Grund gibt, dass wir so sind, wie die anderen. Wir gehen daher von uns selbst aus und sehen, wo *wir* gern die obere Latte auflegen möchten." Da wurden meine neuen Partner hellwach. Jetzt hatten wir ihre ganze Aufmerksamkeit und ich fuhr fort: „Es gibt ja keinen Grund, dass wir uns gegenseitig auf die Schulter klopfen und finden, dass es prima läuft, und später entdecken wir, dass das Potenzial eigentlich viel größer als unsere Ziele gewesen ist. In Deutschland wird Endless Jewelry jetzt in etwa 1.400 Geschäften angeboten. Die USA sind etwa fünfmal größer als Deutschland und haben einen Umsatz, der 14-mal so groß ist. Warum sollten wir uns da mit weniger als 3.000 Kunden zufriedengeben? Wir werden ja eine *gähnende* Leere an ungenutztem

Potenzial hinterlassen! Ich schlage vor, dass wir 150 Verkäufer losschicken und uns darauf orientieren, dass wir Endless Jewelry in 5.000 bis 7.000 Geschäfte bekommen." Als ich das gesagt hatte, fielen meine Partner fast vom Stuhl.

„Kann man in so einem Tempo starten?!" riefen sie. „Wir haben noch nie erlebt, dass jemand so aggressiv auf einen neuen Markt gegangen ist. Sie müssen doch auch bedenken, dass es auf dem Markt viele Akteure gibt und dass es auch viele gibt, die Kopien herstellen."

„Das habe ich gehört", sagte ich, „aber wenn wir erst mal auf dem Markt sind, werden wir alle Kopien verdrängen. Das habe ich mit Pandora in Deutschland gemacht. Wäre Pandora hier in den USA ordentlich in die Puschen gekommen, wäre hier das Gleiche passiert. Fakt ist, dass Pandora hier alles verschlafen hat!"

„Aber wie verdrängen wir denn Kopien?" lautete die Frage.

„Der einzige Ort, an dem man nicht versuchen sollte, die Kopie einer Ware zu verdrängen, ist vor Gericht", sagte ich. „An allen anderen Orten machen wir sie einfach tot. Von Beginn an muss unsere Zielsetzung darin bestehen, dass wir in einem Format loslegen, bei dem kein Platz für jemanden bleibt, der versucht, mit Kopien unserer Produkte hineinzukommen. Darum schaffen wir zuerst gute Beziehungen zu den Juwelieren, damit wir ihnen sagen können, dass sie keine Geschäfte mit anderen als uns machen brauchen. Wenn sie erst sehen, wie wir mit ihnen arbeiten und was wir in Bezug auf Marketing, Service und so weiter für sie machen, werden sie schnell merken, dass sie niemanden sonst brauchen. Darüber hinaus müssen Sie daran denken, dass Endless Jewelry eine Marke ist. Wenn Kunden nach unserem Schmuck fragen, erkennt ja jeder, dass es nichts nützt, wenn der Juwelier eine Kopie hervorholt, die die Hälfte kostet, um den Kunden damit abzuspeisen. Unsere Kunden möchten natürlich nur die echte Ware."

So beredeten wir die Dinge eine Zeit lang und zuletzt erzählte ich ihnen die Geschichte vom Phaeton. Phaeton war eine Limousine, die von Volkswagen produziert wurde. Es handelte sich um ein fantastisches Fahrzeug der Luxusklasse, das die Hälfte von dem kostete, was man für andere Limousinen in gleicher Qualität bezahlen musste. Die Frage war, ob sich das Auto verkaufen ließ. Nein – natürlich ließ es sich nicht verkaufen. Denn nicht ein einziger Geschäftsmann mit Selbstachtung wollte ein Auto fahren, das zu einem Discountpreis gekauft worden war. Endless Jewelry ist wie gesagt eine Marke und vielleicht kann man das Produkt selbst kopieren. Doch alles das, was die Kunden zusätzlich in Endless Jewelry sehen, lässt sich nicht kopieren und damit sind die Kopien Dead Meat.

Als das Gespräch beendet war, waren wir uns einig, dass Endless Jewelry in den USA nach den gleichen Methoden wie in Deutschland eingeführt wird. In Deutschland haben wir uns bisher sechs Mal so schnell bewegt, wie es Pandora in der Startphase gelungen war. Das wollten wir natürlich auch in den USA schaffen. Der einzige Unterschied zwischen Deutschland und den USA war, dass unsere Zielvorstellung 14-mal so groß wie in Deutschland war. Bevor das Gespräch beendet war, wollten meine amerikanischen Partner auch wissen, ob wir nicht ein paar Kopien des beliebtesten Schmucks der Konkurrenten machen könnten. Hier musste ich mich wiederholen und das Gespräch damit abschließen, dass wir keine Kopien machen, sondern Kopien verdrängen.

Eine weltumspannende Marke wie Endless Jewelry zu starten, erfordert, wie man sieht, dass man auf viele verschiedene Bereiche achtet. Doch nichts ist wichtiger, als an einer Vision festzuhalten und diese zu kanalisieren, damit die Menschen, die damit zu tun haben, spüren können, dass das, wovon man redet, auch machbar ist. Vielen meiner Mitarbeiter bin ich mit meiner Vision immer ein gutes Stück voraus. Jeder von uns weiß, dass es gut 32 Millionen Frauen in Deutschland gibt, die wissen, was Pandora ist. Wir wissen auch, dass alle die neuen Juweliere, die Endless Jewelry bekommen haben, ihren Kunden sagen, dass sie sich die neue Kollektion anschauen sollen, die von demjenigen stammt, der Pandora gestartet hat. Genauso wie damals, als ich Pandora gestartet habe, kann ich schon jetzt die Augen schließen und sehen, wo Endless Jewelry in drei Jahren stehen wird. Dann kann man mit einem unserer Armbänder in Miami, Hamburg, London oder Paris auf die Straße gehen. Man kann drei zufällig ausgewählte Frauen anhalten und sie werden es sich anschauen und sofort rufen:

„Das ist ja ein Endless Jewelry Armband!“

CARSTEN GRAFF ERZÄHLT

# Treffen mit der Designerin

An einem Nachmittag führe ich ein Gespräch mit Christina Hembo, der Designerin der Kollektion Endless Jewelry. Sie empfängt mich in den Büroräumen von Endless Jewelry, und als wir uns setzen, beschließe ich, mit ihr zuerst über die Liebe zu sprechen:

„Wenn man jemandem Schmuck schenkt", sage ich, „geht es dabei ja um Liebe und warme Gefühle. Wie ist Ihr Verhältnis zur Liebe?"

„Sie macht einen großen Teil von mir aus", sagt Christina Hembo. „Als ich 2002 in London Design studierte, lernte ich meinen Mann Claus zufällig auf einer Straße kennen. Wir sind sehr verschieden, aber wir haben viele gleiche Träume und Ansichten über das Leben. Darum sind wir seit unserer Begegnung ein gutes Team – privat und beruflich."

„Wie haben Sie als Designerin begonnen?" frage ich.

„Vor etwa zehn Jahren hat mich Ryanair sehr inspiriert", erzählt Christina Hembo. „Ihre Idee war, eine Luxusware zu einem unerhört niedrigen Preis anzubieten. Claus kommt aus der Uhrenbranche und ich habe mich schon immer für Schmuck interessiert. Darum sprachen wir darüber, ob man nicht eine Serie klassischer, femininer Schweizer Uhren mit echten Edelsteinen herausbringen könnte, die sich Menschen mit normalem Einkommen leisten können. Auch wenn die Preise niedrig waren, wollten wir keine Kompromisse in Sachen Qualität eingehen. Darum würde es ein Produkt sein, das von Grund auf durchdacht und gut designt war. Jeder Entwurf wurde von Hand gezeichnet und individuell entwickelt. Als wir die Uhren vorstellten, wurden sie ein Riesenerfolg und heute werden sie auf der ganzen Welt verkauft. Später arbeiteten wir an der Entwicklung eines Uhrenarmbands aus genähtem Kalbsleder, mit dem die Frauen aus ihrer Uhr einen Sammelschmuck machen konnten. Es war das erste Mal auf der Welt, dass es Designerschmuck mit Charms aus echtem Silber, mit echten Edelsteinen gab, der die Zeit anzeigen konnte. Als wir den Juwelieren das Konzept vorstellten, wurde es überwältigend angenommen und daraufhin zu einem großen Erfolg – sowohl hinsichtlich des Designs als auch beim Umsatz."

„Warum lieben die Kunden Ihrer Meinung nach das, was Sie und Claus machen?"

„Die Frauen mögen es, dass wir echte Edelsteine und andere echte Materialien verwenden und dass wir keine synthetischen Sachen einsetzen", erklärt Christina Hembo. „Und ich glaube auch, dass sie es nicht gewöhnt sind, eine solche Qualität zu einem verhältnismäßig günstigen Preis zu erhalten. Die Edelsteine kleben wir beispielsweise nicht an den Schmuck, sondern wir setzen sie in Handarbeit in Silberfassungen ein. Das macht den Schmuck sehr viel haltbarer. Wir achten auch darauf, dass das ganze Konzept praktisch ist. Darum werden beispielsweise alle Silberanhänger rhodiniert. Das heißt, dass sie nicht so aufwändig wie Silber gepflegt und geputzt werden müssen. Es muss den Frauen leicht fallen, den Schmuck an- und abzulegen oder die einzelnen Charms auszutauschen. Als Frau weiß ich, wie wichtig es ist, dass man selbst zurechtkommt, wenn man seinen Schmuck anlegt."

„Wie begann die Zusammenarbeit mit der Familie Nielsen?“

„Es war nicht schwer festzustellen, dass unsere Werte gut zueinander passten“, sagt Christina Hembo. „Wir haben zu vielen Dingen die gleiche Einstellung. Mein Mann und ich sind sehr sportbegeistert. Wir haben unter anderem Fahrradrennsport gesponsert. In Bezug auf Schmuck haben Claus und ich die gleiche Vision wie Jesper: Es geht darum, eine einmalig hohe Qualität zu schaffen, die auf eine breite Zielgruppe ausgerichtet ist. Als Jesper unser Konzept sah, stand für ihn außer Frage, dass es genau das war, wonach er gesucht hatte.“

„Können Sie etwas darüber erzählen, wie Sie Ihren Schmuck und die Anhänger entwerfen?“ frage ich.

„Natürlich“, sagt Christina Hembo. „Ich kann mich nicht einfach hinsetzen und dann kommen die Ideen. Ich finde viele Anregungen in der Natur oder wenn ich durch die Städte schlendere und mir Designs anschaue. Klassische Oldtimer können beispielsweise eine Goldgrube für Inspirationen sein, weil sie häufig viele kleine Details haben, die in mir Ideen für die Schaffung paralleler Designs entstehen lassen. Wenn ich unterwegs bin, habe ich immer einen Zeichenblock dabei, damit ich eine Idee schnell skizzieren, festhalten oder zeichnen kann. In allem, was ich gestalte, ist es mir wichtig, dass eine Geschichte, eine Idee oder ein paar Gedanken darin enthalten sind. Bei meinen Spaziergängen am Wasser habe ich ein Ocean-Thema entwickelt und Anhänger ausgehend von Seesternen, Fischen und Delfinen entworfen. Für dieses Thema verwende ich unter anderem blauen Topas sowie weiße und schwarze Diamanten und weiße Saphire. Alles wird so zusammengefügt, dass es mit dem Lederband eine Einheit bildet.” Christina Hembo hält einen kleinen Anhänger hoch und zeigt mir einen Delfin, der so gestaltet wurde, dass es aussieht, als würde er um das Lederband herum schwimmen. „Das hier ist also nicht nur ein Anhänger, der einen Delfin darstellt“, erzählt sie weiter, „sondern ein Delfin, der ausgehend von seinem Zusammenspiel mit dem Lederband designt wurde. Wie Sie sehen, wurde das Design selbst mit viel Liebe gestaltet, aber es wurde auch daran gearbeitet, dass eine Einheit mit dem Band entstehen kann. Wenn Sie die einzelnen Anhänger drehen und wenden, entdecken Sie immer wieder neue Details.“ Christina Hembo nimmt den Delfin und zeigt mir einen anderen Anhänger: „Hier sehen Sie eine Süßwasserperle, die in einem Blatt liegt. Das Blatt entdeckte ich eines Tages bei einem Waldspaziergang und da kam mir der Gedanke, wie schön es aussehen würde, wenn in dem Blatt eine Süßwasserperle läge. Wenn ich diese Anhänger entwerfe, beginne ich mit einer Handzeichnung. Danach erstelle ich eine zweidimensionale Zeichnung am Computer und anschließend habe ich einen technischen Zeichner, der sie mit Maßen, Tiefe und allen anderen Details versieht, die für die Herstellung des Schmucks wichtig sind. Jedes Design hat eine ganz eigene Zeichnung und seine Geschichte, die aus der Idee entsteht, nicht den kurzlebigen Markttrends zu entsprechen, sondern ewig bleiben zu können. In dieser Hinsicht ist Endless Jewelry in meinen Augen der perfekte Name. Wir beschäftigen uns ja damit, etwas zu erschaffen, das keiner bestimmten Mode angepasst sein soll, sondern das für immer und ewig in allen Kulturen funktionieren kann.“

„Was ist eigentlich das Besondere an der Beziehung zwischen Frauen und Edelsteinen?“ frage ich. „Selbst wenn wir in unserer Kultur viel über Gleichberechtigung sprechen und davon, dass Frauen und Männer alle Dinge gleichberechtigt tun sollen, schütteln wir ja dennoch nicht hoffnungslos mit dem Kopf, wenn wir einen Song wie: ‚Diamonds are a girls best friend' hören."

„Eine Frau weiß, dass ein echter Edelstein, den sie von einem Mann geschenkt bekommt, einen symbolischen Wert hat", sagt Christina Hembo. „Das Echte ist auch ein Symbol dafür, dass Gefühle und Absichten echt und ernst gemeint sind. Einmal saß ich mit einer Freundin zusammen und sie zeigte mir einen Ring, den sie vor einigen Jahren von ihrem Liebsten bekommen hatte. Ich sah, dass in den Ring ein kleiner, weißer Stein eingelassen war. Als ich sie fragte, was es für ein Stein wäre, sagte sie, dass er sicher nicht echt wäre. Eines Tages wollten wir den Stein doch gern testen. Meine Freundin fand heraus, dass es sich um einen *echten* Diamanten handelte, und das hatte einen positiven Einfluss auf die Beziehung zu ihrem Liebsten. Zuvor hatte sie nicht geglaubt, dass er so viel für einen Stein ausgeben würde. So verband sich ihre gefühlsmäßige Reaktion mit der Symbolik, die dieser Stein verkörperte. Auch wenn Gefühle natürlich nicht durch Diamanten allein entstehen können, glaube ich schon, dass ein Edelstein für viele Frauen eine besondere Bedeutung hat."

„Es ist ja interessant, dass Edelsteine sehr hart sind, wogegen Gefühl eigentlichen das Weiche symbolisiert. Wo gibt es hier einen Zusammenhang?" frage ich.

„Hier geht es darum, dass sich Kontraste oft sehr gut ergänzen", sagt Christina Hembo. „Auch mein Mann und ich sind Kontraste, die zusammengefunden haben. Es kann eine sehr große Stärke daraus entstehen, wenn sich Kontraste finden, denn sie bilden zusammen eine Einheit – genau wie die Symbolik in Ying und Yang."

„Gut“, sage ich. „Ich habe jetzt keine Fragen mehr, aber vielleicht können Sie zum Abschluss kurz etwas darüber erzählen, womit Sie sich in diesen Wochen beschäftigen?“

„Ich arbeite gerade an einer Serie von Anhängern, die Kinder, Schwangerschaft und Geburten thematisieren, und mit sogenannten Birth-Stones, bei denen jedem Monat ein Edelstein zugeordnet wird“, sagt Christina Hembo. „Gleichzeitig verarbeite ich auch die Symbolik, die darin liegt, ein Kind zu bekommen – Sicherheit schaffen, ein Nest bauen, Ruhe für die Energie schaffen, die entsteht, wenn ein neues Menschenkind auf die Welt kommt. Es handelt sich ja um ein Ereignis, das im Leben jeder Frau kolossal viel Raum einnimmt. Es sollte geehrt werden, indem ihr Mann ihr zur Erinnerung an die Geburt ihres gemeinsamen Kindes echten Schmuck schenkt. Ich verwende in diesen Wochen viel Zeit dafür, um bei den Stimmungen zu verweilen, die zu einer Geburt gehören. Langsam entstehen die Ideen und Inspirationen, die sich zu den einzelnen Designs entwickeln. Gleichzeitig beschäftige ich mich auch mit anderen Bereichen. Bevor Sie kamen, hatten Claus und ich gerade ein Gespräch mit Jesper, und bei diesem Gespräch habe ich mir ein paar Schlüsselwörter für Themen meiner kommenden Kollektionen notiert.“ Christina Hembo schaut in ihr Notizbuch und liest laut vor. „Auf der Liste stehen zum Beispiel Natur, Liebe, Strand, Weihnachten, Großstadtleben, Urlaub, Ruhe, Farben, Energie, Blumen, Tiere, das Universum, die Sonne, der Mond, Märchen, Feen, Magie, Samen, Prinz und Zauberer. Alles Bereiche, bei denen ich sicher bin, dass viele Frauen, die Endless Jewelry mögen, in ihnen eine Symbolik finden können, die für sie persönlich eine Bedeutung hat.”

CARSTEN GRAFF ERZÄHLT

# Zu Besuch bei der Familie

Wir sind mit Jesper Nielsens Buch fast fertig, doch bevor es in Druck gehen soll, haben wir seinen Vater, seine Mutter und seine Schwester gebeten, es zu lesen und ihre Anmerkungen dazu zu machen. Eines Abends, als Jesper Nielsen auf Mallorca ist, fahre ich darum los und treffe mich mit der Familie im Elternhaus etwas außerhalb von Kopenhagen, um mit ihnen über das Buch zu sprechen. Jesper Nielsens Vater Jan empfängt mich an der Tür und ich setze mich mit der Mutter Dorthe und der Schwester Annette an den Wohnzimmertisch, um zu hören, was sie über das Buch denken. Einige Minuten steht Jan Nielsen am Tisch und nimmt am Gespräch teil. Dann zieht er sich zurück und überlässt uns anderen das weitere Gespräch. Bei Gesprächen dieser Art haben offensichtlich die Frauen das Wort.

„Ich habe das Buch zweimal gelesen", sagt Dorthe Nielsen und lächelt. „Ich muss sagen, über das Ergebnis bin ich sehr erfreut. Wenn ich lese, was Jesper erzählt, spüre ich sowohl seine Neugier auf das Leben als auch seine Ehrlichkeit."

„Als er zu Beginn über das Verhältnis zu seiner Familie sprach", sage ich, „zweifelte ich wirklich an seiner Ehrlichkeit. Ich glaube, dass es nicht nur mir, sondern auch vielen anderen in unserer Kultur schwerfällt, sich vorzustellen, dass man mit seiner Familie in dieser Weise zusammenarbeiten kann." „Wir sind eine sehr starke Familie", sagt Dorthe Nielsen. „Wir teilen alles. Gleichzeitig sind wir alle sehr unterschiedlich und sehr stur. Aufgrund dieser Unterschiede verteilte sich die Arbeit ganz selbstverständlich. Es ist immer so gewesen, dass wir alle sehr große Achtung vor dem hatten, was die anderen getan haben."

„Wären wir alle gleich", sagt Annette Nielsen, „bin ich ziemlich sicher, dass es in einem Chaos geendet hätte. Aber weil wir so verschieden sind, fällt es uns schwer, einander im Weg zu stehen. Gleichzeitig darf man nicht vergessen, dass in der Familie viele Dinge geschehen sind, die nichts mit Jespers Geschäftsprojekten zu tun haben. Jesper und ich sind unser ganzes Leben lang ja auch damit beschäftigt, unsere Eltern in vielerlei Hinsicht zu unterstützen. Gleichzeitig hat die Arbeit in unserer Familie immer eine große Rolle gespielt, und wenn einer von uns viel zu tun hat, sind wir anderen da, um zu helfen. Als Jesper damals die Tankstellen übernommen hatte, war es darum ganz selbstverständlich, dass wir uns da einbrachten. Neben unseren anderen Jobs war jeder von uns auch an der Tankstelle – an der Kasse, wenn Ware gezählt werden musste, wenn sauber zu machen war oder irgendetwas anderes. Das Gleiche haben wir gemacht, als Jesper für die Supermarktkette arbeitete."

„So war es auch, als Annette zum ersten Mal ins Ausland ging und in Kroatien arbeitete", sagt Dorthe Nielsen. „In einem Urlaub flogen Jesper, Jan und ich dorthin, um ihr zu helfen und um Anteil an dem zu nehmen, was sie dort machte."

„Hatten Sie nie Konflikte mit Ihren Kindern?" frage ich Dorthe Nielsen.

„Nein“, sagt sie. „Man hört so viel über den Widerstand von Teenagern gegen ihre Eltern, doch so etwas hat es in unserer Familie nie gegeben.“

„Sie hatten ja auch zahlreiche gleiche Interessen mit ihren Kindern, die sich ganz selbstverständlich ergaben“, sage ich. „In Form von Sport und Musik.“

„Ja“, sagt Dorthe Nielsen. „In alles, wofür sich unsere Kinder interessierten, waren wir einbezogen, und so war es auch umgekehrt. Innerhalb der Familie konnten wir alle unsere Leidenschaften miteinander teilen – ganz gleich, worum es dabei ging.“

„Ihr Sohn hat sich in den Medien ja häufig sehr direkt geäußert“, sage ich. „Gibt es niemanden in der Familie, der bei den Dingen, die er getan oder gesagt hat, peinlich berührt war?“

„Nein – niemand von uns hat sich so gefühlt“, sagt Dorthe Nielsen. „Wir sind alle sehr verschieden, doch wenn sich einer von uns hinstellt und eine bestimmte Meinung zum Ausdruck bringt, dann stehen wir uns immer gegenseitig bei.“

„Ich war ein einziges Mal peinlich berührt“, erzählt Annette Nielsen. „Das war ganz am Anfang, als Jesper mit seiner Sache in Deutschland begann und er so unfassbar schlecht die Sprache sprach. Aber das hat er ja schnell gelernt.“

„Ja“, sage ich. „Heute sehen Sie Deutschland als Heimatland des Konzerns, den Sie aufgebaut haben. Und genau hier beginnen Sie jetzt mit dem Verkauf Ihrer neuen Marke Endless Jewelry. Wie fühlen Sie sich dabei?“

„Fantastisch“, sagt Dorthe Nielsen und ihre Augen leuchten. „Jeden Tag spüre ich das Kribbeln in den Fingern, um endlich loslegen zu können. Wir haben ja unser Baby

Pandora verloren und darüber waren wir sehr traurig. Auch wenn uns Pandora ja nie gehörte, haben alle unsere Mitarbeiter und Kunden Pandora als ‚unser' empfunden. Als Pandora aufgekauft wurde, verloren wir jeden Einfluss auf das Unternehmen und darum mussten wir uns zurückziehen. Weil wir nicht mehr für sie da sein konnten, fühlten sich viele unserer Mitarbeiter abgewiesen und waren sehr enttäuscht. Jetzt haben wir unser eigenes Produkt und können darum alles selbst bestimmen. Das gibt uns eine unbeschreibliche Energie und gleichzeitig bietet es die Chance zurückzukehren."

„Können Sie sagen, was Sie bei der Arbeit mit Endless Jewelry am meisten freut?"

„Ich bin schon sehr weit gekommen, um die Firma in die Spur zu bringen, und ich freue mich, dass ich weitermachen kann", sagt Dorthe Nielsen. „Bei mir funkt es, wenn ich Systeme aufbauen kann, damit wir die Finanzen und die Logistik steuern können. Wenn die Systeme bereit sind, muss man nur den Knopf drücken und dann läuft die Firma so, dass Ware ausgeliefert werden kann, Rechnungen geschrieben werden können und so weiter. Darüber hinaus freue ich mich einfach, dass ich von Menschen umgeben bin, die alle zusammenarbeiten, um das gleiche Ziel zu erreichen."

„Für mich ist es auch der Gedanke der Zusammenarbeit, der mich am meisten anzieht", sagt Annette Nielsen. „Es wird fantastisch, morgens zur Arbeit zu kommen, um mit den Mitarbeitern zu reden, Lösungen zu finden, und es ist toll, dass es wieder die Familie ist, die gemeinsam die Tagesordnung bestimmt und allem Auftrieb gibt. Bei Pandora arbeiteten wir zuletzt ja in einem Konzernzirkus, in dem alle Entscheidungen durch eine Unmenge von Türen mussten. Das verursachte viele Probleme. Dass wir einem Vorstand unterstellt waren, der nicht begriffen hatte, was da draußen bei den Kunden geschah, bedeutete, dass wir zu unseren Mitarbeitern und Kunden oft ‚Nein' sagen mussten. Ich freue mich darum, wieder ein Unternehmen aufzubauen, das als lebendiger Organismus funktioniert, in dem es wieder möglich ist, zu allem ‚Ja' zu sagen. Das neue Unternehmen soll eine Leichtigkeit haben, die schnelle Entscheidungen möglich macht, ohne in Bürokratie festzuhängen. Da, wo die Familie jetzt steht, haben wir eine Unmenge an Erfahrung und es wird spannend zu erleben, was passiert, wenn unsere Erfahrungen wieder ins Spiel kommen. Jetzt wissen wir ganz genau, was wir tun müssen. Wir wissen in etwa, *wie* wir es tun müssen und wir wissen jede Menge darüber, was wir *nicht* tun dürfen."

„Wie viel arbeiten Sie für Endless Jewelry in diesen Monaten?" frage ich.

„Es sind jeden Tag viele Stunden", sagt Dorthe Nielsen, „aber es ist nicht geplant, dass ich so aktiv sein werde, wie bei Pandora. Als wir damals mit dem Aufbau von Pandora begannen, war ich 57 und arbeitete von acht Uhr morgens bis zehn Uhr abends. Es war eine gute Zeit und ich war so begeistert, dass die Arbeit für mich nie eine Last war. Viele haben sich über meine Leidenschaft für Pandora gewundert und konnten nicht verstehen, dass Jan und ich unsere guten Einkommen aufgaben und eine Hypothek auf unser Haus aufnahmen, um etwas in der Schmuckbranche aufzubauen. Es war für uns doch eigentlich an der Zeit, zu reisen und uns zu entspannen. Stattdessen entschieden wir uns, eine große Chance zu ergreifen und bei einem völlig wahnsinnigen Projekt mitzumachen, mit dem wir uns fast rund um die Uhr beschäftigten."

„Als Jesper startete, hatte ich einen guten Job als Juristin in einem Ministerium“, sagt Annette Nielsen. „Die Anstellung gab mir viel Sicherheit und ich hatte gute Karriereaussichten. In diesem Umfeld gab es auch niemanden, der begreifen konnte, dass ich dort wegging, um mit meiner Familie zusammenzuarbeiten. Ich selbst sah es als die Chance, auf die ich lange gewartet hatte, um aus dem Leben als Lohnsklavin auszubrechen und mein eigenes Leben gestalten zu können. Dass es noch dazu mit der Familie sein sollte, machte es für mich nur noch attraktiver.“

„Bei Ihrer Arbeit mit Pandora konnten Sie keinen Schmuck in Dänemark verkaufen“, sage ich. „Werden Sie das zukünftig tun?“

„Nein“, sagt Annette Nielsen. „Als Schmuckmarkt ist Dänemark für uns nicht interessant. Stellen Sie sich vor, Jesper kommt in Dänemark zu einem Juwelier. Dieser Juwelier sieht ja nicht den Schmuckverkäufer, sondern den Jesper Nielsen, den die Medien erschaffen haben. Hier in Dänemark überlagern all die Geschichten, die über Jesper durch die Presse verbreitet wurden, viel zu viel, und wir möchten keine Energie dafür aufwenden. Die Welt ist sehr groß und darum gehen wir hinaus in die Welt auf Märkte, auf denen wir für das, was wir können anerkannt sind, und wo wir uns nicht zu all dem äußern müssen, was in der Presse geschrieben wurde. Das, was wir können, ist Schmuck verkaufen, vermarkten und vertreiben.“

STUNT NR. 10

# Etwas bewegen

Am Beginn dieses Buches habe ich gesagt, dass es keine Formel oder Methode gibt, mit der man Erfolg erschaffen kann. Aber auch wenn das stimmt, ist es nur die halbe Wahrheit. Man kann schon sagen, dass es eine Methode gibt. Doch viele Menschen neigen dazu, sie zu übersehen. Sie lautet: *Etwas Bewegen* – und zwar von morgens bis abends. Wenn wir eine Formel aufstellen wollten, wie dieses ‚Etwas Bewegen' in Erfolg umgewandelt werden kann, setzen wir einmal voraus, dass man in seinem Unternehmen 500 Mitarbeiter hat. Als Vorstand kann man sich dafür entscheiden, ihnen etwas Besonderes zu bieten, sie wertzuschätzen und dafür zu sorgen, dass sie mit dem, was sie tun, zufrieden sind. Man kann ihnen einen Alltag bieten, in dem sie erleben, dass sie Erfolg in ihrem Job haben. Vielleicht ist das zuletzt Genannte das größte Geschenk, das man einem Mitarbeiter überhaupt machen kann. Für die meisten Menschen kann es dann soweit gehen, dass es ihnen fast egal ist, welchen Lohn sie bekommen – Hauptsache sie erleben, dass sie mit den Aufgaben, die sie erledigen, Erfolg haben. Baut man ein Unternehmen auf, in dem 500 Mitarbeiter das Gefühl haben, dass sie immer, wenn sie bei der Arbeit sind, Erfolg haben, entsteht eine Magie. Das Ergebnis ist ganz einfach: Jeder im Unternehmen arbeitet etwas mehr und etwas länger als die Konkurrenten. Bietet man Menschen den richtigen Rahmen, damit die positivsten Gefühle entstehen, wenn sie etwas bewegen, dann bekommt man zu Beginn und zum Ende jedes Arbeitstages leicht eine Stunde

zusätzlich. Die Formel, die wir aufstellen können, sieht dann in aller Schlichtheit so aus:
500 Angestellte + der richtige Rahmen = 1000 Stunden zusätzlich erledigte Arbeit pro Tag.
Die oben stehende Formel gibt einen Einblick, wie ich Unternehmen oder Projekte aufgebaut habe, die ständig überraschen und in einem Tempo wachsen konnten, das niemand für möglich gehalten hätte. Wenn man eine große Gruppe von Menschen hat, in der jeder täglich ein paar zusätzliche Stunden arbeitet, kann man kaum vermeiden, dass man in der gleichen Zeit viel weiter als andere Unternehmen kommt. In Sachen Arbeit hatte ich selbst immer Lust, etwas mehr als das Geforderte zu leisten. Das färbt ganz schnell auf mein Umfeld ab. Das war schon immer so und hat damit zu tun, dass ich aus einer Familie stamme, in der immer viel gearbeitet wurde. Mein Vater war Elektriker und meine Mutter ursprünglich Erzieherin im Kindergarten. Seit ich ganz klein war, habe ich von niemandem in meiner Familie oder in unserem Umfeld gehört, der Angst davor hatte, etwas zu bewegen. Gleichzeitig sind wir in unserer Familie Perfektionisten, die nicht nur das absolut Nötigste tun, sondern immer dafür sorgen, aus den Dingen etwas mehr herauszuholen. Das Grundlegende muss einfach nur in Ordnung sein. Der Kunde kennt es und erwartet, dass man vereinbarungsgemäß liefert. Das, worin man einen Unterschied machen kann, sind die Verpackung und die kleinen Details. Wir waren immer sehr gut darin, dafür Platz in unseren Geschäftsmodellen zu schaffen. Ich sage zu meinen Mitarbeitern immer, dass sie bei dem, was sie tun, die Liebe nicht vergessen dürfen. Was das bedeutet, kann ja von Kunde zu Kunde ganz unterschiedlich sein. Doch bei

unserem Schmuckvertrieb könnte es beispielsweise bedeuten, dass wir, bevor wir ein Paket verschließen, das an den Kunden verschickt werden soll, zwei Bonbons und einen netten Gruß mit in das Paket legen. Die Sache mit den Details, der extra Portion Liebe, dem kleinen Sonderservice ist etwas, das mir immer sehr wichtig war. Wenn man immer wieder für so etwas sorgt, dann baut man eine Beziehung zu den Kunden auf, von der man zehren kann, wenn man mal einen Fehler macht oder etwas verspricht, was man trotzdem nicht halten kann. Es ist aber wichtig nicht zu vergessen, dass man nicht zaubern kann – man darf nicht glauben, dass die Dinge schon laufen werden, wenn man dem Kunden ein kleines Extra bietet, aber keine vernünftige Basisware liefert. Man muss gute Produkte in hoher Qualität liefern, einen sicheren Versand bieten können und man muss ein Partner sein, auf den sich der Kunde verlassen kann und der den Kunden in allem unterstützt, was er oder sie tut. Wenn das läuft und man gleichzeitig ein kleines Extra bietet, dann entsteht die Magie im Geschäft.

Zu der Zeit, als ich bei Pandora CWE aufhörte, gab es eine Veränderung, die ich bemerkte, wenn ich abends an unseren Büros vorbeifuhr. In den Fenstern war früher immer Licht, selbst wenn man um zehn oder um elf Uhr nachts vorbeigefahren ist. Doch jetzt wurde das Licht plötzlich schon nachmittags um halb fünf ausgemacht. Dass die Mitarbeiter früher viel mehr gearbeitet haben, lag nicht daran, dass es jemanden gegeben hat, der sie zu Überstunden gezwungen hat. Es lag daran, dass in der Firma ein bestimmter Geist herrschte und eine besondere Liebe zur Arbeit. Es war eine Lust, die aus sich selbst entstand und die dazu führte, dass man zusätzlichen Einsatz zeigte. Gleichzeitig war diese Mehrarbeit niemals etwas, wofür die Mitarbeiter gelobt werden wollten. Die Mitarbeiter taten es, weil sie Leidenschaft für die Arbeit empfanden, die sie erledigen sollten. Es war jedoch interessant zu sehen, dass es nicht die Arbeit selbst war, die diese Leidenschaft erschuf. Die Quelle der Leidenschaft lag in der Energie und der Nähe, die durch einen bestimmten Führungsstil geschaffen wurden. An dem Tag, als diese Nähe verschwand, ging die Magie den gleichen Weg. Das geschah genau in dem Moment, als ein optimierter und profitorientierter Vorstand das Kommando übernahm.

STUNT NR. 11

# Freude auf die Zukunft

Vor Kurzem sprach ich mit meinem großen Sohn David, 15 Jahre, über die Zukunft. Sein Ziel ist es, einmal so wie ich zu arbeiten. Darum fragte er mich, welche kaufmännische Ausbildung er meiner Meinung nach wählen sollte, wenn er eines Tages Unternehmensvorstand sein wollte. Meine Antwort lautete, dass er überhaupt keine Ausbildung brauchte, um Direktor zu werden. Wenn er mit der Volksschule fertig ist, sollte er aufs Gymnasium gehen und hier fit in Fremdsprachen werden. Den Rest wird er dann schon lernen, wenn er in ein Unternehmen kommt und praktische Erfahrungen sammeln kann. Je länger man in die Schule geht und den Erwartungen entspricht, unnütze Dinge zu lernen, umso festgefahrener wird man. Das Problem besteht darin, dass man ganz einfach darin geschult wird, seine Zeit für etwas zu nutzen, das draußen in der Realität gar nicht funktioniert. Soll ein Unternehmen in der Gesellschaft der Zukunft überleben, muss es in der Lage sein, aus den gesetzten Rahmen auszubrechen. Es muss ständig in der Lage sein, etwas zu tun, was man nicht von ihm erwartet. Ich glaube nicht, dass Nokia und die anderen Steve Jobs ernst genommen haben, als er seine Vision davon präsentierte, wie wir einmal jede Menge Aufgaben vom Computer auf das Handy verlagern würden. Die Vision, von der er sprach, kennen wir heute als iPhone. Diese Idee hatte Steve Jobs ja nicht, weil er zur Schule gegangen war und gelernt hat, wie alle anderen zu denken, sondern es war ein langer

Prozess, in dem er schließlich den Mut fand, über die Rahmen hinaus zu denken.

Wenn ich selbst eine Schule gründen sollte, würde ich die Köpfe der Schüler nicht mit einer Unmenge an Wissen über die Vergangenheit füllen. Stattdessen würde ich ihnen lieber beibringen, sich auf die Zukunft zu freuen. In meinem Leben habe ich nur sehr wenig Zeit damit verbracht, die Vergangenheit zu beurteilen und zu dokumentieren. Ganz gleich wie man es auch betrachtet, das Vergangene ist immer vorbei. Selbst wenn man etwas aus der Vergangenheit lernen kann, darf sie nicht zu viel Raum einnehmen. Es ist eine Floskel, aber in dem Sprichwort, dass Vorfreude die schönste Freude ist, liegt etwas Wahres. Darauf zu warten, dass etwas geschehen wird, ist eigentlich der lebensbejahendste Zustand, den man sich denken kann. Bei meiner Arbeitsweise bin ich immer gespannt darauf, was passieren wird. Das bedeutet, dass ich niemals Angst davor habe, dass etwas schief gehen könnte. Als ich mit der Handballmannschaft gearbeitet habe, hatte ich beispielsweise nie Angst davor, ob wir ein Spiel gewinnen oder verlieren würden. Ich freute mich immer darauf zu gewinnen, ohne dabei Angst vor dem Verlieren zu haben. So ging es mir auch immer mit meinem Unternehmen und darum stehe ich leicht schon als Sieger da, bevor das Spiel überhaupt begonnen hat.

In der Freude auf die Zukunft liegt eines der Geheimnisse, wie man in einem Unternehmen eine Gewinnerkultur aufbaut. Und ist sie erst entstanden, ist es keine Katastrophe zu verlieren. Auch mal zu verlieren, spielt im Grunde keine Rolle, weil man sofort damit beginnt, sich auf den Gewinn des nächsten Spiels vorzubereiten. Wenn ich an einem Projekt arbeite, gibt es darum im Vorfeld keine Unmengen an Szenarien dazu, was passieren soll, wenn die Sache nicht gelingt. Bei mir arbeitet man immer ausgehend von der Idee, dass wir uns immer optimal vorbereitet haben und darum nichts zu befürchten haben. Eigentlich ist das einer der Bereiche, in dem ich denke, dass Sport und Geschäft zwei Seiten einer Medaille sind. Die meisten verstehen es, wenn man Leidenschaft für seine Arbeit empfindet, aber es gibt viele, denen es schwerfällt zu begreifen, warum man eine Leidenschaft für einen bestimmten Sportverein haben kann. Dass mich Sport und Geschäft so anziehen, hängt im Grunde mit der gleichen Leidenschaft zusammen. Weder im Sport noch im Geschäft interessiert es mich besonders, wie wir gegen unsere Konkurrenten gewinnen oder was diese machen. Am wichtigsten ist es, eine fantastische Mannschaft oder eine fantastische Firma aufzubauen, die immer optimale Leistungen bringt. Wenn es gelingt, optimale Leistungen zu bringen, gehört es dazu, dass man gut wird – vielleicht wird man noch dazu Weltbester – und von dieser Position aus ist finanzieller Erfolg in der Regel einfach nur eine selbstverständliche Folge. Bei meinem Sohn David merke ich, dass er schon jetzt beginnt, diese Art von Leidenschaft zu zeigen, die ich von mir kenne. Die Leidenschaft, die er am stärksten spürt, ist auch eine meiner Leidenschaften – nämlich der Fußballclub Barcelona. Wenn David über Barcelonas Mannschaft spricht, ist immer sehr deutlich zu spüren, wie stark seine Gefühle für diesen Club geworden sind. Als wir im Sommer 2013 zusammen auf Mallorca waren, fragte er, ob wir nicht nach Spanien fliegen könnten, um Barcelona beim Training zu erleben. David fand heraus, wann die Spieler trainierten, und wir setzen uns dann in einen Flieger nach Barcelona. Zu diesem Zeitpunkt wusste ich natürlich, dass er Barcelona mochte. Aber auf der Reise war ich trotzdem überrascht zu bemerken, wie viel es ihm bedeutete, die Spieler beim Training zu sehen. Darum lud ich ihn zum nächsten Heimspiel des Clubs ein.

Auf unserer Fahrt zum Heimspiel von Barcelona genoss ich es wirklich, Davids Freude darüber zu spüren, dass wir auf dem Weg nach Spanien waren, um das Spiel zu erleben. Das Zusammensein mit ihm ließ mich an meine frühere Leidenschaft für den Fußballclub Brøndby IF denken. Ich wusste immer, wann ihre Spiele waren. Es war mir viel daran gelegen, *alle* ihre Spiele zu sehen, und ich war vor Spielbeginn immer außergewöhnlich nervös. Dies für seine Mannschaft zu empfinden, ist ein ganz besonderes, intensives und fantastisches Gefühl. Doch als David und ich auf dem Weg in das große Stadion in Barcelona waren, spürte ich auch, wie weit ich mich vom Brøndby IF entfernt hatte. Die letzten Male, als ich ein Spiel von Brøndby IF sah, hatte ich noch nicht einmal die Energie aufzuspringen, wenn sie ein Tor geschossen hatten. Als ich in das Stadion von Barcelona kam und diese Energie spürte, wurde mir ganz klar, warum mein Interesse am Fußballclub Brøndby IF verschwunden war. Warum sollte ich ein Fan eines Clubs sein, der heute nur ein Schatten dessen ist, was er einmal war, und seine Kraft nicht dafür einsetzt, zu gewinnen, sondern dafür, den Abstieg zu verhindern? Die jetzige Clubleitung von Brøndby IF interessiert in erster Linie, dass der Club ein finanziell vertretbares Geschäft sein soll. Das sollen sie natürlich auch, aber wenn die Geschäftsleitung ihren Hauptschwerpunkt hier sieht, wird der Club niemals wieder groß werden. Der alte Brøndby IF war eine Parallelwelt zu meiner Lebensansicht und Philosophie, doch der neue Brøndby IF wurde ausgehöhlt und hat in gleicher Weise wie Pandora seinen Pulsschlag, seine Dynamik und damit seine Energie verloren. Innerhalb von nur wenigen Jahren hatte mein Leben in mehreren Bereichen eine ganz unerwartete Wendung erfahren. Ich musste nicht nur Brøndby IF und den AGK loslassen, sondern auch mein Pandora. Im Gegenzug habe ich ein neues Leben mit Barcelona und Endless Jewelry erhalten und mit dieser Entwicklung mache ich mich ganz frei von meinem Heimatland und bin voller tiefer Dankbarkeit, dass ich jetzt die Welt erobern kann.

Inmitten der gut 100.000 Zuschauer im Stadion von Barcelona waren David und ich in unserem Element. Unter den Fans fanden wir *alle* Arten von Menschen – vom Großvater mit 86 Jahren über die Freunde auf Fußballtour bis zur Frau mit ihren fünf Kindern. Barcelonas Fankultur basiert nicht nur auf der Leidenschaft für den Sport, sondern auch auf einem Lebensstil. Es handelt sich um eine Mannschaft, die Menschen zusammenbringt und miteinander verbinden kann – eine Mannschaft mit einem positiven Spielstil, dessen Ausgangspunkt ist, das Spiel anzuführen. Wenn Barcelona ein Heimspiel hat, sind immer 100.000 Zuschauer da. Diese Ereignisse sind so beliebt, dass die Saisonkarten in der Familie vererbt werden und somit nicht zu kaufen sind. Barcelona hat eine eigene Akademie, aus der die meisten Spieler des Clubs kommen. Hier erlernen sie die Philosophie und die Denkweise, die nachweislich ein tief verwurzelter Bestandteil der Einstellung des Clubs zum Sport sind. Im Stadion ließen wir uns von dem Kraftfeld gefangen nehmen, das von den 100.000 erwartungsvollen Zuschauern ausging, die in den obligatorischen

Farben gekleidet waren. Zusammen mit David führte ich unser kleines Ritual aus, das darin besteht, einen halben Liter Wasser und ein Baguette mit Ibérico-Schinken zu kaufen, und dann konnte das Spiel aus unserer Sicht gern beginnen.

Bevor das Spiel begann, war David nicht nur gespannt, sondern er war *so* ausgesprochen nervös und gereizt, dass ich fast gar nicht mit ihm reden konnte. Als Barcelona zur Pause mit sechs Treffern in Führung lag, was im Fußball ja enorm ist, war er dagegen völlig aus dem Häuschen und außer sich vor Freude. Normalerweise hat er keine Lust, etwas zu essen oder sich auf etwas anderes als Fußball zu konzentrieren, wenn er seine Lieblingsmannschaft spielen sieht. Doch bei einer Führung mit sechs Toren war er voller Energie und konnte sich sogar darauf konzentrieren, in der Pause ein Hotdog zu essen.

Mit David und seiner Erwartung, was in der zweiten Hälfte passieren würde, möchte ich dieses Buch beenden und den Leser daran erinnern, dass es nichts Wichtigeres gibt, als Raum für die Freude darauf zu schaffen, was in der Zukunft geschehen wird. Es muss sich dabei nicht um etwas Großes und Bedeutungsvolles handeln. Es kann dabei um ganz bodenständige Dinge gehen, weil das Gespür dafür, dass es irgendwann geschehen wird, ein Kribbeln im Magen hervorruft. Während ich dem Wettbewerbsverbot unterlag, freute ich mich lange Zeit darauf, dass es bald zu Ende sein würde. Während ich nun dabei bin, dieses Buch abzuschließen, freue ich mich darauf, heute Abend ein paar Freunde zu treffen und mit ihnen in einem guten Restaurant zu essen. Ich freue mich auf das Gespräch mit einem

Mitarbeiter morgen früh um halb acht, der ein paar Probleme hat und mit jemandem reden möchte, der versteht, was er durchmacht. Und ich freue mich darauf, dass ich später nach Hamburg reise und dort ein paar meiner alten Freunde treffe. Abends geht's raus in mein Revier, dem East Hotel in Hamburg. Der Hotelbesitzer ist auch ein alter Freund von mir und er hat mich schon angerufen und gesagt, dass er meine Suite besonders sauber gemacht hat, weil er weiß, wie es mir mit Hotelzimmern geht. Morgen werde ich darum mit ein paar Freunden einen fantastischen Abend in der Stadt erleben. Wir starten in der Bar mit einem Cocktail und werden danach im Restaurant des Hotels essen. Der Hotelchef weiß genau, dass das Restaurant für meinen Geschmack etwas zu fein ist. Darum hat er dafür gesorgt, dass Frikadellen da sind, denn er weiß, dass ich die gern mag. Im Hotel liegt der heißeste Nachtclub Hamburgs, und weil der Hotelchef unser Gastgeber ist, können wir es uns bis morgens um vier gut gehen lassen. Ich habe es eine ganze Woche lang allen Leuten erzählt, die ich getroffen habe, und viele haben gesagt, dass sie morgen Abend kommen werden. Es wird also eine bunt gemischte Truppe aus Leuten, die ich geschäftlich kenne, und aus alten Freunden, mit denen ich aus zeitlichen Gründen schon lange nicht mehr ausgiebig geredet habe.

Wenn ich mich auf die Zukunft freue, dann gibt es unterschiedliche Arten meiner Freude. Einerseits ist es die Freude darauf, ein großes Geschäft aufzubauen, hohe Ziele zu erreichen und die Grenzen zu durchbrechen, die die Gesellschaft für das Mögliche und das Unmögliche setzt. Auf der anderen Seite freue ich mich aber auch auf ganz Bodenständiges, das oft eher schlicht ist. Die Energie des Lebens entsteht als Austausch zwischen verschiedenen Zuständen – zwischen zielgerichteter Arbeit und dem Loslassen, zwischen dem Aufbau von etwas Großem und dem Verweilen bei etwas ganz Kleinem. Vergisst man das und schuftet einfach los, um ständig Ergebnissen hinterherzujagen, verliert das Leben seine Glut. Darum gibt es nichts Wichtigeres, als sich auf Veränderungen zu freuen, auf etwas, von dem man noch nicht weiß, dass es geschehen wird ... oder vielleicht darauf, dass dieses Buch ein Ende hat … dann kann man zu sich selbst zurückkehren und nachspüren, ob man irgendetwas von dem, was ich erzählt habe, für sein eigenes Leben gebrauchen kann.

Jesper Nielsen

jespernielsen@endlessjewelry.eu

www.facebook.com/endlessjesper

## CARSTEN GRAFF ERZÄHLT

# Nachwort

Wenn ich – wie in diesem Buch – Porträts von Personen schreibe, deren Geschichte ich interessant finde, hoffe ich immer, dass ich am Ende alle offenen Fragen beantworten kann, die sich ein Leser möglicherweise stellt. In diesem Buch hat Jesper Nielsen eine Fülle an Fragen gestellt, seine Ansichten zu unzähligen Themen mitgeteilt und viele verschiedene Geschichten erzählt, die wir miteinander verknüpft haben. Einige Geschichten sind in sich abgeschlossen. Andere haben dagegen mehr Fragen als Antworten aufgeworfen. Noch kann niemand wissen, ob Jesper Nielsen eines Tages seinen Traum von der Schaffung der besten Sportmannschaft der Welt weiter verfolgen wird oder wie seine Angelegenheit mit der dänischen Steuerbehörde ausgeht. Nur die Zukunft wird zeigen, wie schnell sich Endless Jewelry entwickelt, wann es in allen großen Städten eigene Spezialgeschäfte gibt und ob Jesper Nielsen Endless Jewelry eines Tages auf dem Mond verkaufen wird. Die Liste von Unsicherheiten dieser Art ist sehr lang und wenn man bedenkt, wie fasziniert Jesper Nielsen von Unendlichkeit und Ungewissheit ist, dann wird sie in den nächsten Jahren sicher noch länger werden.

Während unserer gemeinsamen Arbeit an diesem Buch haben wir uns gegenseitig zu neuen Ideen inspiriert. Hätte man mich vor meinem Zusammentreffen mit ihm gefragt, ob ich mir vorstellen kann, dass es gelingt, ein Milliardenunternehmen auf der Grundlage aufzubauen, dass die Mitarbeiter ‚Ja' zu allem sagen, Offenheit, Authentizität und eine familiäre Atmosphäre pflegen sowie dabei immer an das Gute im Menschen glauben, wäre ich skeptisch gewesen. Mir persönlich hat die Begegnung mit Jesper Nielsen auch eine andere Dimension dafür gezeigt, wie sich Menschen gemeinsam entwickeln können. Viele Menschen, die ich kenne und die auf ihrem Gebiet Weltspitze sind, wissen ebenso wie Jesper Nielsen genau, was sie können – auch ohne, dass sie es aussprechen. In Gesprächen mit ihnen kann leicht der Eindruck entstehen, dass sie nicht alles im Griff haben. Doch wenn man ihre Energie spürt, erlebt man, dass sie über eine Kraft verfügen, die wahre Magie schaffen kann. Darum ist die Stimmung, die ich mit Jesper Nielsen erlebt habe, viel interessanter als alles, was er erzählt hat. Eine wichtige Erkenntnis, die ich durch ihn spüren konnte, ist, dass Geld keine so rationale Größe ist, wie mir mein Steuerberater immer zu vermitteln versucht. Denn es gibt durchaus eine spirituelle Dimension des Geldes. Geld ist eine Maßeinheit, mit der wir etwas messen, das sich im Grunde nicht messen lässt. Geld ist eine Energie, die Erwartungen, Träume, Hoffnungen und eine Reihe anderer, nicht definierbarer Größenordnungen repräsentiert. In Bezug auf Geld hat Jesper Nielsen eine ganz außergewöhnliche Leichtigkeit und Mut – er hat keine Angst davor, es zu verlieren, und er beschäftigt sich nicht damit, wie viel Geld er hat. Jeder, der diese Ausgeglichenheit in sich findet, wird immer Geld anziehen und darum nie etwas entbehren. In vielen Bereichen stimmt Jesper Nielsens Menschenbild mit meinem überein. Doch unser Mut, nicht am Geld festzuhalten, ist sehr verschieden. Wenn es etwas gibt, das ich aus unseren Begegnungen mitgenommen habe, dann ist es die Fähigkeit, großzügiger zu sein. Stehendes Wasser fault leicht und das gilt auch für Finanzen. Ich lernte daraus, wie wichtig es ist, keine Angst zu haben, mein Geld loszulassen. Seitdem ich die Gespräche mit Jesper Nielsen führe, ärgere ich mich nicht mehr über unvorhergesehene Ausgaben. Ich kann sogar einen Strafzettel, den ich wegen Falschparkens unter dem Scheibenwischer meines Autos finde, entspannt in die Tasche stecken. So ein Strafzettel ist ja in Bezug auf die Energie eine perfekte Übung im Loslassen und kann wohl auch als gute Übung dafür gesehen werden, sich nicht an seinen irdischen Besitz zu klammern.

Auch wenn Jesper Nielsen ein spannendes Leben führt und sich nach allen Kriterien entfaltet, die in unserer Gesellschaft als Zeichen für Erfolg gelten, bin ich froh, dass ich nicht an seiner Stelle bin. Natürlich hat es einen gewissen Charme, wenn man in den besten Gourmet-Restaurants der Welt essen kann, wenn man herumreist und ständig neue Menschen kennen lernt, wenn man die teuersten Autos fährt, ein Privatflugzeug hat und wenn man sagen und tun kann, was man möchte, und gleichzeitig in den Augen anderer Menschen ein Star ist. Bei einem Leben, das man ständig auf den äußersten 1,5 cm der Überholspur führt, ist es jedoch nicht so leicht, Zeit zu finden, um mal ein paar Wochen allein zu sein, sich mit bodenständigen Dingen zu befassen oder in Gedanken zu versinken, während man einen Marienkäfer beobachtet. Beim Anblick eines Marienkäfers in Gedanken zu versinken wird bei Jesper Nielsen in nächster Zeit wohl kaum auf dem Plan stehen. Von allen Menschen, die ich kennen gelernt habe, ist er zweifellos derjenige mit dem größten Arbeitselan. Hätte ich nicht so viel Abstand und Desinteresse in Bezug auf Erfolg als Geschäftsmann, bekäme ich ganz sicher Minderwertigkeitskomplexe und Versagensängste, nachdem ich mit ihm zusammen war.

***

Schon in einer Woche soll das Buch von Jesper Nielsen gedruckt werden und ich habe gerade eine Einladung für einen Besuch in seinem neuen Hauptsitz in Düsseldorf erhalten. Familie Nielsen hat beschlossen, ihren europäischen Hauptsitz nach Düsseldorf, im Herzen Deutschlands, zu verlegen, um sich nicht wieder mit den dänischen Steuerbehörden beschäftigen zu müssen. Von hier aus soll in den nächsten Jahren der europäische Zweig von Endless Jewelry entwickelt werden. Am Tag, nachdem ich die Einladung erhalten habe, sitze ich im Flugzeug auf dem Weg nach Deutschland. Obwohl ich nicht der große Zeitungsleser bin, nehme ich einer Stewardess dankend eine Ausgabe der Tageszeitung ab. Auf der ersten Seite gibt es eine Überschrift zur Steuerangelegenheit von Jesper Nielsen und als ich die Zeitung aufschlage, finde ich den folgenden Artikel:

**Jesper Nielsen erhält umfassende Entschuldigung vom dänischen Finanzamt**

*In der Angelegenheit zwischen der Steuerbehörde und dem Geschäftsmann Jesper Nielsen gibt die Steuerbehörde jetzt bekannt, dass man sich bei Nielsen für den monatelangen, unangemessenen Umgang mit ihm und seiner Familie entschuldigt. Die Entschuldigung wurde an den Steuerberater von Jesper Nielsen gesendet. In dem Brief räumt das Finanzamt ein, dass die Art und Weise, wie mit Jesper Nielsen und seiner Familie umgegangen wurde, ‚tadelnswert', ‚gesetzwidrig', ‚vollkommen unzulässig', ‚vom Standpunkt der Rechtssicherheit aus höchst bedenklich' sowie von ‚ernsten rechtssicherheitlichen Problemen geprägt' war. Gleichzeitig waren Jesper Nielsen und seine Familie ‚völlig übertriebenem Druck' ausgesetzt. Im Brief steht, dass das Finanzamt ‚diese tadelnswerten Bedingungen während der Bearbeitung der Angelegenheit bedauert'. Die Steuerbehörde hat beschlossen, Disziplinarverfahren gegen sechs Angestellte des Finanzamtes einzuleiten, darunter gegen den Berater, der die Hauptverantwortung für die Sachbearbeitung der Steuerangelegenheit von Jesper Nielsen trug und der eine Reihe der Drohungen formuliert hat, die die Familie ständig per E-Mail erhielt.*

*„Jetzt haben wir in vielen Dingen, über die wir uns beschwert haben, Recht bekommen", äußert sich Jesper Nielsen gegenüber der Zeitung. „Doch das ändert nichts daran, dass uns eine Entschuldigung unsere Handballmannschaft nicht zurückbringen kann. Darüber hinaus hat das Finanzamt mir und meiner Familie noch immer Daumenschrauben angelegt. Oder anders gesagt: Das Finanzamt macht einen Fehler. Entschuldigt sich jetzt dafür – hat aber einen großen Teil meines Vermögens solange mit Beschlag belegt, bis die Angelegenheit endgültig entschieden ist. Der Prozess kann jetzt noch viele Jahre dauern, weil in den oberen Etagen Personen sitzen, die wissen, dass sie sich blamiert haben. An dem Tag, an dem die Angelegenheit vor Gericht entschieden wird, werden diese Personen Verantwortung für ihre Handlungen übernehmen müssen – und natürlich werden sie alles tun, um dies zu vermeiden. Mein Vertrauen in die dänische Steuerbehörde ist verloren und ich habe keine Lust mehr, den dänischen Staat zu unterstützen, indem ich in Dänemark Geschäfte mache."*

Am Flughafen Düsseldorf werde ich von einem Mitarbeiter von Jesper Nielsen in einer der neuen Endless-Limousinen empfangen – einem langen, weißen BMW mit dem Endless-Logo an der Seite. Nach einer kurzen Fahrt komme ich in Jesper Nielsens neuem Luxus-Resort am Stadtrand von Düsseldorf an. In einem Ambiente, das an eine Synthese aus botanischem Garten und Weißem Haus erinnert, setzen wir uns an den Pool mit Blick auf den Garten. Nach unseren üblichen einleitenden Floskeln darüber, wie es im Leben generell so läuft, beginnt Jesper Nielsen über sein Geschäft zu sprechen.

„Endless Jewelry läuft zurzeit in der Version 1.0, wie wir es nennen", sagt er und lehnt sich in seinem Stuhl zurück, „aber bald können wird mit dem Geschäft ein Upgrade auf Version 1.1 durchführen. Hinter den Kulissen stehen wir mit neuen Varianten unserer Produkte, Webseiten, Geschenkboxen, Displays, Werbefilmen und so weiter bereit. Bis jetzt war Endless Jewelry primär ein deutsches Phänomen, doch ab 1. Januar 2014 kann es als globales Phänomen betrachtet werden. Wie die Dinge jetzt stehen, ist Endless unbestritten die talentierteste Unternehmensmarke auf dem deutschen Markt. Wir haben alle Läden in einem Tempo erobert, das man nie zuvor erlebt hat. Wir haben gerade unsere erste Roadshow-Tour in Deutschland beendet, bei der mehr als 400 neue Kunden die Geschichte und die Visionen von Endless Jewelry gehört haben. Obwohl wir eine ganz junge Marke sind, gelten wir schon als integrierter Bestandteil der deutschen Schmuckbranche. Damit sind wir in Deutschland bereit, in Phase 2 überzugehen, bei der es darum geht, draußen bei unseren Endverbrauchern ein Bewusstsein für Endless Jewelry zu schaffen.

Anfang März starten wir darum mit einer groß angelegten, landesweiten TV-Kampagne in der gleichen Größenordnung, wie ich sie seinerzeit für Pandora gemacht habe. Für diesen Filmdreh waren wir gerade mit der ganzen Marketingabteilung in Marrakesch in Marokko und wir haben gleichzeitig die Fotos gemacht, die zukünftig illustrieren sollen, wofür Endless Jewelry steht."

„Sie sind ja auch in England und Italien gestartet", sage ich. „Wie ist es dort gelaufen?"

„In beiden Ländern haben unsere Verkäuferteams wirklich sehr gute Ergebnisse erreicht", sagt Jesper Nielsen. „Als Endless in Deutschland startete, kamen wir im ersten Monat in 38 Geschäften in die Regale. Das hat unser englisches Team überboten und brachte Endless Jewelry im ersten Monat in 47 Geschäfte. Doch jetzt wurden sie von unseren italienischen Verkäufern geschlagen, denen es im Laufe des ersten Monats gelang, Endless Jewelry in 51 Geschäfte zu bringen. Wir sehen also, dass auf drei so verschiedenen Märkten wie dem deutschen, dem englischen und dem italienischen sehr gute Reaktionen von unseren Kunden kommen. Während wir hier sitzen, hat Endless Jewelry innerhalb der ersten 10 Monate seiner Existenz insgesamt gut 1.000 Geschäfte erreicht. Gleichzeitig haben wir uns vorgearbeitet und den Start in den USA angekurbelt. Hier sind unsere Erwartungen so hoch, wie für ganz Europa. Mit unserem derzeitigen Setup sind wir gut aufgestellt und können im Verlauf des nächsten Jahres so weit kommen, dass wir auf der ganzen Welt in knapp 3.000 Geschäften verkauft werden. Ab 1. Januar 2014 nähern wir uns global gesehen der Zahl von 200 Vollzeitverkäufern auf den Märkten. Die Pläne für den Start in der Schweiz, in den Niederlanden und Belgien in den ersten Monaten des Jahres 2014 sind auch fertig. Gemäß unserer Strategie werden wir den deutschen Markt immer einen Schritt vor den anderen halten, damit wir hier unsere Arbeitsweise entwickeln und feinabstimmen und anschließend die Erfahrungen nutzen können, um in anderen Ländern den gleichen Erfolg zu schaffen. Wir sehen, dass das von uns aufgebaute Gesamtkonzept so logisch und für die Kunden leicht verständlich ist, dass sie sehr schnell anbeißen und mit dabei sind."

„Aber wie gelingt Ihnen dieses enorm schnelle Wachstum?“ frage ich. „Bringt das überhaupt keine Probleme?“

„Unser bisher einziges Problem war, ausreichend Ware liefern zu können. Die Kunden bestellen immer wieder in einem atemberaubenden Tempo. Aber jetzt sind wir auf Kurs und alle haben die Ware, die sie zum Weihnachtsgeschäft brauchen. Meine Rolle in den letzten Wochen war recht ungewohnt für mich, denn ich musste – um die Ware an die Geschäfte liefern zu können – meine Leute bitten, sich etwas zurückzuhalten.“

„Aber ich gehe davon aus, dass jeder aus der Familie froh ist“, sage ich.

„Ja“, sagt Jesper Nielsen, „und sehr beschäftigt. Wir sind wieder da, wo wir am liebsten sind. Der alte Geist ist zurück und die Familie ist damit wieder in ihrem Element. In der letzten Woche ist mein Vater mit seinem Lieferwagen kreuz und quer durch Deutschland gefahren und hat in zahlreichen Großstädten Schmuck an die Geschäfte ausgeliefert. Er findet es fantastisch, dabei zu sein und die Energie wiederherzustellen, die wir bei Pandora hatten, als wir starteten. Gleichzeitig ist es auch ein Geschenk, jeden Tag diesen enormen Optimismus zu spüren, der sich in der gesamten neuen Endless-Organisation entfaltet.“ Jesper Nielsen steht auf und zeigt auf einen Sportwagen, der in der Einfahrt steht. „Heute sind Sie und ich die Könige von Düsseldorf. Ich zeige Ihnen unser neues Endless-Gebäude, das an der absolut besten Adresse der Stadt liegt. Danach essen wir in einem der besten Restaurants in Deutschland und bevor es wieder nach Hause geht, werden wir einen Abend in der Stadt verbringen, über den Sie lieber nicht in Ihrem Buch schreiben – aber vielleicht können Sie eines Tages Ihren Enkeln davon erzählen, was wir erlebt haben."

Jesper Nielsen lächelt, als ich aufstehe. Er weiß, dass ich kein großer Party-Fan bin, aber vielleicht werde ich es trotzdem genießen. Manchmal muss man eben bereit sein, bei der Recherche Opfer zu bringen, wenn man ein guter Ghostwriter sein will.